KB242948

높은 곳에 오르다

登高

바람 세고 하늘 높은데 원숭이 울음소리 애절하고

강가 물 맑고 모래 흰데 새 맴돌며 난다

끝없이 나무들에선 낙엽이 우수수 떨어지고

그치지 않는 장강은 출렁출렁 밀려온다

風急天高猿嘯哀 渚清沙白鳥飛廻

無邊落木蕭蕭下 不盡長江滾滾來

長江水路寨
장강수로채
Fantastic Oriental Heroes
長江

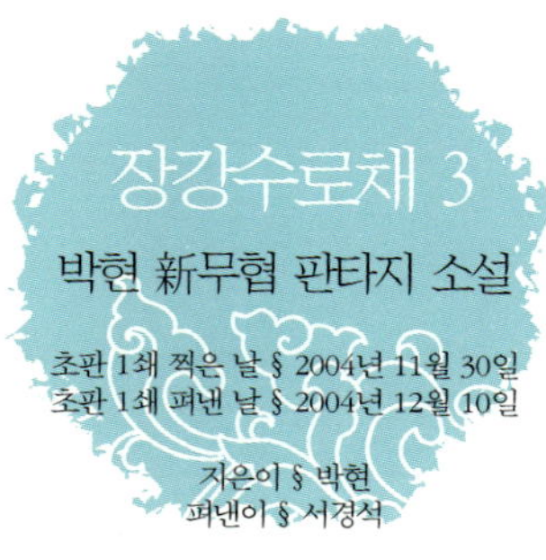

초판 1쇄 찍은 날 § 2004년 11월 30일
초판 1쇄 펴낸 날 § 2004년 12월 10일

지은이 § 박현
펴낸이 § 서경석

편집장 § 문혜영
편집 § 장상수 · 서지현 · 한지윤
마케팅 § 정필 · 강양원 · 이선구 · 홍현경

펴낸곳 § 도서출판 청어람
등록번호 § 제1081-1-89호
등록일자 § 1999. 5. 31
어람번호 § 제2-0478호

주소 § 경기도 부천시 원미구 심곡1동 350-1 남성B/D 3F (우) 420-011
전화 § 032-656-4452 팩스 § 032-656-4453
http://www.chungeoram.com
E-mail § eoram99@chollian.net

ⓒ 박현, 2004

ISBN 89-5831-306-4 04810
ISBN 89-5831-303-X (SET)

박현 新무협 판타지 소설

長江水路寨

장강수로채

Fantastic Oriental Heroes

長江

3 희생

도서출판
청어람

목차

제21장
마주친 눈빛

찬바람이 점점 심해지더니 세도류의 가장자리까지 얼려놓았다.

해질 무렵.

콰콰콰콰!

사방에 물보라를 튀기며 쏟아져 내리는 삼십 장 높이의 폭포.

그 폭포수 아래에 한 사람이 가부좌를 틀고 앉아 있었다.

웃통을 벗어젖힌 울끈불끈한 근육째로 앉아 있는 사람은 다름 아닌 곽무한.

곽무한은 쏟아져 내리는 폭포수를 온몸으로 맞으며 상념에 잠겨 있었다.

얼마 전, 쌍강채를 무너뜨리고 난 후 철면노호에게 보고하던 자리.

"수고했다."

철면노호가 짐짓 노고를 치하하며 약병을 건네왔다.

그런데 서로의 손이 스치는 순간, 철면노호에게서 은밀한 암경(暗勁)이 날아왔다.

"윽!"

내부를 순식간에 얽어오는 지독한 경력이었다.

곽무한은 암암리에 진기를 움직여 경력을 한곳으로 몰아넣었다.

보고가 끝난 후, 자리에서 일어서려는데 싸늘한 놈의 목소리가 뒤통수를 잡았다.

"약을 안 먹더군. 필요없다는 게냐?"

"아뇨. 모아서 먹으려구요."

마음 같아선 놈의 눈앞에서 약병을 내던지고 싶었지만 동생들 때문에 어쩔 수 없었다.

"흥. 참을성이 대단하구나. 언제까지 견디나 보자."

"……"

곽무한은 대답없이 돌아섰다.

문을 나서려는데 놈이 경고하듯 말했다.

"앞으로는 거처를 네 마음대로 옮기지 마라."

쌍강채를 치기 전에 버섯 동굴에서 머무른 일을 말하는 것이다.

곽무한은 말없이 고개를 숙여 보이고는 문을 나섰다. 그리고는 곧바로 한적한 곳을 찾아 운기조식에 들어갔다.

웅웅웅!

운기에 들어가자 단전이 움직였다.

그간의 수련 탓인지 예전에 비해 기의 움직임이 확연히 빨라졌다.

곽무한은 날뛰는 혈음고의 고통을 참으며 진기를 돌려 놈이 폐쇄한

단전의 금제를 뚫었다. 그리고 여세를 몰아 놈이 펼친 암수(暗手)까지 완전히 소멸시켰다.

'휴우. 생각보다 독하진 않군.'

놈이 펼친 암경은 혈음고가 날뛰는 고통에 비하면 아무것도 아니었다.

'이제는 내가 필요없다는 건가?'

암암리에 내부 혈맥을 봉쇄하려고 하는 걸 보니 틀림없었다.

놈은 이제 여차하면 자신을 죽이려고 시도할 것이다.

'이렇게까지 나온다면……'

곽무한은 상념에서 벗어나 눈을 번쩍 떴다. 그리고는 쏟아져 내리는 물줄기를 한참 노려보다가 어느 순간 진기를 강하게 회전시켰다.

"끼야압!"

힘찬 기합성과 함께 신형을 박찬 곽무한, 부숴 버릴 듯 전신을 눌러 오는 만 근 압력을 헤치며 빠르게 신형을 회전시켰다.

촤촤촤촤악!

회전력에 말린 물보라가 사방으로 튀었다.

수차 바퀴처럼 회전하던 물보라가 폭포의 끝 부분에 다다랐을 무렵,

"차아압! 대해멸절(大海滅絶)!"

쏴애애액!

곽무한의 입에서 우렁찬 기합성이 터져 나오나 싶더니 한 가닥 에리한 붉은 기운이 뿜어져 나와 폭포를 뚫고 아득한 허공으로 사라졌다.

곽무한은 아련히 사라지는 광채를 보며 만족한 미소를 지었다. 구결로만 전수받은 폭풍멸절도법의 최후 두 초식. 그중 하나인 대해멸절세

를 펼쳐 보긴 오늘이 처음이었다. 그런데 예상을 훌쩍 뛰어넘는 위력에 기분이 좋아진 것이다.

한참 동안 미소를 짓고 있던 곽무한은 갑자기 무슨 생각이 들었는지 이맛살을 찌푸렸다.

"제기랄. 다 좋은데 공력을 오성까지밖에 쓸 수 없다는 것이 문제로군. 그 이상이 되면 혈음고가 날뛰어 고통스럽기 짝이 없으니……."

곽무한으로서는 자신의 능력을 억제하는 혈음고가 가장 마음에 걸렸다. 그러나 최악의 경우, 혈음고의 고통을 감내하기만 한다면 철면노호와도 한판 붙어볼 만하다는 자신감이 들었다.

'그러나 문제는 해약이야.'

자기 하나면 상관이 없었지만, 동생들이 문제였다.

곽무한은 잠시 인상을 찌푸렸다가 입술을 질끈 깨물었다.

'다음 출정 때 결판을 보자. 그에게 해약을 요구하는 거야. 만약 거절한다면!'

쉬이잇!

환각처럼 곽무한의 손에서 붉은 빛이 번쩍였다.

'그를 베어버리고 말겠다.'

순간적으로 곽무한의 전신에 짙은 살기가 어렸다.

끼기긱. 우당탕!

칼 빛에 스친 나무는 곽무한이 사라지고도 한참이 지나서야 요란한 소리를 내며 쓰러졌다.

"와아아!"

적호채의 훈련은 찬바람 속에서도 계속됐다.

곽무한은 언덕에 앉아 연일 계속되고 있는 훈련 모습을 쳐다보고 있었다.

'문제는 저들이야.'

곽무한은 철면노호를 베고 난 뒤의 일을 생각하고 있었다.

자신이 철면노호를 베면 친위대 놈들이 가만있을 것 같지가 않았다.

'나 혼자의 힘으로 저들을 다 죽일 수 있을까?'

곽무한은 황금 손잡이를 만지작거리며 상념에 잠겼다.

'전광석화처럼 움직여 선두에 나서는 놈들을 가장 빠르게 죽이고……'

이미 몇 번의 전투를 거친 탓일까? 곽무한의 뇌리에 친위대들과의 대결 장면이 빠르게 떠올랐다. 그러던 어느 순간,

꽈득!

곽무한은 생각에 골몰한 나머지 도의 손잡이를 꽉 움켜쥐고 말았다.

그 바람에 퍼뜩 상념에서 깨어났다.

'음… 만약 그런 상황으로 번진다면 동생들이 다치지 않도록 조심해야겠구나.'

곽무한은 힘겹게 훈련하고 있는 아이들을 보며 깊은 한숨을 내쉬었다.

그때였다.

갑자기 등 뒤에서 인기척이 났다.

"뭐 하고 있나?"

적호였다.

"쉬고 있습니다."

곽무한은 도에서 손을 떼 풀잎을 따다 물며 대답했다.

"우리 채에서 네놈 팔자가 제일 늘어졌구나."
적호는 미소를 지으며 털썩! 곽무한 옆에 앉았다.
"네게 한 가지 부탁할 게 있다."
"부탁이요?"
뜬금없는 말이라 곽무한이 고개를 돌렸다.
"그래. 대형께는 이미 말씀드렸다. 내일부터 훈련에 참가해 다오."
"무슨 훈련요?"
"전체 훈련."
전체 훈련이라 함은 적호채와 최근에 합병된 수채들 전체가 참가하는 훈련을 말함이다. 그 훈련에 아직 정식으로 입문 서약을 거치지 않은 자신을 포함시키고자 한다니?
그 이유는 금방 알 수 있었다.
"다음 상대가 너무 버겁다. 정보를 모아보니 정말 만만치 않은 놈들이더군. 아무래도 우리들의 피해가 막심할 것 같다. 그래서 결정한 것이다. 네가 훈련에 함께하면 전체 사기가 올라갈 것 같다."
곽무한은 모르고 있었지만, 최근 들어 수채 내에서 곽무한을 보는 눈빛이 많이 달라졌다. 작전에 참가했던 놈들의 입에서 번진 소문 때문이었다.
'곽무한과 함께하면 어떤 적이든 거저먹기다. 그가 앞장서 놈들을 벼이삭 훑듯 다 때려눕혀 버린다.'
마른 논에 불이 번지듯 삽시간에 퍼져 나간 이런 소문 때문에, 골수 친위대들을 제외하고는 거의 모두가 곽무한을 우러러보는 분위기였다.
"제가 거절할 수도 있나요?"
"물론이다. 그러나 넌 그러지 못할 것이다."

“왜요?”

“왜냐구? 이번에는 저 녀석들도 참가하기 때문이지!”

적호의 손가락이 향한 곳, 그곳에는 한창 훈련에 매진 중인 아이들이 있었다.

곽무한의 눈은 한참 동안 떨렸다. 그리고 잠시 후, 곽무한의 입에서 빠드득! 이 가는 소리가 새어 나왔다.

‘됐어. 이제 이 녀석은 대형에 대한 증오가 골수에 사무칠 정도가 되었어. 이대로만 간다면 향후 대형에게 빼앗긴 내 입지를 다시 되찾을 수 있겠군. 후후후.’

적호는 꿈틀거리는 곽무한의 팔뚝을 훔쳐보며 회심의 미소를 지었다.

*   *   *

몰아치는 찬바람 속에 전체 훈련이 시작되었다.

이번에 부딪칠 상대는 예상을 뛰어넘는 강적이라는 소문 때문에 모두의 얼굴에는 팽팽한 긴장감이 감돌았다. 그러나 항상 훈련에서 열외 되던 곽무한이 전체 훈련에 참여하자 모두들 사기가 오른 표정이었다.

훈련은 적호채, 대녕채, 쌍강채 출신을 망라해 조를 나뉘어 실시되었다.

대녕채 출신의 담우치는 곽무한과 한 조에 속하게 되었다.

전체 훈련이 시작된 첫날부터 담우치는 곽무한에 대한 탄성을 금할 수가 없었다.

그의 실력은 예전부터 짐작하고 있었지만, 조원들끼리 톱니바퀴처럼 맞물려 돌아가야 하는 전체 훈련에서까지 뛰어난 능력을 발휘할 줄은 몰랐다.

좌좌좌!

곽무한이 노를 쥐면 배가 물 위를 날았다.

그토록 거세던 물살도 그의 앞에서는 잔잔한 냇물로 변해 버렸다.

노 젓기란 팔 힘만 세다고 해서 되는 게 아니다. 물의 흐름과 성질을 읽을 줄 알아야 한다. 그러니 배를 날듯이 몬다는 것은 그만큼 물에 대한 감각이나 경험이 남다르다는 말이었다.

수영 실력도 마찬가지였다.

첨벙! 좌좌좌!

수압과 호흡 곤란은 그에게 있어 먼 나라 이야기였다.

한번 들어가면 나올 줄을 몰랐고, 상대와 맞붙기라도 할 양이면 상대를 보는 족족 강심 깊은 곳으로 끌고 가 올챙이배로 만들어 버린다. 그야말로 돌고래가 울고 갈 정도의 실력이었다.

게다가 그는 점입가경으로, 두 명이 붙어야 겨우 들까 말까 한 굵은 동아줄을 한 손으로 빙빙 돌리며 상대의 허리를 여유롭게 감아버린다.

"와아! 이겼다."

"이런! 한 사람을 못 막아?"

결국 곽무한이 끼인 조에는 항상 승리의 함성이 넘쳤고, 곽무한과 맞서게 된 조는 늘 어이없는 탄식을 토해야만 했다.

'세상에! 수적 생활 십 년에 저토록 물에서 저렇게 능수능란한 놈은 처음 본다. 정말 장강의 전설이 이루어지려나?

담우치는 곽무한이 들어간 강심, 거기에서 일어나는 소용돌이를 볼 때마다 가슴이 두근거렸다.

용문협에서 회오리가 치면 장강의 절대자가 탄생한다는 전설.

그 전설처럼, 지금 곽무한이 잠수해 들어간 세도류에는 거센 소용돌이가 치고 있었다.

세도류가 한눈에 내려다보이는 본채의 사각 창틀.

그곳에 곽무한을 주시하는 눈길이 있었다.

잔뜩 찌푸린 얼굴, 철면노호 묵자강이었다.

"놈… 분위기가 많이 달라졌어."

딱히 철면노호의 중얼거림이 아니더라도 최근의 곽무한은 예전에 비해 많이 달라졌다. 마치 죽음을 눈앞에 둔 사람 같았던 그 삭막하던 모습은 어디론가 사라지고, 간간이 미소를 지으며 사람들과 어울리고 있었다.

'안 되겠어.'

철면노호는 창에서 눈을 떼고는 등 뒤에 있는 설렁줄을 당겼다.

가뜩이나 빠르게 성장하던 놈, 이젠 남들과 자연스레 어울릴 정도로 관록이 붙었다.

더 내버려 뒀다간 큰일나겠다는 생각이 들었다. 예방 조치가 필요했다.

"부르셨습니까?"

밖에 있던 장직이 들어왔다.

"음. 묵호더러 내가 좀 보잔다고 해."

"예? 무, 묵호님이요? 알겠습니다."

갑작스런 명이었을까? 장직이 화들짝 놀란 표정으로 사라졌다. 그런데 그 모습이 영 마뜩치가 않았다.

'폐인으로 만들고자 했던 놈은 오히려 쌩쌩하고 어째 키우려던 놈이 더 폐인 같아 보이는지, 원!'

철면노호는 혀를 차며 고개를 돌리다가, 우연히 이쪽으로 고개를 돌리던 곽무한과 눈이 마주쳤다.

'놈… 네놈이 날뛰는 것도 이제 며칠 남지 않았다. 흐흐흐.'

철면노호는 차갑게 등을 돌리며 서랍을 뒤졌다.

서랍 속에서 나온 것은 하얀 가루가 들어 있는 유리병.

'몽환약도 통하지 않고, 단전폐맥술(丹田閉脈術)도 통하지 않으니 결국 이걸 써야겠군. 미안하지만 묵호 자네도 마찬가지 신세가 될 걸세. 그동안 날 속인 죄라네.'

철면노호는 유리병을 흔들며 혼잣말로 중얼거렸다.

'아그그. 하필이면 그런 모습을 들키다니…….'

장직은 과자안의 처소로 걸어가며 투덜댔다.

아직 몽롱한 걸음걸이, 움직이기가 싫었다. 그러나 철면노호의 명을 어길 순 없는지라 억지로 과자안의 처소에 이르렀다.

"태상채주께서 부르십니다."

장직은 겨우 그 말을 전하고 자기도 모르게 털썩 주저앉았다.

"어디 아프냐?"

"아뇨. 잠을 좀 못 자서……."

과자안이 떠나는 걸 확인한 장직은 억지로 걸음을 옮겼다.

'후아. 후아. 어서…….'

장직은 숙소로 돌아오자마자 손을 덜덜 떨며 침상 밑을 뒤졌다. 그리고 잠시 후 환한 웃음으로 몸을 일으킨 장직. 그의 손에는 하얀 약병이 들려져 있었다. 곽무한이 매옥에게 건넨 바로 그 약병이었다.

'호호호. 이런 영약을 네놈이 먹는 꼴은 절대 못 보지. 암! 나중에 이 사실을 알게 되면 땅을 치며 통곡할 게다. 킬킬킬.'

장직은 며칠 전, 미루와 매옥을 면회하는 곽무한의 뒤를 밟았다. 그리고 곽무한이 떠나고 난 뒤 우연히 목격한 장면.

"나중에 우리가 이걸 먹지 않았다는 사실을 알면 오라버니는 굉장히 마음아파 하실 거야. 그치, 미루야?"

"응. 맞아, 언니. 그래서 말인데, 내 생각에는 끝까지 비밀로 하는 게 좋겠어. 나중에 오라버니 몰래 음식에 타 주는 게 나을 것 같애."

도란거리는 목소리에 이어 땅속에 뭔가를 숨기는 미루와 매옥.

"이것들이! 뭘 숨기는 거야? 이리 내놔 봐!"

장직은 득달같이 들이쳐 약병을 뺐었다.

새파랗게 달려드는 두 사람을 뿌리치는 건 아주 간단했다.

"태상채주께 일러준다? 그러면 너희들뿐만 아니라 무한이도 무사하지 못할걸?"

장직은 두 사람에게 으름장을 놓았다. 그리고는 휘파람을 불며 돌아왔다.

"무슨 약인가 맛만 볼까?"

숙소로 돌아와 살짝 혀끝으로 맛을 보니,

"으아아아! 환상이다!"

천장이 빙빙 돌고 몸이 구만리로 치솟았다. 사방에서 황홀한 꽃비가 내렸고 천상의 칠 선녀가 옷을 벗고 안겨왔다.

그것뿐이 아니었다.

청랑에게 물어뜯긴 하초, 거기에서 주기적으로 엄습하던 치 떨리는 고통까지 말끔하게 사라져 버렸다.

'아아! 절대 못 줘! 아무에게도 못 줘!'

그날부터 장직은 남이 볼세라 매일같이 이불을 뒤집어쓰고 약을 먹어댔다.

'이렇게 좋은 걸. 흐흐흐.'

장직은 오늘도 눈을 까뒤집으며 칠 선녀와 무지개 위에서 놀았다.

*　　　　　*　　　　　*

달빛 흐린 밤.

곽무한은 폭포 앞에 섰다.

오늘 낮, 우연히 마주친 철면노호의 눈빛을 떠올리자 가슴이 섬뜩해왔다. 차갑게 가라앉은 눈빛. 거기에서 치 떨리는 살기를 느꼈기 때문이다.

'놈의 눈빛으로 보아 머지않은 시간에 도발을 감행해 올 것이다. 그때 놈과 맞서려면 지금보다 더 강해져야만해! 그러자면 최후초식인 폭풍멸절세는 몰라도 대해멸절세 만큼은 완벽히 익혀야 하고. 방법은 역시 수련뿐이겠지?'

철면노호와의 결전이 멀지 않았다고 생각하자 가슴이 뛰었다.

곽무한은 눈빛을 강하게 굳히며 폭포로 뛰어들었다.

콰콰콰콰!

폭포는 여전히 만 근 압력을 전해왔다.

곽무한은 미꾸라지처럼 폭포를 거슬러 올라가며 혈뢰도를 휘둘렀다.

"타하압!"

번쩍! 번쩍!

밤하늘을 뒤흔드는 기합성과 함께 붉은 빛이 사방으로 뻗어갔다.

어느새 무아지경이 되어 폭포를 누비는 곽무한.

그러나 대해멸절세는 만만치 않았다.

기를 폭출하는 초식답게 진기의 운용이 쉽지 않았고, 초식의 연결도 간단치 않았다.

곽무한은 포기하지 않았다.

혈뢰도와 하나가 되어 쉴 새 없이 폭포를 가르고 쪼개고 찔렀다.

"이게 아니야. 초식은 억지로 뿌리는 게 아니야."

뭔가 잡힐 듯 잡힐 듯 하면서도 계속 안개 속이었다.

"후욱, 후욱!"

속이 탔다.

시간이 흐를수록 호흡이 가빠왔고 진기도 점점 고갈 상태에 이르렀다.

그러나 심신이 고갈될수록 정신은 점점 맑아지는 느낌이었다.

곽무한은 그때부터 몸 상태를 잊고 자아를 잊었다. 모든 것을 잊었다.

완벽한 무아지경 상태에 빠져 든 것이었다.

웅웅웅웅!

그때부터 도가 울기 시작했다.

곽무한은 마음 저 깊은 곳에서 뭔가가 꿈틀거리는 것을 느꼈다.

"타아압!"

곽무한은 자기도 모르게 전신진기를 움직였다.

그러나 바로 그때, 내장이 모두 뜯겨져나가는 듯한 엄청난 고통이 엄습했다.

전신진기를 움직이자 혈음고가 날뛰기 시작한 것이었다.

'지금이야! 지금이 고비야! 잊어야 해! 고통을 잊어야 해!'

곽무한은 피가 나도록 입술을 깨물며 스스로에게 되뇌었다.

그러나 통증은 점점 심해져만 갔다. 금방이라도 자신을 허물어뜨릴 듯했다.

이 고비만 넘기면 뭔가가 잡힐 것 같은데, 이놈의 고통을 도저히 이겨낼 방법이 없었다. 미칠 것만 같았다.

퍽! 퍼퍽!

그런 고통을 증명이라도 하듯 곽무한의 귀와 코에서 피가 주루룩 터지기 시작했다. 그와 동시에 곽무한의 신형이 급격히 떨리기 시작했다.

바로 그때였다.

디리링!

비몽사몽의 고통을 뚫고 귓가로 스며드는 소리가 있었다.

속삭이듯 흐느끼고 흐느끼듯 속삭이는 애절하고 은은한 소리.

꿈결에 들려오는 소리 같고, 마음 저 깊은 곳에서 들려오는 소리 같기도 한 선율.

그 선율이 곽무한의 의식에서 고통을 소멸시켜 버렸다.

"우아아아아아!"

고통이 사라지자 곽무한의 입에서 억눌린 포효성이 터져 나왔다. 그와 동시에 곽무한의 움직임이 급격히 달라졌다. 쏟아지는 폭포수를 두 줄기로 가르며 허공으로 솟구치던 곽무한의 신형, 어느 순간에 이르러 거짓말처럼 뚝 멈춰버렸다. 그리고 허공을 향해 힘껏게 뿌려지는 곽무한의 도.

꽈르르릉!

지축을 울리는 굉음은 아득한 하늘 끝으로 부챗살처럼 뿜어진 홍광에 뒤이어 나왔다.

"하하하하! 드디어 대해멸절세를 완성했다!"

떨어지는 바윗덩이를 피해 우아한 회전으로 내려선 곽무한은 하늘을 쳐다보며 통쾌한 웃음을 터뜨렸다.

폭풍멸절세의 최후 두 초식은 과자안 조차도 완성치 못한 초식이다. 그런데 자신이 그중의 하나를 완성했으니 어찌 기쁘지 않겠는가? 지금 이 순간 곽무한은 각고의 노력을 기울인 지난세월을 단번에 보상받은 기분이었다.

후련한 표정으로 하늘을 보며 한참 웃어젖히던 곽무한, 갑자기 무슨 생각이 들었는지 웃음을 멈추고 고개를 돌렸다.

'아까 그 소리의 도움이 컸어. 무슨 소리였지?

곽무한은 조금 전 자신의 마음을 달래준 소리를 떠올려 절벽위로 고개를 돌렸다.

"음? 누구?"

곽무한이 시선이 향하자 은은히 흐르던 선율이 뚝! 끊어져 버렸다.

곽무한은 아쉬움을 느끼며 안력을 집중했다.

흐린 달빛아래 희끄무레한 신형이 보였다.

확연치는 않았지만 작고 가냘픈 체구에 긴 머리카락을 지닌 걸로 봐 자기 또래의 소녀 같았다.

찌리릿!

찰나의 순간, 두 사람의 눈빛이 마주쳤다.

'아! 저런 눈빛이!'

곽무한은 머리 속이 하얗게 비는 느낌이었다.

절벽 위의 작은 소녀.

그녀의 눈빛은 달빛을 담은 신비로운 호수 같았고, 별빛을 머금은 가을 하늘 같았다.

곽무한은 멍한 표정으로 절벽 위를 바라봤다.

절벽 위의 설아는 예전에 비해 많이 초췌해 보였다.

'내 털복숭이…….'

곽무한을 바라보는 설아의 눈에 진한 애상이 어렸다.

설아는 지금 소녀적 감상에 빠져 있었다.

그 이유는 애달픈 선율의 비파 때문이었다.

나이 어린 선녀가 타는 오십 현의 비파 음색을 도저히 참을 수 없었던 고대의 천자 복희씨가 그것을 부수고 새로 스물다섯 현의 비파를 만들었다고 전해질 정도로 구슬픈 음색을 자랑하는 비파.

조부에게서 비파를 선물 받은 그날부터 설아는 가슴을 후벼 파는 선율에 흠뻑 빠져 침식을 잊고 만상조화보에 매달렸다.

"이것아, 몸 상한다. 제발 좀 쉬어가며 해라."

보다 못한 채 노인이 몇 번이나 만류를 할 정도였지만, 설아는 모든 것을 잊고 비파에 빠져들었다.

그러던 어느 날, 비파 소리를 듣고 창문 너머로 새가 날아들었다.

"이런 빌어먹을!"

설아를 짐승들과 떼놓기 위해 비파를 사 온 채 노인.

비파 소리에 새가 날아들자 판자로 창문을 막아버렸다.

그러나,

딩, 디리리링!

설아가 하나둘 만상조화보의 곡들을 깨우쳐 나가기 시작하자 그때부터는 창문을 막은 판자도 소용이 없었다.

찌르륵. 찌르륵.

크와앙. 크르릉.

온갖 풀벌레들이 마룻바닥을 뚫고 몰려들었고, 온갖 짐승들이 집 앞에 진을 치기 시작했다. 나중에는 쥐와 바퀴벌레까지 모여들었다.

"으아아! 이게 뭐야?"

채 노인은 뒤늦게 후회했지만 이미 늦어버렸다.

미물들까지 울려 버릴 정도의 비파 선율이니, 사람이라고 다를 리 없었다.

"아비야, 어미야. 흑흑흑. 나를 두고 먼저 가다니. 꺼이, 꺼이!"

결국엔 채 노인까지도 음률에 동화되어 주르르! 눈물을 흘리고 말았다.

직접 연주하던 설아도 비파 선율에 영향을 받긴 마찬가지였다.

조실부모하여 조부와 외롭게 살아가던 설아의 가슴에 애틋한 감정을 드리우기 시작한 것이다. 비파를 타면 탈수록 더욱 깊어만 가는 감정, 그것은 시간이 지날수록 애타는 갈증, 진한 그리움으로 변해 하나의 영상을 만들어냈다.

그 영상의 주인공은 싱그러운 미소로 설아의 방심을 뒤흔들어 놓은 곽무한.

결국 설아는 그리움을 견디다 못해 절벽으로 향했다.

그런데 있었다.

그가 있었다.

은빛 폭포 속에서 꿈처럼 도를 휘두르며 춤을 추고 있었다.

설아는 자기도 모르게 조용히 자리에 앉았다.

설아는 곽무한을 보며 떨리는 손으로 비파를 골랐다.

디리링!

현이 울자 마음이 울었다.

설아는 눈을 감고 비파를 연주하기 시작했다.

물은 푸르고 모래는 맑고

양쪽 강안에는 이끼뿐인데

스물다섯 현 비파를 달밤에 타니

애절한 마음 견디지 못해 그를 그리네.

水碧沙明兩岸苔

二十五弦彈夜月

不勝淸心却戀君

唐詩 歸雁 中 一部 拔萃

은은한 달빛 아래 애달픈 선율이 흘렀다.

설아의 비파 소리는 밤하늘을 돌아 폭포로 내려앉았다.

그 소리에 곽무한이 심신의 안정을 얻은 것이다.

시간이 멎고 공간이 멎은 밤.

마침내 마주한 그의 눈빛.

온 천지에 그의 눈동자뿐이었다.

빨려 들어갈 것 같은 저 맑고 깊은 눈동자.

설아는 심장이 뛰었다.

아무런 말도, 아무런 생각도 할 수 없었다.

그저 두근거리는 심장 소리에 밤하늘이 빙빙 돌았다.

그런 설아의 마음을 헤아린 듯 달빛도 서서히 어두운 구름을 떨치며 빛을 발하기 시작했다.

바로 그때였다.

천신의 질투일까? 지신의 저주일까?

갑자기 천둥벼락이 떨어졌다.

"네 이 녀석!"

"하, 할아버지?"

영상이 흩어지고 천지는 암흑으로 변했다.

"따라오너라!"

할아버지의 표정은 무서웠다.

설아는 이토록 화난 할아버지의 얼굴을 이제껏 본 적이 없었다.

설아는 한참을 주저주저하다가 할아버지의 뒤를 따랐다.

빛나던 별들이 구름에 덮인 밤.

곽무한의 비밀 수련장인 폭포에서도 두어 개의 봉우리를 더 지난 절벽 꼭대기.

"이것아!"

할아버지가 세 가닥 수염을 떨며 입을 열었다.

"그놈을 마음에 두고 있었던 것이냐? 그래서 예전에 매일같이 외출을 했었던 것이냐?"

할아버지의 목소리에는 참을 수 없는 노화가 실려 있었다.

설아는 속마음을 들킨 부끄러움에 비파만 만지작거렸다.

"휴우우. 안 되겠다. 내일 당장 이사를 가자!"

"하, 할아버지?"

설아는 깜짝 놀라 할아버지를 쳐다봤다.

할아버지는 분노와 슬픔이 범벅된 표정으로 말했다.

"다른 사람도 아니고 저 사람 같지도 않은 놈에게 정을 주고 있었다니. 이건 도저히 있을 수가 없는 일이다. 망신이로고, 망신이로고. 죽어서 조상님들을 어찌 뵈올꼬……."

할아버지는 망연한 표정으로 눈물을 뚝뚝 흘렸다.

그더러 사람 같지도 않는 사람이라니?

설아는 도대체 할아버지가 왜 이러시는지 알 수가 없었다.

"할아버지, 도대체 왜 그러세요? 제가 그 애를 좋아하면 안 되나요?"

설아는 부끄러움을 무릅쓰고 물었다.

"안 돼! 절대 안 돼. 내 눈에 흙이 들어가기 전에는 죽어도 안 돼!"

돌아온 대답은 상상을 초월했다.

"네가 그놈을 계속 마음에 담을 양이면 차라리 이 할아비 죽는 꼴을 보거라. 네가 어디가 부족해서, 어디 사람이 없어서 수적 따위야, 수적 따위가?"

할아버지는 눈물을 글썽이며 목을 매는 시늉을 해 보였다.

설아는 수적이 무슨 말인지 몰랐다.

할아버지의 말투로 봐 굉장히 나쁜 사람들이겠거니 했다.

그러나 아무리 생각해 봐도 그는 나쁜 사람이 아니었다.

눈을 보면 알 수 있었다.

"할아버지, 그는 나쁜 사람이 아니에요!"

설아는 눈물을 흘리며 말했다.

그러나,

짝!

충격이었다. 천지가 빙빙 도는 느낌이었다. 사방에 캄캄한 어둠이 닥치며 악귀들이 울부짖는 것 같았다.

그토록 자상하시던 할아버지가 자신의 뺨을 때리다니?

설아는 눈물이 왈칵 솟았다.

뭔가 하고픈 말이 많은데 머리 속에서만 빙빙 돌았다.

"이 녀석아! 수적들은 인간 말종들이야! 그놈들은 사람을 잡아먹는 흉악한 놈들이란 말이야!"

부릅뜬 눈으로 호통 치는 할아버지의 말!

설아에겐 너무 충격적이었다.

"아니야! 그게 아니야! 그는 인간 말종이 아니야! 우와아앙!"

디리링!

비파가 산산이 부서지고, 설아는 울면서 밖으로 뛰쳐나갔다.

"이것아! 이 할아비가, 이 할아비가 널 어찌 키웠는데, 널 어찌 키웠는데 감히 수적 따위와? 아이고, 혈압이야! 아이고, 아비야, 어미야! 이 일을 어쩌면 좋누. 크허허헝!"

채 노인은 망연한 표정으로 부서진 비파와 설아의 뒷모습을 번갈아 쳐다보다가 그만 자리에 주저앉아 대성통곡을 터뜨리고 말았다.

금방이라도 허물어져 내릴 것만 같은 수직의 절벽.

그 중간에 가냘픈 교구가 보였다.

“흑흑흑. 설아는 할아버지가 미워요…….”

설아는 수왕모의 관 앞에 쪼그리고 앉아 하염없이 울었다.

눈물로 여울진 설아의 망막 위로 웃음 띤 얼굴의 수왕모 할머니가 나타났다.

‘아이야, 귀여운 아이야. 마음을 열고 세상을 보렴. 행복은 네 마음 속에 있단다.’

수왕모 할머니가 주무시기 전에 한 말이 귓전에 맴돌았다. 그러나 지금의 설아에겐 와 닿지가 않았다.

“할머니, 전 이제 어떡하면 좋아요? 그가 제 마음을 몽땅 가져가 버렸는데 할아버지는 그가 나쁜 사람이래요. 그를 만나면 절대 안 된대요. 전 이제 어떡해요, 할머니? 흑흑흑.”

태어나서 처음으로 마음에 담은 아이.

싱그러운 미소를 가진 아이.

그 아이는 어느새 자신의 모든 것이 되어버렸건만, 하늘은 왜 그것을 용납하지 않는가?

“제가 잘못한 걸까요? 이제 다시는 그를 보지 않아야 할까요? 그래야 할아버지가 우시지 않을까요? 흑흑흑.”

설아는 눈이 퉁퉁 붓도록 울었다.

애간장을 쥐어짜는 설아의 울음소리는 밤하늘을 돌아 이끼계곡을 울렸다.

설아의 울음이 어찌나 애절하던지 산왕이 머리를 땅에 박으며 울었다.

용왕 아저씨는 물속에 사지를 뒤틀며 울었고, 금왕은 가슴을 쳐대며 울었다. 밤하늘의 새들은 설아의 어깨 위에서 울었고, 원숭이들은 자다가 뛰쳐나와 나무를 옮겨 다니며 울었다.

이끼계곡 전체가 우는 밤이었다.

*　　　　　*　　　　　*

"누구였을까?"

달빛이 어둠을 벗자 사라진 소녀.

곽무한은 한참 동안 생각에 잠겼다.

'그 신비로운 눈동자…….'

분명히 자신의 가슴 저 깊은 곳에 남아 있는 익숙한 눈빛이었다.

그러나 달빛이 비치자마자 흔적도 없이 사라져 버렸으니, 자기가 본 게 꿈인지 현실인지 헷갈리기도 했다.

한참 우두커니 절벽 위를 바라보던 곽무한은 결국 아쉬운 마음을 접고 말았다.

'꿈이 아니라면 또 보게 되겠지. 내일부터는 마지막 초식, 폭풍멸절세를 시작해 보자!'

곽무한은 내일의 희망을 다짐하며 폭포를 떠났다.

제22장
파국의 시작

"형님, 부르셨습니까?"

과자안은 철면노호에게 인사를 보내며 안으로 들어섰다.

"어! 어서 오게."

철면노호가 반가이 자리를 권했다.

마주한 탁자에는 술병이 놓여 있었다.

"아니, 혼자서 웬 술을?"

"아! 날씨가 추워지니 갑자기 한잔 생각이 나서 말이야."

철면노호는 부드러운 미소로 과자안에게 술잔을 건넸다.

"진작 부르지 그러셨습니까?"

과자안은 마신 술잔을 되돌려 주며 가볍게 말했다.

"하하. 혼자서 이것저것 생각하느라……."

철면노호는 술잔을 털어 넣으며 이런 저런 이야기로 술자리를 이끌었다. 그러다가 지나가듯 곽무한의 안부를 물어왔다.

"아, 참! 무한인 요즘 어떻게 지내나?"

"무공 수련에 여념이 없는 것 같더군요."

"독한 놈."

과자안의 대답에 희미한 미소를 짓던 철면노호.

술잔을 털어 넣다가 안색을 찌푸렸다.

"이런! 벌써 다 떨어졌군. 잠시만 기다리게."

철면노호는 빈 병을 거꾸로 들어 보이며 자리에서 일어났다.

"형님, 제가……."

"됐네, 이 사람아."

철면노호는 일어나려는 과자안을 가볍게 제지하고는 직접 밖으로 나갔다. 잠시 후 돌아온 철면노호의 손에는 양손에 하나씩, 두 개의 술병의 쥐어져 있었다.

"어이구. 왜 직접 가져오십니까? 밑에 아이들도 있는데."

"됐어. 날도 추운데 술 심부름까지 시키자니 마음이 걸려서 그래."

과자안은 수하들을 배려하는 철면노호의 말을 듣자니 오랜만에 과거로 되돌아온 것 같아 기분이 좋아졌다.

"자, 소제가 따르겠습니다. 한잔하시지요."

권커니 잣거니 다시 잔이 돌았다.

"커어! 과연 좋군."

어느새 한 병이 비었다.

"한 잔 더……."

"아닐세. 술은 기분 좋게 취할 정도가 딱 좋지 않나. 이건 무한이 놈 갖다 주게."

“예? 무한이요?”

갑작스런 호의라 과자안이 눈을 휘둥그레 떴다.

“이제 녀석도 술을 배울 때가 됐지. 날도 춥고 하니 가서 같이 한잔 하게. 오랜만에 제자와 회포도 풀고 말이야. 하하하.”

철면노호가 호탕한 웃음으로 술병을 건네준다.

“예. 그럼… 그렇게 하지요.”

과자안이 가만히 생각해 보니 그것도 괜찮을 것 같았다.

최근 들어 딴사람처럼 변한 곽무한.

모레쯤이면 또 생사를 건 출정이 있으니 오늘 같은 날 술잔을 나누 며 녀석의 속내를 들어보는 것도 좋을 듯했다.

‘흐흐흐. 사이좋게들 나눠 마셔라.’

철면노호는 늑대 굴 쪽으로 걸어가는 과자안의 뒷등을 보며 비릿한 냉소를 지었다.

지금 과자안이 들고 가는 술병에는 자신이 거금을 주고 마련한 잠원 칩독(潛元蟄毒)이 들어 있었다.

잠원칩독이란 이름 그대로 소리없이 본신내공을 사라지게 만드는 산공독의 일종이었다. 그것도 분량에 따라 발작 시간을 조정할 수 있 는.

‘흐흐. 거사가 끝나고 나면 너희들은……’

철면노호는 늑대 굴을 바라보며 목을 한번 그어 보이고 천천히 등을 돌렸다.

쨍그랑!

술병이 산산조각으로 부서지고 사방에 술 방울이 튀었다. 그와 동시에 한 사람의 신형이 튕기듯 일어섰다.

"이게, 이게 당신의 뜻인가요?"

벽에 등을 기댄 곽무한의 눈빛은 용암처럼 이글거렸다.

과자안은 곽무한의 눈빛에 놀라 얼른 땅바닥을 쳐다봤다.

"이, 이럴 수가… 이럴 수가……."

치이이!

산산이 흩어진 술 방울이 땅에 닿자마자 피어오르는 매캐한 연기.

도저히 믿기지 않는 일이었다.

"대형이… 대형이 나에게 이럴 수가……."

과자안은 멍한 표정으로 말을 더듬었다.

"돌아가십시오. 이때까지 제게 대해주신 인정을 생각해 이번 일은 없었던 걸로 하겠습니다."

곽무한은 과자안의 말을 차갑게 잘랐다. 그리고 턱짓으로 축객령을 내렸다.

"이게 아닌데… 이게 아닌데……."

과자안은 곽무한의 목에서 파란 광채를 발하는 목걸이를 보다가 힘 없이 돌아섰다. 철면노호가 보낸 산공독은 곽무한의 목걸이로 인해 단박에 탄로가 나고 말았다.

곽무한은 과자안의 뒷모습을 한참 동안 쳐다보다가 시선을 옮겼다.

'후후후. 그래, 이젠 이렇게 노골적으로 나오겠단 말이지?'

본채를 노려보는 곽무한의 가슴에 맹렬한 불꽃이 일었다.

힘없이 돌아서는 과자안의 모습을 보아하니, 누가 진정한 흉수인지 알 만했던 것이다.

'좋아! 이렇게까지 나온다면 나도 더 이상 참을 순 없지!'

한참 진득한 표정으로 본채를 노려보던 곽무한, 그의 입꼬리가 차갑게 위로 말려 올라갔다. 그리고 어느 순간, 곽무한의 손에 굵은 힘줄이 돋았다.

힘줄 돋은 곽무한의 손, 거기에는 혈뢰도가 붉은 빛을 발하고 있었다.

잠시 후.

"타하앗!"

늑대 굴에서 차가운 기합 소리가 터져 나오더니, 한줄기 신형이 본채를 향해 화살처럼 빠르게 날아갔다.

휘우우웅!

찬바람은 절벽 사이를 지나며 귀곡성으로 바뀌었다.

민대머리는 찬바람을 들이키다가 코가 시려와 창문을 닫았다.

"젠장. 을씨년스런 날씨군."

양손을 겨드랑이에 묻은 민대머리는 화로 위에 올려진 술병으로 시선을 돌렸다.

"이제 좀 따끈해졌을라나?"

민대머리는 평소에도 술을 좋아했지만 비가 오거나 찬바람이 불 때면 유독 더했다.

쭈우욱!

한 잔이 두 잔이 되고 두 잔이 열 잔을 넘어가자 민대머리의 눈이 점점 게슴츠레하게 변하더니 아릿한 옛 기억을 떠올렸다.

"제기랄. 서연아! 이 몹쓸 년아!"

찬바람은 왜 아픈 옛 추억을 떠올리게 만들어 가슴속 상처를 후벼 파는지, 민대머리는 비명에 간 애첩의 이름을 부르며 눈물을 흘렸다.

"이것아, 받아라. 서방님의 위로주다!"

감상에 빠지다 보니 술잔은 점점 빠르게 비워졌고 민대머리의 눈빛은 점점 붉어졌다. 취기가 흐르자 밤마다 나누던 애첩과의 뜨거운 잠자리가 생각난 것이다.

'호호호. 나으리.'

촉촉하던 눈빛과 착착 감겨오는 몸매.

교성을 지르며 귓불을 간질이던 향기로운 입술.

"크아아! 못 참겠다. 잠깐 외출이라도!"

민대머리는 빳빳이 일어나는 하초를 감싸 쥐며 회의실로 향했다.

대형에게 외출 허락을 받을 심산이었다.

그러나 도착해 보니 대형은 과자안과 거나한 술자리를 벌이고 있었다.

뭐가 그리 좋은지 웃음소리가 바깥까지 흘러나왔다.

'쉬파. 나는 안 부르고⋯⋯.'

왠지 섭섭했다.

지금 한몫 끼이자니 마뜩찮았다.

'제기랄. 지금 저 분위기에서 외출하겠다면 불호령이 떨어지겠지?

이틀 후면 철면노호가 심혈을 기울이는 가릉강 휘하 수채 습격이다.

그러니 허락이 날 리가 없었다.

'제기랄. 제기랄. 모두들 왜 갑자기 안 하던 중질을 하고 지랄이야, 지랄이.'

술기운 때문인지 성질이 돋았다. 그러나 이 외진 수채에는 건드릴

계집도 마땅찮으니 어쩔 수 없는 일.

민대머리는 불붙은 하초를 애써 삭이며 밖으로 나왔다.

"부채주님, 많이 취하신 것 같습니다?"

한 놈이 인사를 던져 왔다.

"어! 조금 마셨지. 흐흐흐."

건성으로 인사를 받고 지나가려는데 뭔가가 번쩍! 떠올랐다.

무기고!

취중이라 발길이 무기고로 향한 모양이었다.

'아! 무기고엔 그년이 있었지!'

식어가던 하초가 갑자기 용암처럼 끓었다. 그러나 거기까지면 그나마 참을 수 있었다. 무기고엔 절대 출입 금지라는 철면노호의 엄명이 생각났기 때문이었다. 그러나 문제는 민대머리가 늑대 굴로 향하는 과자안을 발견했다는 사실이었다.

'엇? 어디로 가시지?'

보아하니 곽무한에게로 가고 있었다. 더구나 술병까지 들고 있었다.

갑자기 머리가 팽팽 돌아갔다.

'흐흐. 묵호 형님이 휘청거리는 걸 보니 오늘 두 분 다 마음 놓고 마셨다는 말. 그렇다면 대형도 만취 상태이실 거고, 곽무한 그놈은 아직 술을 마셔본 적이 없지? 기회다!'

하초가 미친 듯이 끓기 시작했다. 이제는 솜털 보송한 매옥의 살결이 눈앞에서 뱅뱅 돌아 도저히 참을 수 없을 정도였다.

'이건 내 탓이 아냐! 나를 중질하게 만든 대형 때문이라고! 난 끓으면 못 참는 성미란 거 잘 아시면서!'

민대머리는 애써 변명거리를 찾으며 다시 무기고로 발을 돌렸다.

“부채주님. 제발! 태상께서 아시면… 아시면…….”

“어쭈? 이것들이 안 비켜? 나 맹호야, 새끼들아!”

민대머리는 가로막는 수하들을 패대기쳐 버리고 열쇠를 뺐었다.

“알지? 모두 입 다물어! 그리고 안에서 무슨 소리가 나더라도 아무도 들여보내지 마!”

민대머리는 엄포를 놓으며 안으로 들어섰다.

야들야들한 살 냄새가 확 풍겨왔다.

민대머리는 참을 수가 없었다.

“으하하. 이년들!”

자신을 발견하고 구석에서 오돌오돌 떨고 있는 걸 보니 더 미칠 것 같았다. 마음껏 짓밟아 달라고 애원하고 있는 것 같았다.

“으헝! 이리 오너라!”

“꺄아악!”

푹!

날카로운 비명 소리가 들리더니 팔뚝에 화끈한 통증이 일었다.

“이, 이년이?”

자신의 팔뚝을 내려다보니 피가 철철 흘렀다.

눈을 돌려보니 매옥이란 년이 아미자를 손에 쥔 채 몸을 떨고 있었다.

“그래. 그래. 앙탈하는 맛이 있어야지. 크흐흐.”

민대머리는 헛바닥으로 상처를 훑으며 매옥에게 다가섰다.

“다가오지 마! 죽여 버릴 거야!”

민대머리는 미칠 것 같았다. 매옥의 고함 소리를 듣자 오히려 폭발할 듯한 흥분이 몰려왔다.

“호호호. 이년! 이리 와!”

손을 뻗치니 계집이 다시 아미자를 휘둘러 온다.

민대머리는 묘하게 손을 비틀어 아미자를 피하고는 매옥의 손목을 확 꺾어버렸다.

“으아앙. 안 돼!”

그때였다. 갑자기 울음소리가 들려오더니 손목에 찡한 통증이 느껴졌다.

미루란 꼬마 계집애가 자기 팔뚝을 깨문 것이다.

“이년들이?”

“까아악!”

민대머리는 미루의 뺨을 거세게 후려쳐 버리고는 다시 매옥의 팔을 꺾었다.

“호호호. 어디 가슴이 여물었나 보자.”

찌이익!

민대머리는 팔을 꺾은 자세 그대로 매옥의 상의를 잡아 뜯었다.

“아악!”

매옥이 비명을 지르며 몸부림을 쳤지만 민대머리의 우악스런 손길은 상의를 반 이상 찢어놓았다.

어슴푸레 보이는 하얀 등판!

“어흥!”

민대머리는 이제 눈에 보이는 게 없었다.

웅크리고 있는 매옥을 그대로 깔고 앉으며 미친 듯이 등판에 혀를 갖다 댔다.

“우와앙!”

울음소리와 함께 다시 어깻죽지가 화끈했다.

꼬마 계집애가 울면서 어깨를 깨물고 있었다.

"넌 이따 만져 주마. 기다려라."

퍽!

민대머리는 미루를 밀어버리고 매옥의 남은 한쪽 팔까지 마저 뒤로 꺾었다.

"아악! 이 더러운 짐승새끼. 이 미친 새끼야! 꺄아악!"

매옥이 몸을 틀며 비명을 질렀지만 육중한 민대머리를 당할 순 없었다.

"흐흐흐. 이제……."

찌이익!

매옥의 하의마저 찢겨 나갔다.

"우하하하하! 죽이는구나. 정말 죽이는구나!"

찌지직!

광기에 찬 민대머리는 마지막 남은 매옥의 보루 속곳을 확 잡아 뜯었다.

바로 그때,

"꺄악! 이 미친 짐승새끼야아아아!"

콰콱!

앳된 비명 소리와 함께 등판이 화끈했다.

"이 썩을 년이?"

민대머리의 눈이 확 돌아갔다.

꼬마 계집애가 겁도 없이 바닥에 떨어진 아미자로 자기 등판을 찍은 것이었다. 다행히 팔 힘이 약해 피륙의 상처로 그쳤지, 자칫 잘못해 목을 찔리기라도 했으면 그대로 골로 갈 뻔했다.

"넌 기다리랬잖아, 이 쌍년아!"

민대머리는 화가 치밀었다.

자신의 거사를 악착같이 방해하려는 미루가 너무 귀찮아 발을 들어 가슴팍을 거칠게 차버렸다.

퍽!

내공을 실으면 아름드리 통나무까지도 박살 내버리는 각력이다.

그 힘을 어린 미루가 감당할 리가 없었다.

"아아악!"

뻐뻑!

애절한 비명 소리가 나는가 싶더니 섬뜩한 소리가 들려왔다.

민대머리의 발에 차여 뒤로 튕긴 미루가 쇠창살에 머리를 찍혀 버린 것이었다.

순식간에 피가 분수처럼 솟았고 미루의 눈이 하얗게 돌아가 버렸다.

"헉? 이런 빌어먹을!"

민대머리는 미루의 머리에서 솟구치는 피를 보며 인상을 와락 찌푸렸다.

"아악! 미루야! 미루야아아!"

매옥은 섬뜩한 비명 소리에 고개를 돌리다가 참혹하게 죽어버린 미루를 보고 미친 듯이 울부짖었다.

"시끄러, 이년아!"

가뜩이나 가슴이 철렁한 판에 매옥이 고래고래 비명까지 질러대자 민대머리는 매옥의 뺨을 마구 후려쳤다.

"ㄲㄲㄲㄲ……."

매옥의 입은 순식간에 피투성이로 변해 버렸다.

"이왕 이리된 것!"

민대머리는 급히 바지를 벗었다.

"끄그그. 널… 널… 죽어 버릴……."

매옥은 비몽사몽간에도 마구 고개를 저으며 뭐라 소리쳤다.

그러나 매옥의 몸부림에도 불구하고 민대머리는 아랫도리를 덜렁이며 매옥의 다리를 벌렸다.

"흐흐흐. 이년!"

민대머리는 눈에 흉광을 내비치며 매옥에게 달려들었다.

쐐애액!

곽무한의 신형은 쏜살같이 날았다.

크르르!

청랑이 시퍼런 눈빛으로 곽무한의 뒤를 따랐다.

찬바람이 얼굴을 때려왔지만 곽무한은 거침이 없었다.

'그를 벤다!'

독이 든 술병까지 본 마당에 더 참는다는 것은 의미가 없었다.

곽무한은 혈뢰도를 든 손에 더욱 힘을 가하며 신형을 박찼다.

앞을 가로막는 철창은 단숨에 낮아졌고 발에 밟히는 자갈들은 거칠게 뒤로 튕겨났다.

곽무한은 무기고로 먼저 방향을 잡았다.

최악의 경우를 대비해 미루와 매옥을 먼저 빼돌리려는 것이었다.

"어? 너 어디 가냐!"

경계를 서던 몇 놈이 눈을 휘둥그레 떴다. 그러나 곽무한은 일언반구의 대답도 없이 치달렸다.

"저, 저 녀석 잡아!"

곽무한이 도를 들고 있다는 것을 뒤늦게 발견한 놈들이 고래고래 고함을 질러왔다. 그 소리에 무기고를 지키고 있던 놈들이 일제히 병장기를 빼 들었다.

"비켜. 동생들을 데려갈 거야!"

놈들 앞에서 걸음을 멈춘 곽무한이 도를 내비치며 조용히 말했다.

차마 경계를 서고 있는 놈들까지는 베고 싶지 않았기 때문이었다.

그런데 이상했다.

놈들은 하나같이 당황한 표정들을 짓고 있었다. 게다가 몇 놈은 벌써 호각을 불려고 뺨을 부풀리고 있었다.

"날 잘 알 텐데? 조용히 비키지 않으면……."

곽무한이 다시 놈들을 달래려 할 때였다.

"까아악!"

지하에서 희미한 비명 소리가 들려왔다. 미루의 목소리였다.

삽시간에 곽무한의 눈에서 불이 튀었다.

"으아! 비키랬잖아!"

쐐애애애애액!

벽력같은 호통성과 함께 혈뢰도가 시뻘건 불줄기를 뿜어냈다.

삐이이…….

"크아악!"

호각을 불려던 놈은 이마에서 턱 끝까지 쪼개져 버렸고, 경고성을 발하려던 놈들은 목을 감싸 쥐며 쓰러졌다.

그때부터 시작이었다.

지하에서 계속 들려오던 비명 소리가 갑자기 뚝! 그치자 곽무한의 눈이 새파랗게 변해 버렸다.

"으아아아아아! 미루! 매옥!"

콰자자자작!

발작적으로 휘두른 곽무한의 도에 의해 강철로 된 무기고 입구 문이 두 조각으로 부서져 나갔다. 그와 동시에,

"막아!"

창졸간의 사태에 넋을 놓고 있던 놈들이 호통을 터뜨리며 한꺼번에 달려들어 왔다.

곽무한의 눈은 이미 하얗게 변해 버렸다. 무기고 안에서 뭔가 무서운 일이 벌어지고 있는 것 같아 견딜 수가 없었다.

"모두 비켜! 으아아아!"

쾌애애애액!

괴성과 함께 시퍼런 칼 빛이 사방으로 뻗어 나갔다.

"으아악!"

곽무한에게 달려들던 놈들은 저마다 목을 감싸 쥐며 나동그라졌다.

캬오오!

곽무한이 살기를 뿜자 청랑도 포효성을 터뜨리며 허공을 날았다.

"으아아!"

급기야 남은 몇 놈이 등을 보이고 달아나기 시작했다.

"청랑! 잡아!"

캬오오!

곽무한의 명령에 청랑이 다시 몸을 날렸다.

남은 놈들을 청랑에게 맡긴 곽무한은 그대로 무기고로 짓쳐들었다.

퍼퍼펑!

갈라진 문을 걷어차고 계단을 내려가자 코끝으로 피비린내가 확 풍겨왔다. 그리고 마침내 발견하고야 만 참혹한 현장.

"미, 미루. 미루우우!"

곽무한은 지금 상황이 도저히 믿기지 않았다.

"음… 오빠, 배고프지? 이것 먹고 기운 내!"

"힝. 무한 오빠, 이 부분이 잘 안 돼. 가르쳐 줘."

처음으로 자신에게 따스한 손길을 내밀어준 미루였다.

처음으로 자신에게 남매의 정을 알게 해준 미루였다.

그 귀엽고 예쁜 미루가 지금, 머리에 피를 흘리며 숨이 넘어가 있다.

곽무한의 뇌리에 뇌성벽력이 울렸다. 그리고 이내, 곽무한의 표정이 아수라처럼 변해 버렸다.

"끄아아아아아아아아!"

곽무한은 비통한 울부짖음으로 혈뢰도를 떨쳤다.

콰자자작!

혈뢰도에서 쏟아진 빛 무리는 노한 폭풍이 되어 쇠창살을 산산이 부숴 버렸다.

"헉! 고, 곰보새끼?"

곽무한을 발견한 민대머리는 사색이 되어 급히 바지를 끌어 올렸다.

"오, 오라버니……."

곽무한의 눈에 피 범벅이 된 매옥의 얼굴이 들어왔다.

그 처참한 모습에 곽무한은 폭발하고 말았다.

"크아아아아! 민대머리! 죽인다아아아아!"

분에 못 이긴 곽무한의 눈에서 실핏줄이 터졌고, 머리카락은 올올이 하늘 끝으로 치솟았다.

웅웅웅웅웅!

곽무한의 분노 따라 혈뢰도는 거센 화염을 비치기 시작했고, 단전은 극성의 내공을 뿜어 올렸다.

끼아아아!

혈음고가 날뛰었지만 하늘이라도 부숴 버릴 듯한 곽무한의 분노를 앗아가진 못했다.

"끄아아아아아!"

괴성과 함께 곽무한이 날았다.

퍼퍼퍼퍽!

남아 있던 쇠창살은 곽무한의 어깨에 부딪쳐 사방으로 튕겨졌다.

"이, 이놈!"

민대머리는 혼비백산한 표정으로 몸을 뒤졌다.

그러나 아무것도 없었다. 술을 마시다 온 탓에 빈손이었다.

쐐애애애액!

무시무시한 칼날은 벌써 코앞에 닥쳐오고 있었다.

"으, 으아아아!"

민대머리는 비명을 지르며 매옥의 목을 틀어쥐고 바닥을 굴렀다.

콰자자자작!

간발의 차였다. 머리 위로 무시무시한 뇌전이 스치고 지나갔다.

"으으… 이, 이놈! 더 이상 다가오면 이년을… 이년을……."

민대머리는 자욱이 피어오른 흙먼지를 뒤집어쓴 채 매옥의 목을 조르며 위협을 해 나갔다. 그러나 민대머리는 말을 다 잇지 못했다.

눈앞에서 불이 번쩍 하더니, 허벅지에 극렬한 통증을 느낀 때문이었다.

"크아아아아!"

끔찍한 통증이었다. 어찌나 아팠던지, 민대머리는 부지불식간에 매옥의 목을 놓고 말았다. 그 찰나의 순간,

쏴아아!

찬바람이 거세게 일었다.

"오, 오라버니. 흑흑흑."

민대머리가 무슨 일인가 느낄 새도 없었다. 매옥의 몸이 어느새 곽무한의 등 뒤로 돌려져 있었다.

"으… 으… 무한아. 자, 잘못했어. 내가 잘못했어."

민대머리는 피가 흐르는 허벅지를 억지로 움직이며 정신없이 뒤로 물러났다.

"그, 그래도 저년은 아직 못 먹었어. 아니, 아직 손도 대지 않았어. 정말이야. 용서해 줘!"

민대머리는 애원하는 표정으로 연신 사정을 했다. 그러나 그의 손은 바쁘게 등 뒤를 더듬었다.

턱!

찾았다.

바닥에 나뒹굴던 아미자가 민대머리의 손에 쥐어졌다.

"잘못했다고? 잘못했단 말이지?"

곽무한은 눈에 시퍼런 불꽃을 일렁이며 민대머리에게 다가섰다.

'한 발만 더… 한 발만 더…….'

민대머리는 목이 타들어가는 것 같았다.

"정말이야. 내가 잘못했어. 용서해 줘. 백배사죄할게. 정말 백배사죄할게. 크흐흑."

민대머리는 곽무한과 자신의 거리를 재며 짐짓 울음을 터뜨렸다. 그러나 암암리에 아미자를 쥔 손에 더욱 힘을 가하는 것을 잊지 않았다.

곽무한은 차갑게 비웃었다.

"백배사죄? 그래, 백배사죄해야지. 불쌍한 미루의 영혼 앞에 백배사죄해야지!"

말이 끝남과 동시에 곽무한이 번쩍! 도를 치켜들었다.

바로 그 순간,

"이노오옴!"

쐐애액!

민대머리는 곽무한의 아랫도리를 향해 혼신의 힘으로 아미자를 찔러 넣었다.

그러나!

서거걱!

"끄아아아아악!"

팔뚝이 바닥에서 펄떡펄떡 뛰었다.

아미자를 쥔 시커먼 팔뚝이 사방으로 핏줄기를 뿜으며 펄떡펄떡 뛰고 있었다.

"후후후. 사죄해야지. 아무렴. 가여운 내 동생 앞에서 백배사죄해야지."

시퍼런 눈빛으로 다가오는 곽무한의 모습이 어쩌나 소름 끼쳤던지 민대머리는 팔의 통증조차 느끼지 못했다.

"어버버, 어버버."

민대머리는 그저 머리 속이 하얗게 비는 느낌을 받으며 벙어리처럼 말만 더듬었다.

"널 미루 앞에 꿇릴 거야. 으아아아아!"

곽무한의 입에서 굉음이 터져 나왔다. 그와 동시에 민대머리의 양팔이 싹둑! 어깨에서 잘려 나가 버렸다.

"끄아아아아아!"

처절한 비명 소리가 지하를 울렸다.

그러나 그게 끝이 아니었다.

쐐애액!

혈광이 다시 한 번 번쩍이자 민대머리의 양 허벅지가 무처럼 잘려 나갔다.

"끄아아아아!"

"넌 내게 있어 가장 소중한 동생을 앗아갔어! 용서 못해! 절대 용서 못해!"

곽무한의 괴성이 다시 한 번 지하를 뒤흔들었다.

뚜두두두둑!

"끄아아아아아!"

민대머리의 처절한 비명성이 지하를 뒤흔들었다.

허리!

민대머리의 허리가 곽무한의 팔뚝에 의해 완전히 거꾸로 접혀 버린 것이다.

"으그그그, 으그그그그……."

민대머리는 붉은 피거품을 게워내며 서서히 눈을 까뒤집었다.

"네가 감히 내 동생을 쳐다보겠다고? 안 되지. 그렇겐 안 돼!"

곽무한은 무서웠다. 마치 피에 굶주린 광인처럼, 허리를 꺾인 채 숨이 넘어가 있는 민대머리에게 다시 도를 휘둘렀다.

서걱!

섬뜩한 소리와 함께 민대머리의 목이 떨어져 나갔다.

"고개를 숙여! 내 동생 앞에서 네 더러운 머리를 숙여, 이 개자식아! 어형헝헝!"

급기야 곽무한은 통곡을 터뜨리며 민대머리의 머리통을 땅에 놓고 발로 밟아버렸다.

민대머리는 죽어서도 미루를 바로 쳐다보지 못했다.

"오, 오라버니……."

매옥은 곽무한이 광인이 될까 봐 무서웠다. 그래서 곽무한의 등을 껴안은 채 오들오들 떨며 눈물을 흘렸다.

"매… 옥……."

곽무한의 얼굴은 그제야 돌아왔다.

"미안하다. 정말 미안하다……. 크흐흐흑."

곽무한은 벌거벗다시피 한 매옥을 껴안으며 굵은 눈물을 흘렸다.

지하 뇌옥에는 한동안 곽무한과 매옥의 울음소리로 가득했다.

*　　　　*　　　　*

"뭣이라고?"

철면노호는 자리를 박찼다.

막 잠자리에 들려는 순간 날아든 급보 때문이었다.

"그, 그렇습니다. 오강채가 박살이 난 지는 벌써 이십여 일이 지났고, 열흘 전에는 민강수채까지도 몰살당했답니다."

지렁이는 떨리는 목소리로 보고했다.

철면노호는 하늘이 와르르! 무너지는 기분이었다.

오강채와 민강수채가 무너지다니?

오강채는 민대머리가 옷을 바꿔 입은 곳이고 민강수채는 곽무한이 잠룡연에 참가한 곳이다. 그럴 리는 없다고 생각했지만 뭔가 불길했다. 명부(冥府)의 손이 자기 목을 죄어오는 기분이었다.

"왜? 무엇 때문에? 도대체 누가 그들을 몰살시켰다더냐?"

철면노호는 발작적으로 물었다.

"오강채를 무너뜨린 것은 복면을 쓴 자들이랍니다. 그리고 민강수채에서 복면인들과 함께 금사상채의 흔적도 보였답니다."

"복면인? 금사상채! 맙소사! 출정을, 출정을 서둘러야겠다. 오늘이라도 당장 출정을 서둘러야……."

철면노호는 안색을 딱딱하게 굳히며 서둘러 옷을 차려입었다. 놈들이 금방이라도 이곳으로 들이닥칠 것 같았다.

바로 그때였다.

"으아아아아아! 미루! 매옥!"

수채를 뒤흔드는 고함 소리가 들려왔다.

귀를 먹먹하게 만드는 목소리. 바로 곽무한의 목소리였다.

"이, 이게 무슨 소리야?"

철면노호는 자기 귀를 의심했다.

불과 얼마 전에 산공독을 보냈으니, 아무리 생각해도 나올 수 없는 고함 소리였다.

그때였다. 복도에서 급한 발자국 소리가 나더니 누군가가 뛰어들었다.

"헉, 헉. 태상채주님. 사곱니다. 곽무한이 사고를 쳤습니다."

파리하게 질린 안색. 친위대 놈이었다.

"뭐야? 이 자식이?"

철면노호는 보고를 듣자마자 문을 박차고 밖으로 나섰다.

크와앙!

"으아아아!"

밖으로 나가 보니 완전 난장판이었다.

지하 무기고에선 연신 고함 소리가 들려왔고, 마당에는 푸른 갈기의 늑대가 수하들을 마구 물어뜯고 있었다.

"이 하찮은 미물!"

철면노호는 분노성을 터뜨리며 비도를 날려 청랑을 쫓아버리고는 비상종을 두들겨 댔다.

땡땡땡땡!

한밤중의 비상 타종 소리는 잠든 수채를 깨웠다.

적호채들은 자던 옷차림 그대로 뛰어나왔다.

"무슨 일이냐?"

"설마 무한이가?"

적호와 과자안도 놀란 표정으로 뛰어나왔다.

순식간에 적호채 앞마당은 병장기를 든 적호채들로 쫙 깔렸다.

"무한이 새끼를 잡아!"

철면노호는 무기고를 가리키며 소리쳤다.

바닥에 흥건한 핏물과 시신.

지하에서 울려오는 지축을 뒤흔드는 고함 소리.

사태를 짐작한 수적들은 저마다 병장기를 들고 무기고를 에워쌌다.

그러나 누구도 선뜻 안으로 들어가려 하지 않았다. 모두 곽무한의 무위를 알고 있었기 때문이다.

"이 등신 새끼들이? 어서 안 들어가?"

급기야 철면노호의 호통 소리를 듣고야 겨우 몇 놈이 움직였다.

그러나,

"크아아악!"

녀석들은 무기고 안으로 들어서자마자 비명을 질렀다.

퍼퍼펑!

뒤늦게 들어서던 몇 놈은 네 활개를 뻗으며 밖으로 튕겨 나오기까지 했다.

철면노호는 막 지하계단을 올라 온 곽무한의 모습을 봤다.

"헉!"

곽무한의 이글거리는 눈빛을 본 철면노호는 가슴이 철렁했다.

천하의 그 무엇이라도 단숨에 베어버릴 듯한 무시무시한 눈빛이었다.

"철문을 내려!"

곽무한이 두려운 게 아니었다. 수하들의 피해가 두려웠다.

곽무한의 눈이 저렇게 뒤집어진 상태라면 그 누구도 대적이 불가능할 것 같았다. 그렇다고 수하들을 진두지휘해야 할 자신이 나설 수는 없는 일. 때문에 철면노호는 급히 명을 내렸다.

그그그긍! 철컹!

철문이 내려졌다.

"불을 질러!"

철면노호는 연이어 명을 내렸다.

가장 간단한 방법이었다.

무기고 안에 숨겨둔 화약이 아까웠지만 어쩔 수 없었다.

사방에서 횃불이 날았다.

화르르!

무기고는 금방 화염에 휩싸였다.

친위대들은 기름까지 마구 끼얹었다.

화염은 점점 거세게 일었다.

"대형! 안 됩니다. 무한이를 죽이실 생각입니까?"

"대형! 도대체 왜?"

과자안과 적호가 뒤늦게 벌건 얼굴로 달려왔다.

"모두 물러서! 불복하면 죽는다!"

철면노호는 두 사람을 노려보며 차갑게 소리쳤다. 그러자 친위대들
이 과자안과 적호의 앞을 막아섰다.

"대형! 도대체 왜 이러시는 겁니까?"

적호와 과자안은 어이가 없어 친위대 너머의 철면노호를 보며 고함
을 질렀다.

철면노호는 느릿한 동작으로 모두를 둘러보더니 칼을 자르듯 단호
히 말했다.

"모두 뒤로 물러서서 정렬해! 불길이 가라앉고 나면 주하채와 파하
채를 치러간다!"

이 난리통에 출정이라니?

"도, 도대체?"

과자안과 적호는 할 말을 잃고 멀거니 철면노호를 바라봤다.

적호와 과자안이 움직이지 않으니 모두들 어찌할 바를 모르고 서로 눈치만 살피고 있었다.

"아니, 형님! 도대체 무슨 말씀이시오? 지금 저 안에 있는 아이들이 죽느냐 사느냐 하는 판인데 출정이라니오?"

참다못한 적호가 얼굴을 붉히며 앞으로 나섰다.

철면노호는 항의하는 적호를 보며 으스스한 표정을 지었다.

"적호! 너 지금 나한테 덤비는 거냐?"

"형님! 그 말이 아니잖습니까? 도대체 어찌 된 상황인지 알아야 정렬을 하든지 말든지 하지요. 흑사! 일단 저 불부터 꺼!"

적호가 본격적으로 소리치며 앞으로 나서자 흑사와 백곰이 기다렸다는 듯이 자리를 떴다. 그러자 그 모습을 본 적호채의 수하들이 하나둘 적호 주변으로 몰리기 시작했고, 상황을 지켜보던 담우치마저 적호의 뒤에 가서 서자 대녕채 수적들도 우르르 적호 주변으로 몰렸다.

철면노호는 안색이 급격히 굳어졌다.

"모두 그 자리에 멈춰! 항명하는 놈은 누구라도 용서치 않겠다!"

차갑게 소리치는 철면노호의 눈에 붉은빛이 일렁거렸다.

여차하면 손을 쓰겠다는 특유의 자세였다.

"형님!"

적호도 만만찮았다. 온몸에 공력을 일으키며 자세를 잡았다.

서로를 노려보며 대치상태에 들어간 두 사람.

과자안은 이러다가는 진짜 큰일이 나겠다 싶어 앞으로 나섰다.

"형님의 말씀은 조금 어폐가 있는 것 같습니다. 그리고 형님께서 제게 먼저 해명하셔야 할 게 있는 것 같습니다만……."

"묵호?"

과자안이 나서자 철면노호는 움찔하는 표정을 지었다.

과자안은 말없이 철면노호의 답변을 기다렸다.

과자안은 아직도 철면노호를 믿고 싶었다. 과거 자기 목숨을 구해줄 때 보여준 그의 사내다움을 믿고 싶었는지도 몰랐다. 그래서 철면노호에게 기회를 주었다.

자신이 독에 당한 사실을 알고 있다는 것을 흘림으로써 그가 스스로 부끄러움을 알고 한발 물러나 곽무한을 풀어주기를 바란 것이다.

그러나 철면노호는 과자안의 마음 같지 않았다.

"해명은 무슨 해명? 난 누구에게도 해명할 일이 없다. 그리고 지금 곽무한 저놈이 저질러 놓은 짓을 봐봐. 놈은 넘지 말아야 할 선을 넘었어. 채의 규율을 어기는 저것들 때문에 나와의 의리를 저버릴 생각인가?"

철면노호는 턱짓으로 무기고 근처에 널브러져 있는 시체들을 가리키고는 계속 말을 이었다.

"게다가 내가 지금 출정 명령을 내리는 이유는 화급을 다투는 일이 발생한 때문이다. 오강채와 민강수채가 무너졌다는 소식을 들은 때문이란 말이다."

"음? 오강채와 민강수채가?"

과자안의 얼굴에 흠칫하는 기색이 떠올랐다. 그러나 이내 안색을 회복했다.

"형님, 지금 놈들이 당장 쳐들어오는 게 아닌 이상, 그 문제는 지금 상황과 하등 연관이 없습니다. 저는 지금 형님과의 의리를 저버리고자 하는 게 아닙니다. 저 안에 갇힌 무한이, 그 아이가 움직인 데에는 이유가 있습니다. 형님께서는 분명히 그 이유를 알고 계실 텐데요? 전 그걸 묻고자 함입니다."

"이유? 네 눈엔 저기 죽어 나자빠져 있는 수하들이 보이지 않나? 눈에 보이는 사실이 이렇게 명명백백한데 나더러 무슨 이유를 대라는 거야? 여봐라! 지금 이 순간부터 내 명에 불복하는 놈들은 모조리 베어버려!"

철면노호는 과자안의 타오르는 눈빛을 무시하며 친위대들에게 명을 내렸다.

"형님! 갑자기 왜 이렇게 변하셨습니까? 도대체 무엇 때문에?"

과자안은 자신들을 포위해 오는 친위대들을 보고 어찌나 기가 막혔던지 애꿎은 주먹만 부르르 떨었다.

바로 그때였다.

"미루! 미루야!"

찢어지는 고함 소리로 무기고를 향해 뛰어가는 소년이 있었다.

미루의 오라비인 무견이었다. 소란성에 뒤늦게 나왔다가 불타는 무기고를 보고 다짜고짜 뛰어든 것이었다.

"저 새끼 잡아!"

가뜩이나 긴장된 상황이었다.

그 상황을 깨는 돌발 변수가 생기자 철면노호가 빠르게 명을 내렸다. 그러자 친위대들 중 몇 명이 일제히 무견을 향해 달려갔다. 그러나 친위대들이 무견을 잡기 전에 과자안이 먼저 무견을 낚아채 혈을 찍었다.

"묵호! 뒤로 물러서!"

철면노호가 새파란 눈길로 호통을 질렀다.

친위대들은 철면노호의 눈치를 살피며 과자안을 에워쌌다.

"대형! 정말 이렇게까지 하셔야겠습니까?"

드디어 과자안도 열이 받았는지 도에 손을 갖다 댔다.

열이 받긴 적호도 마찬가지였다.

감히 채주인 자신에게 친위대 따위가 병장기를 내세우다니!

"형님, 저는 아직 무한이가 어떤 짓을 저질렀는지 잘 모르겠습니다. 그리고 이 상황에서 출정은 말이 안 된다고 생각합니다. 그래서 채주의 권한으로 명을 내리겠습니다. 뒤로 물러나십시오. 너희들은 뭣들 하느냐? 불을 끄라고 명을 내린 지가 언젠데?"

적호는 철면노호를 노려보다 고개를 획! 돌려 수하들에게 불호령을 내렸다. 그러자 적호채들이 물을 뜨러 우르르 강변으로 몸을 움직이기 시작했다.

"이 자식이! 적호, 너 죽고 싶어?"

철면노호가 고함치자 친위대들과 쌍강채들이 일제히 앞으로 나섰다.

이제 서로 간의 기세 싸움이 지나 일대 격전으로 번질 위기였다.

적호채와 대녕채는 적호를 따르고 있었고, 쌍강채와 친위대는 철면노호를 따랐다.

과자안은 양쪽 어디에도 속하지 않고 무견을 안고 뒤로 물러나 중립의 입장에 섰다.

"호호호. 적호, 이제 네놈이 좀 컸단 말이지? 그래도 넌 아직 내 상대가 안 돼!"

벌써 물을 떠오는 적호채들을 노려보던 철면노호, 흉소를 지으며 앞으로 나섰다.

"대형! 제발 이성을 찾으시오! 누가 대형과 싸우겠……!"

적호가 막 앞으로 나서며 반박하려 할 때,

퍼퍼펑!

철면노호가 벼락같이 날아오르며 장풍을 뿌렸다.

"컥! 이런 비겁한!"

적호는 피를 토하며 쿵쿵쿵! 뒤로 세 발짝 물러났다.

"채주!"

차차창!

삽시간에 적호채와 대녕채가 병장기를 꺼내 들었다.

"이것들이?"

쌍강채와 친위대들도 마찬가지였다.

순식간에 장내엔 팽팽한 긴장이 흘렀다.

누구라도 손만 뻗으면 곧바로 혈전이 벌어질 상황이었다.

제23장
몰아치는 폭풍

몰아치는 폭풍

'헉! 도대체 무슨 일이야?'

약에 취해 있다가 뒤늦게 나온 장직은 얼른 숲에 몸을 숨겼다.

유심히 사방을 둘러보니 무기고엔 불길이 활활 치솟고 있고, 수채는 양쪽으로 나뉘어 대치 중이다. 도대체 무슨 난리인지 정리가 되지 않았다.

'으으. 도대체 무슨 일이 벌어졌기에 이 난리통이람? 에고고. 나도 앞으로 나가 봐야 하나?'

그러나 한눈에 보기에도 칼부림이 벌어지기 일보 직전이었다.

'일단 좀 더 지켜보다가……'

장직은 몸을 깊숙이 낮춰 눈알만 굴렸다.

"좋아. 좋아. 결국 붙어보잔 말이지? 이 하루살이들이……"

"대형! 도대체 왜 이러시오!"

보아하니 태상채주와 채주, 두 사람이 막 서로에게 손을 쓰려는 중이었다. 장직은 두 사람을 번갈아 보며 침을 꼴깍 삼켰다.

바로 이때,

퍼퍼퍼펑!

무기고 쪽에서 귀를 찢는 굉음이 터져 나왔다.

장직이 깜짝 놀라 눈을 돌리니, 불길에 휩싸인 무기고, 그 입구를 막고 있던 철문이 산산조각으로 부서져 사방으로 날아가고 있었다.

"헉! 무슨 소리야?"

막 격전을 벌이려던 적호채들은 난데없는 굉음에 놀라 일제히 무기고로 눈을 돌렸다. 그러다가 모두 눈을 휘둥그레 떴다.

"과, 곽무한?"

그랬다. 산산이 부서진 철문, 화염이 일렁거리는 철문 사이로 곽무한의 모습이 보였다.

올올이 곤두선 모발, 핏물이 흘러내리는 시뻘건 눈동자!

한 손엔 반라 상태의 매옥을 안고, 다른 한 손엔 화염처럼 붉은 도를 쥐고 큰 걸음으로 다가오는 곽무한의 모습은 모두에게 충격, 바로 그 자체였다!

모두 말을 잃고 버쩍 얼어 있는데,

쿠콰콰콰쾅!

곽무한의 등 뒤에서 거대한 폭발이 일어났다.

무기고 안에 있던 화약이 열기에 못 이겨 폭발을 일으킨 것이었다.

화르르! 짜자작!

폭발이 일으킨 화염은 순식간에 밤하늘을 환히 비쳤다.

저벅! 저벅!

등 뒤에서 혼백을 뒤흔드는 폭발이 일어났음에도 곽무한은 흔들리지 않았다.

거센 화염을 뒤로하고 매옥을 안은 채 시뻘건 도를 겨누며 걸어오고 있는 곽무한의 모습은 마치 화염의 신 축융(祝融) 같았다.

"으으으… 도, 도대체?!"

모두 넋이 빠져 있을 때, 철면노호가 가장 먼저 정신을 차렸다.

"막아! 저 새끼를 막으란 말이야!"

친위대들은 철면노호의 호통 소리를 듣고서야 겨우 정신이 들었다.

"와아아! 죽여라!"

친위대들이 요란한 함성으로 곽무한을 향해 달려가자 적호도 그에 뒤질세라 고함을 질렀다.

"저놈들을 막아!"

적호채들과 대녕채들이 막 움직이려는 순간, 곽무한의 입술이 열렸다.

"모두 물러서! 나와 저 새끼의 일이야!"

낮은 목소리였다. 동시에 목이 쉰 듯 잔뜩 잠긴 목소리였다.

그러나 그 목소리에는 거역할 수 없는 힘이 담겨 있었다.

친위대들은 곽무한의 목소리를 듣자마자 굳어버렸다. 아니, 시뻘겋게 달아 있는 곽무한의 눈빛에 질려 버렸다는 게 더 정확한 표현이리라.

"이 등신새끼들. 뭣들 하는 거야? 그냥 쳐!"

수하들이 모두 멍하니 굳어 있자 철면노호는 재차 소리쳤다.

친위대들은 그제야 꿈에서 깨어난 듯 일제히 곽무한을 공격해 들어갔다.

"와아아!"

"죽여라!"

쐐애애액!

도가 날고 쇠사슬이 날고 도끼가 날아왔다.

곽무한은 차갑게 가라앉은 눈빛으로 그 모두를 봤다.

그리고 찰나의 순간,

콰득!

곽무한의 팔뚝에 그려진 호랑이 문신이 포효할 듯 튀어나왔다. 그와 동시에 곽무한의 입에서 천둥 같은 고함 소리가 터져 나왔다.

"으아아압! 뇌전폭풍!"

섬전이고 벼락이었다.

화염이며 폭풍이었다.

꽈르르르릉!

수평으로 원을 그린 곽무한의 도에서 붉은 광채가 숏구치더니 엄청난 굉음과 함께 용암 같은 불덩이를 토해냈다. 도신에 일 갑자의 내공을 불어넣으면 뇌전처럼 불벼락을 내뿜는다는 전설이 지금 이 순간 재현된 것이다.

촤촤촤악!

비명도 없었다. 신음도 없었다.

자욱한 피보라와 함께 토막 난 시체만 사방에 널브러졌다.

피분수가 잦아들자 사방이 정적에 잠겼다.

"으… 으…으……."

철면노호는 자기도 모르게 신음성을 흘렸다.

곽무한은 시뻘건 눈빛으로 사방을 더듬었다, 마치 다음 희생자는 누구냐는 듯.

"흐으, 흐으. 저놈, 저놈이……."

철면노호는 도저히 이 상황이 믿기지 않았다.

일도에 스무 명을 허리를 베어버리다니!

이건 무인의 전설이라는 도강(刀罡)에서나 나올 신위였다.

'도! 저놈의 도! 그때 무슨 수를 써서라도 저걸 뺏었어야 했는데!'

철면노호는 충격과 공포, 그리고 탐욕이 범벅된 눈길로 곽무한의 도를 쳐다봤다.

고요한 정적 속에서 곽무한의 입술이 다시 열렸다.

"다시 한 번 말한다. 나와 저 새끼의 일이다. 모두 물러서!"

말이 끝남과 동시에 곽무한은 혈뢰도를 철면노호에게 겨눴다.

기세에 질린 친위대들은 몸을 떨며 뒤로 물러났다.

"이 등신새끼들이! 저 새낀 아직 애송이야! 더구나 계집을 안고 있어. 암기를 써, 이 등신들아!"

철면노호는 다시 수하들을 다그치며 품속에서 비도를 꺼내 들었다.

일수관혼(一手貫魂)!

한 번 손을 떨치면 혼을 꿰뚫어 버린다는 비도술로 혼전 중인 곽무한의 목을 뚫어버리려는 의도였다.

이미 명령에 길들여 져서인지 겁에 질려 있던 친위대들과 쌍강채들이 다시 움직였다.

이번에는 아무런 함성이 없었다. 대신, 모두들 잔뜩 긴장한 표정으로 곽무한과의 거리를 벌리며 품속에서 암기들을 꺼내 들었다.

곽무한은 그들을 훑어보며 차가운 미소를 지었다.

긴장된 순간, 철면노호가 서서히 손을 치켜들었다.

친위대와 쌍강채들도 모두 암기를 치켜들기 시작했다.

바로 그때,

“모두 저들을 막아!”

갑자기 뒤쪽에서 호통 소리가 나왔다.

곽무한의 신위에 넋이 나가있던 적호가 정신을 차린 것이다.

우르르!

적호의 명에 따라 적호채들이 움직였다.

“이, 이것들이?!”

철면노호의 표정이 순간적으로 붉으락푸르락해졌다.

철면노호가 잠시 한눈을 파는 바로 그 순간,

“타합!”

곽무한이 창룡음을 터뜨리며 날아올랐다.

“무모하다!”

과자안은 자기도 모르게 소리쳤다.

놈들이 암기를 들고 있는 상황에서 허공으로 몸을 띄우다니?

이는 스스로 화를 자초하는 일이었다.

“헉! 왜 저리 서두르지? 우리가 막아줄 텐데?”

적호 역시 마찬가지 생각이었다.

그러나 곽무한이 몸을 날린 데는 이유가 있었다.

지금 곽무한은 서 있기조차 힘든 상태였다.

조금 전까지 갇혀 있던 화마가 이글거리는 무기고.

곽무한은 전신내공을 끌어올려 매옥을 보호함과 동시에 철문을 부쉈다. 그리고 수십 명을 상대로 전력을 기울였다.

그 바람에 곽무한은 진력이 소진됐다. 그에 따라 기다렸다는 듯 다시 날뛰기 시작하는 혈음고. 그 고통을 참기는 너무 어려웠다.

이 상황을 종결시키려면 촌각이라도 빨리 철면노호를 베어버려야 했다. 그런데 마침 철면노호가 한눈을 팔고 있으니 단숨에 승부를 내고자 한 것이었다.

파파파파!

바람이 뺨을 세차게 떨어댔다.

목을 감싼 매옥의 손에 점점 힘이 들어감을 느꼈다.

바로 눈 아래 철면노호가 보인다.

"공격!"

놈의 목구멍도 보인다.

시시싯!

암기가 빗발처럼 날아왔다. 그러나 저마다 실낱같은 차이로 스쳐 간다.

"이야아아아압! 대해멸절!"

도신(刀身)을 따라 회오리치던 광풍이 어느 순간, 하얀 광채로 변해 철면노호의 얼굴을 노리고 쭉! 뻗어 나갔다.

번쩍! 콰콰콰콰콰콰!

사방에 자욱한 흙먼지가 일었고 손목에 강한 충격이 느껴졌다.

'놓치다니…….'

곽무한은 허탈한 심정이었다.

비록 실전에서 사용해 보기는 처음이었지만 가물거리는 진기를 쥐어짜 가면서까지 혼신의 힘을 다한 초식이었다. 그런데 실패라니?

도에 스친 지면은 거북이 등짝처럼 갈라졌건만 철면노호의 모습은 그 어디에도 보이지 않았다.

번쩍!

갑자기 등 뒤에서 강한 살기가 느껴졌다.

패액!

번개같이 돌아섰지만 팔뚝에 시큰한 통증이 느껴졌다.

"으드득!"

분했다.

자신에게 안겨 있는 매옥 때문에, 또한 진기가 소진된 때문에 속도가 떨어진 탓이었다.

곽무한은 건너편에 서 있는 철면노호를 향해 다시 도를 세웠다.

비도에 맞은 팔뚝이 비명을 질렀지만 이를 악물었다.

곽무한이 다시 도를 세울 때 쯤 철면노호는 놀란 가슴을 진정시키고 있었다.

'으으으. 도기(刀氣), 도기였어!'

아무리 강가의 모래알처럼 고수가 많다는 강호라지만, 고작 열여섯 나이에 도기라니!

철면노호는 자신의 눈을 도저히 믿을 수가 없었다.

그러나 망막을 파고드는 저 갈라진 땅바닥!

자신은 지금 도기를 뿌리는 괴물과 상대하게 됐다.

조금 전의 도세만 해도 무인으로서 죽기보다 더 수치스럽다는 나려타곤(懶驢陀滾)의 수법을 펼치고야 겨우 피할 수 있었다. 다시 들이닥치면 자신이 없었다.

"와아아! 놈들을 물리쳐라!"

"이 자식들아!"

주변에서는 혼전이 벌어지고 있었지만, 마주한 두 사람에겐 아무것도 보이지 않았고 아무 소리도 들리지 않았다.

츠츠츳!

기파와 기파가 부딪치며 파동을 만들었다.

기파의 파동 따라 공간이 일그러지고 기류가 맴을 돌았다.

휘우웅!

바람이 뺨을 스치는 순간,

"타하압!"

"이노옴!"

두 사람은 약속이나 한 듯 동시에 몸을 날렸다.

곽무한은 직선으로 돌진했고 철면노호는 공중으로 날아올랐다.

곽무한은 바람을 가르며 도를 휘둘렀고 철면노호는 양손을 활짝 펼치며 비도를 뿌렸다.

쾌애애액!

시시시싯!

날카로운 소음이 고막을 얼얼하게 만들었다.

캉! 캉! 캉!

곽무한은 날아드는 비도를 튕겨내며 계속 앞으로 돌진했다. 아니, 정확히 말하자면 튕겨내는 게 아니라 베어내며.

'이런!'

철면노호는 헛바람을 토했다.

자신이 가진 비도는 모두 여덟 개.

그중 여섯 개가 무참히 잘려져 나가고 있었다.

이제 남은 비도는 두 개. 그것마저 잘려져 나간다면?

상념은 짧았지만, 위기는 코앞이었다.

놈이 어느새 반장 거리로 다가왔다.

자신은 지금 지면으로 하강해야 할 순간! 절체절명의 위기였다.

‘저년!’

절망의 순간, 길이 보였다.

곽무한의 가슴에 안겨 있는 매옥의 등이 눈에 들어왔다.

“차압!”

철면노호는 몸을 한 번 비틂으로 하강 속도를 늦추며 벼락처럼 비도를 뿌렸다. 그리고는 뒤도 돌아보지 않고 바닥을 굴러 주변에 나뒹구는 도를 움켜쥐었다.

쐐애애액!

비도가 섬전 같은 속도로 날아왔다.

섬뜩한 날이 매옥의 목과 허리를 향했다.

곽무한은 빛과 소리로 철면노호의 의도를 알아차렸다.

사각(死角)!

놈이 날린 비도는 완벽한 사각이었다.

“으드득!”

곽무한은 이를 갈며 몸을 틀었다. 동시에 매옥을 던지다시피 내려놓으며 팔뚝에 불끈! 힘을 줬다.

콰콰콱!

두 대의 비수가 곽무한의 왼팔에 꽂혔다.

“꺄아악! 오라버니!”

뒤늦게 매옥이 비명을 질렀다.

“끄아아아아아!”

곽무한은 끔찍한 통증에 치를 떨면서도 땅을 박찼다.

파파파팟!

순식간에 허공으로 치솟은 곽무한의 신형은 번개처럼 철면노호에게 내리 꽂혔다.

"으허허헉!"

철면노호는 급히 도를 휘둘렀다.

카카캉!

그러나 도는 어이없이 잘려져 나갔다.

"으아아아아!"

철면노호는 사색이 되어 바닥을 굴렀다.

카가가가각!

방금 전까지 철면노호가 있었던 자리에 흙먼지가 풀썩 피어올랐다.

철면노호는 그 짧은 순간을 이용해 뒤로 몸을 날렸다. 그리고 벼락처럼 몸을 틀어 한사람의 목을 움켜쥐었다.

철면노호의 관록이 위력을 발휘한 순간이었다. 그는 몸을 피하는 와중에도 기회를 포착, 방심하고 있던 적호를 급습해 목줄을 낚아챈 것이다.

"컥! 커컥! 이, 이런 비겁한!"

졸지에 허를 찔린 적호는 창백한 표정으로 목을 컥컥거렸다.

"이놈! 우리 협상하자!"

적호를 앞세운 철면노호가 긴장한 표정으로 말했다.

"협상?"

곽무한의 입술이 차갑게 비틀렸다.

저벅, 저벅!

곽무한의 보폭은 무척 넓었다.

순식간에 철면노호 앞에 다가왔다.

"싫어!"

냉막한 음성과 함께 혈뢰도가 직선으로 내리 그었다.

"으아아! 이 녀석이?!"

설마 곽무한이 이렇게 막무가내로 나올 줄은 짐작도 못한 철면노호, 급히 적호를 밀쳐 버리고는 공력을 모았다. 자신의 성명절기인 천지독 패공을 시전하려는 것이었다.

"어어엇?"

허우적거리며 넘어져 오는 적호, 그리고 그 뒤에서 노랗게 변한 손으로 장력을 뿌리려는 철면노호.

곽무한은 침착했다.

가볍게 땅을 굴러 넘어지는 적호의 어깨를 밟은 후 허공으로 몸을 띄웠다.

쉬이잇! 퍼퍼펑!

"크헉!"

애꿎은 장력은 적호의 등판을 두드렸다.

바로 그 순간, 곽무한의 신형이 쏜살같이 아래로 향했다. 그와 동시에 혈뢰도가 지면을 향해 붉은 광채를 뿌렸다.

서거걱!

"끄아아아아악!"

드디어 철면노호의 입에서 처절한 비명 소리가 터져 나왔다.

그의 오른팔이 어깨에서부터 썽둥! 잘려져 나간 것이다.

"맙소사!"

철면노호의 입에서 비명 소리가 터져 나오자 장내는 순식간에 얼어 붙었다.

저벅, 저벅!

곽무한의 발자국 소리가 정적을 깨뜨렸다.

“으으으… 사, 살려줘. 해약을 줄게. 정말이야. 해약을 줄게.”

철면노호는 활활 타오르는 곽무한의 눈빛에 질려 정신없이 뒤로 물러섰다.

“해약?”

곽무한의 눈에 이채가 어렸다.

바로 그때였다.

땡땡땡땡!

“적이다아아아!”

비상 타종 소리와 함께 밤하늘을 뒤흔드는 소리.

경계 초소에서 들려온 신호였다.

정체 불명의 인물들이 절벽 틈 사이의 수로로 들어섰다는 신호였다.

이런 상황에 적의 급습이라니?

“헉! 그들이… 그들이 벌써?”

철면노호의 안색은 이제 잿빛으로 변해 버렸다.

눈앞에는 곽무한이요, 멀리에는 자신을 쫓고 있는 적들.

실로 사면초가의 입장이었다.

“진짜, 진짜 협상하자! 저놈들이 오면 다 죽어! 내가, 내가 있어야 돼! 내가 저놈들을 잘 알아! 내가 놈들을 물리칠 수 있어!”

철면노호는 이제 체면이고 뭐고 없었다. 정말 급했다.

그러나 이때 들려온 소리.

“크으으. 죽여 버려! 저들은 철면노호를 잡으러 온 놈들이야!”

등판에 장력을 맞아 죽기 일보 직전인 적호였다.

“아냐! 아니라고! 저놈들은 악귀 같은 놈들이야! 우리를 다 몰살시킬 거야!”

철면노호는 남은 한 팔을 흔들며 애원하는 표정을 지었다.

"그래?"

곽무한의 표정이 그제야 움직였다.

"그래, 맞아. 정말이야! 저놈들은 진짜 악귀 같은 놈들이야!"

철면노호는 정신없이 고개를 끄덕였다.

한참 철면노호의 눈을 들여다보던 곽무한이 등을 돌렸다.

"고맙다. 정말 고맙다."

철면노호는 안도의 한숨을 내쉬며 몸을 일으켰다.

바로 그 순간,

등을 돌린 곽무한에게서 붉은 빛이 번쩍! 뿜어져 나왔다.

서걱!

"끄, 끄… 끄……."

소름 돋는 소리와 함께 흘러나오는 단말마의 신음 소리.

톡, 톡, 데구르르…….

촤아악!

뒤이어 뭔가가 굴러 떨어지는 소리와 뭔가가 솟구치는 소리가 들려왔다.

"난 악귀보다 네가 더 싫어!"

곽무한은 고개조차 돌리지 않았다.

촤촤촤악!

털썩!

목 없는 철면노호의 신형은 한참 동안이나 피를 솟구치다가 결국엔 힘없이 나동그라졌다.

모두 말을 잃었다.

그저 멍한 표정으로 철면노호의 시신만 바라보고 있었다.

그때 정적을 깨는 목소리가 들려왔다.

"모두들, 너무 자신감이 넘치는 거 아냐?"

뜬금없는 곽무한의 말에 모두 어리둥절해했다.

과자안은 그 말을 알아들었다.

"전투 준비!"

과자안이 쩌렁쩌렁한 목소리로 외치고 나서야 모두 정신을 차렸다.

"으아아! 빨리, 빨리!"

적호채들의 몸놀림이 갑자기 빨라졌다.

그러나 친위대들이나 쌍강채는 아직도 멍하니 서 있었다.

철면노호의 죽음으로 공황 상태에 빠진 것이다.

"너희들은 앉아서 죽을 거야?"

곽무한이 다시 한마디 던졌다.

그제야 그들도 움직이기 시작했다.

모두가 맡은 바 위치로 사라지고 나자 곽무한은 털썩 바닥에 주저앉고 말았다.

"오라버니……."

매옥이 염려스런 표정으로 다가왔다.

곽무한은 매옥에게 미소를 지어 보였다.

"미안해… 조금만 쉴게."

생전 처음 보는 낯선 미소.

매옥은 곽무한의 상태를 알아차렸다.

그 강하던 사람이 고통을 감추기 위해 억지 미소를 짓다니.

매옥은 왈칵 눈물이 났다.

"제가… 도와드릴게요."

매옥은 애써 눈물을 감추며 곽무한의 머리를 자신의 허벅지에 올려놓았다.

"이럴 필요까지는……."

곽무한은 말을 다 맺지 못했다.

매옥의 손가락이 입술을 눌러왔기 때문이다.

곽무한은 눈물 그렁한 매옥의 눈을 바라보다가 천천히 매옥의 손을 잡았다. 그리고는 자신의 입술에서 매옥의 손을 치우며 힘겹게 입을 열었다.

"매옥… 오라버니가… 밉지 않니?"

이미 탈진한 상태라 모기 울음소리만 났다.

매옥은 무슨 말인가 싶어 귀를 가까이 댔다.

"그를… 그를 베어버렸어. 해약도 받지 않고……."

그 말을 듣는 순간 매옥의 눈에서 눈물이 주르르 흘러내렸다.

"아뇨, 오라버니. 잘하셨어요. 전… 전… 괜찮아요."

곽무한은 못내 미안했는지 괴로운 눈빛으로 다시 한마디 덧붙였다.

"난… 더 이상 그놈에게 끌려가기가 싫었어. 차라리 죽더라도 당당하게… 당당하게……."

곽무한은 감정이 북받치는지 말을 잇지 못했다.

"오라버니, 괜찮아요. 전 정말 괜찮아요. 흑흑흑."

매옥은 피에 젖은 곽무한의 손을 자기 뺨에 갖다 대며 고개를 저었다.

그러자 다행이라는 듯 곽무한이 희미하게 웃었다.

"우린… 오래 못 살 거야……. 정말 후회… 안 해?"

매옥은 왈칵 눈물이 쏟아졌다.

“후회 안 해요! 절대로 안 해요! 오라버니가 죽으면 매옥도 죽어요. 그러니 걱정 마세요, 오라버니. 흑흑흑.”

“다행… 이구나…….”

그 말을 끝으로 곽무한은 정신을 잃어버렸다.

매옥은 한참 동안 곽무한의 얼굴을 내려봤다.

‘후회하냐구요? 아니에요. 정말이에요. 오히려 행복한걸요… 오라버니와 전 고통을 함께 나누고 있는걸요.’

진심이었다.

아무리 고통스러워도 곽무한과 함께한다면 그건 매옥에게 있어 고통이 아니라 행복이었다. 매옥은 미소 띤 얼굴로 곽무한의 머리카락을 고르며 그가 깨어나기만 기다렸다.

그때였다.

저 멀리서 과자안이 다가왔다.

그는 곽무한이 따라오지 않자 무슨 일인가하여 돌아오던 중이었다.

“거기서 뭣들 해? 앗! 무한아!”

곽무한을 발견한 과자안은 놀란 표정으로 뛰어왔다.

“이게, 이게 무슨 일이냐?”

과자안은 급히 곽무한의 맥문을 잡았다.

“으음. 이 상태가 되도록…….”

과자안은 할 말이 없었다.

혈음고에 당한 데다 단전까지 폐쇄된 상태에서 철문을 깨부수고 철면노호와 격전을 벌인 곽무한. 철인이 아닌 이상 쓰러지는 게 당연했다.

‘아아! 나는 왜 이제야 이 사실을 깨달았단 말인가?

과자안은 탄식을 흘리며 곽무한을 들쳐 업고는 매옥에게 물었다.

"매옥, 너는 걸을 수 있겠느냐?"

매옥은 곽무한의 도를 챙겨 들며 고개를 끄덕였다.

과자안은 곽무한을 업고 요새 쪽으로 걸음을 옮기다가 땅바닥에 나뒹굴고 있는 철면노호의 머리를 발견하고는 조심스레 주워들었다.

'휴우. 일이 어쩌다가 이렇게 되었단 말인가?'

과자안은 철면노호의 머리를 수습하고는 한숨을 내쉬었다.

철면노호의 죽음도 죽음이었지만 곽무한의 상태가 예상외로 심각한 때문이었다.

내심 적들이 쳐들어와도 곽무한의 신위라면 어떤 기적이라도 만들 수 있지 않을까 생각했었는데, 이제 모두 물거품이 되어버렸다.

"매옥아, 저놈은 지금 완전 탈진 상태이다. 절대 안정이 필요해. 그러니 일시지간 깨어나더라도 아무 생각 말고 안정을 취하라고 전해라."

과자안은 요새 안에 있는 자기 숙소에 곽무한을 뉘인 뒤 매옥에게 신신당부를 전하고는 자리에서 일어났다.

"휴우… 과연 이 위기를 어떻게 넘길지……."

과자안은 도를 빼 들고 본채 담벼락에 등을 기대며 나직이 한숨을 내쉬었다. 그러나 주변에 수하들의 눈이 있다. 그러니 약한 모습을 보일 수는 없는 노릇.

과자안은 낯빛을 굳히며 본채 건물의 꼭대기로 올라가 침입자들을 기다렸다.

시간이 흘렀다.

영원할 것 같았던 정적은 다시 들려온 비상 타종 소리에 깨지고 말

있다.

이차 경계망이 뚫렸다는 신호였다.

'으음. 벌써!'

무섭게 빠른 속도였다.

과자안의 미간이 잔뜩 좁혀졌다.

슬쩍 아래를 내려다보니 수하들의 어깨가 잔뜩 움츠려져 있었다.

이차 경계망이 무너졌다는 신호가 온 지 얼마나 지났을까?

땡땡땡땡땡!

"적이다아아아아!"

귀를 찢을 듯 가깝게 들리는 타종 소리.

일차 경계망! 바로 수채 입구까지 무너진 것이었다.

일차 경계망에서 본채 앞 세도류까지는 고작 오십여 장의 거리.

적호채들은 잔뜩 긴장한 표정으로 다가올 미지의 적들을 기다렸다.

놈들은 애간장을 잔뜩 끓인 후에나 오려는지 좀체 나타나지 않았다.

꼴깍!

모두의 입에서 마른침이 넘어갈 무렵,

촤촤촤촤악!

스치는 물소리와 함께 저 멀리서 드디어 적들의 모습이 나타났다.

중형 판옥선이 다섯 척에다 소형 삼판선이 스무 척!

모두 삼백 명에 이르는 대규모 병력이었다.

맨 뒤쪽의 중형 판옥선에 달린 금빛 호랑이 문양.

그 문양은 철면노호가 금사강의 자랑인 호랑이가 뛰어오르는 형상
의 호도협(虎跳峽), 즉 금사벽류(金沙碧流)를 본떠 만든 것이었다.

그걸 보니 과자안은 만감이 교차했다.

'역시 금사상채!'

놈들의 배를 내려다보니 금사상채 놈들만 있는 게 아니었다. 검은 복면인들도 타고 있었다. 예상대로 웅풍산장의 고수들일 것이다.

'쉽지 않겠어… 정말 쉽지 않겠어……'

과자안은 자기도 모르게 도를 쥔 손에 힘을 넣었다.

놈들의 수가 워낙 많아 협상이라도 시도해 볼까 생각했지만, 철면노호와 적호, 독호가 모두 죽어버린 마당이라 오히려 자기들의 약점만 드러날 판. 게다가 혈두타는 잔인하기 그지없는 놈이라 협상 제안을 받아들일 것 같지도 않았다.

생각에 빠진 사이 놈들이 빠르게 다가왔다.

삼십 장, 이십오 장, 이십 장…….

놈들이 점점 가까이 다가오자 과자안은 천천히 손을 치켜들었다.

과자안의 눈은 저 건너편의 절벽 위를 향했다.

드디어 놈들이 한눈에 보였다.

"공격!"

과자안의 손이 힘차게 내려졌다.

"와아아!"

과자안의 신호를 받은 절벽 위 적호채들은 아래를 향해 일제히 돌덩이를 굴렸다. 그와 동시에 쇠뇌와 화살을 마구 쏘아대기 시작했다.

와르르르!

쐐애애액!

퓨퓨퓨풋!

순식간에 거대한 바윗덩어리들이 떨어져 내리고 화살과 쇠뇌가 빗발쳤다.

와지끈! 콰드득!

"으아악!"

하얀 물보라가 솟구치고 비명성이 요란했다.

"절벽 위다! 마주 응사해!"

놈들은 절벽을 향해 화살을 마주 쏘아왔다.

그러나 쏟아져 내리는 바윗덩이들을 보며 쏘는 화살이 정확할 리가 없다. 놈들의 전열은 순간적으로 흐트러지기 시작했다.

"좋았어! 다음!"

과자안은 주먹을 불끈 쥐며 강물을 바라봤다.

다음 차례는 놈들의 배 밑으로 잠수해 들어가는 친위대들.

콰지직!

"으아아! 배에 물이 샌다!"

"배 밑이야!"

놈들의 비명 소리가 바로 옆에서 들리는 듯했다.

초반 공격은 예상대로 순조로웠다.

그러나 곧 격전이 벌어졌다.

"일단 수중에 있는 놈들부터 처리해!"

혈두타가 명을 내리기 시작하면서부터였다.

첨벙! 첨벙!

곧 놈들의 배에서도 많은 인원이 강물로 뛰어들었다.

삽시간에 혼전 상황이 된 수중에서 벌건 핏물이 번져 가기 시작했다.

부그르르!

"으아아악!"

강물 위로 무수한 거품이 치솟았고 무수한 시체가 떠오르면서 전투는 점점 치열하게 전개됐다.

"화살을 쏴! 그냥 쏘지 말고 잘 겨눠서 쏘란 말이야!"

과자안은 연거푸 명을 내렸다. 그러나 절벽 위에는 말단 수하들뿐이어선지 모두 흥분에 휩싸여 겨냥없이 마구 쏘아대고 있었다.

그러나 절벽 위에서 빗줄기처럼 쏟아지는 화살 세례는 금사상채 일행에게도 쉽지 않는 장애였다.

"으음."

혈두타는 인상을 찌푸렸다.

과연 천험의 절지였다.

잔도를 지나 절벽 틈으로 난 좁은 수로를 빠져나오는 데에만 백여 명의 수하들이 희생됐다. 그것도 몇 되지도 않는 놈들에게.

그런데 수로를 지나고 보니 또 다른 난관이 있었다.

그건 바로 소용돌이였다. 금사강에서는 전혀 볼 수 없었던 무서운 소용돌이 때문에 또다시 애꿎은 수하들이 희생됐다.

결국 웅풍산장 고수들의 도움까지 받아가며 겨우 소용돌이를 빠져나와 놈들의 요새임이 분명해 보이는 이곳까지 들어왔건만, 이젠 병풍처럼 늘어선 절벽이 애를 먹인다.

"우리 아이들만으론 안 되겠소."

결국 혈두타는 다시 한 번 웅풍산장 측의 도움을 요청했다.

웅풍산장에서 파견한 고수들 중 이번 일의 총책임자는 삼음도(三陰刀) 서문장(西門將).

그는 뱃머리로 나와 절벽을 올려다봤다.

과연 만만찮았다. 그러나 유심히 보니 방법이 있었다. 절벽 틈으로 밧줄이 놓여 있었다. 놈들은 그 밧줄을 이용해 위로 오른 것 같았다.

“저희들이 도와드리지요.”

서문장은 수하들을 불러 뭐라고 지시했다.

그러자 복면을 쓴 웅풍산장의 고수들이 바람처럼 날아갔다.

서문장은 멀거니 뒷짐 지고 서 있다가 가끔씩 판자 조각을 날렸다. 그러자 날아가던 복면인들이 강물 위에 놓인 판자를 밟고 다시 휙휙 날아갔다.

“과연!”

혈두타는 복면인들의 뒷모습을 보며 내심 찬사를 보냈다. 삼류 파락호들이 대부분인 자신들로서는 엄두도 못 낼 일이었다.

어느새 격전지를 지나 절벽 모서리에 자리잡은 복면인들.

그중 일부가 갈고리 모양의 쇠사슬을 휘두르더니 절벽 위로 힘껏 던져 올렸다.

휘리리링! 카각!

쇠사슬은 절벽 꼭대기에 박혔고, 복면인들은 그 쇠사슬을 잡고 올라가기 시작했다. 일부는 일부러 반대쪽으로 날아가 절벽 틈에 늘어뜨려진 밧줄을 흔들었다.

“옳거니. 놈들의 이목을 분산시키는 수법!”

그랬다. 밧줄이 흔들리자 이상하게 여긴 놈들이 여기저기서 머리를 들이밀었다. 그중 몇 놈은 운이 없게도 밑에서 쏘아진 화살에 맞아 힘없이 아래로 떨어져 내렸다.

“안 돼애애!”

과자안이 절벽을 오르는 복면인들을 발견하고 고함을 질렀지만 이미 늦어버렸다. 놈들의 신법은 무섭도록 빨랐다.

“하하하! 이놈들!”

절벽에 오른 놈들이 몇 번 칼을 휘두르자 적호채들은 힘없이 나가떨
어졌다.

"피해! 모두 뛰어내려!"

과자안은 목이 터져라 외쳤다.

다행히 고함 소리를 들었는지 몇 놈은 뒤늦게 절벽 아래로 몸을 던
졌다. 그러나 대부분의 수하들은 순식간에 피를 쏟으며 나동그라졌다.

강물로 떨어져 내린 수하들도 피를 쏟긴 마찬가지였다.

아래에서 기다리고 있던 복면인들의 도에 의해 죽거나 수중에 있던
금사상채의 수적들에 의해 하나둘 죽어갔다. 그리고 얼마 안 가 세도
류를 장악한 놈들이 일제히 자갈밭으로 올라오기 시작했다.

"막아!"

과자안은 자갈밭 끝머리의 언덕을 향해 신호를 보냈다.

과자안의 신호를 받은 적호채들은 풀 더미를 벗어 던지며 일제히 쇠
뇌를 쏘기 시작했다.

퓨퓨퓨풋!

"크아악!"

"으아악!"

성급히 상륙한 놈들은 쏟아지는 쇠뇌에 맞아 피를 쏟으며 나동그라
졌다. 그러나 놈들의 숫자는 너무 많았다.

"저쪽 언덕이야! 삼조! 언덕을 공격해!"

혈두타의 명이 떨어지자 놈들 중 오십여 명이 언덕으로 몰려갔다.

"제기랄! 중과부적이야."

엄밀히 말하자면 중과부적이라기보다 놈들에게 고수가 너무 많은
탓이었다. 특히나 저 복면인들.

쐐애액!

"크아악!"

놈들이 손을 한 번 휘두를 때마다 수하들 두세 명이 한꺼번에 피를 쏟으며 나뒹구는 판이니…….

"후퇴! 일단 본채로 후퇴!"

결국 과자안은 후퇴를 명했다.

본채는 적호채 최후의 방어막이었다. 그러나 낮은 돌담이 일시지간 놈들의 진격을 막아줄 뿐 별 효용은 없었다. 적호채 자체가 워낙 천험절지에 웅크린 터라 경계망만 잘 가동하면 위험할 일이 전혀 없었기 때문이다.

"아아! 아쉽구나. 너무 아쉽구나……."

철면노호와 곽무한의 싸움 때문에 경계망이 속수무책으로 무너진 게 너무 안타까웠다. 게다가 이런 사태를 대비한 화약이 무기고가 불타는 바람에 잿더미로 변해 버렸다는 사실이 더 더욱 아쉬웠다.

그러나 어쩌랴?

이미 벌어진 일이고 이미 닥친 일인 것을!

"모두 무기를 들어!"

이제는 결사 항전을 하든 항복을 하든 둘 중에 하나뿐이었다.

그러나 혈두타의 성격으로 봐 무슨 선택을 하든 결과는 같았다.

그러니 목숨이 남아 있는 한 싸울 수밖에!

"이놈들! 와라!"

과자안은 몰려드는 적들을 노려보며 도를 치켜 세웠다.

"와아아! 놈들을 죽여라!"

"와하하! 이제 끝이다, 이놈들!"

담장 뒤에 모인 적호채들이 결의를 가다듬자마자 요란한 함성 소리와 함께 적들이 몰려들었다.

쐐애애액!

퓨퓨퓨풋!

곧 돌담을 사이에 둔 피 튀는 혈전이 벌어졌다.

"여기서 못 막으면 끝장이다!"

과자안은 수하들을 독려하며 정신없이 도를 휘둘렀다.

적의 피인지 자신의 피인지 금방 전신이 피 범벅으로 변해 버렸다.

"으아아악!"

"끄허허허!"

피와 비명이 난무하는 혈전.

놈들은 끝도 없이 밀고 들어왔다. 게다가 복면인들, 웅풍산장의 고수들은 정말 대단했다. 그들이 대거 넘어오고부터는 전황이 일방적으로 전개됐다.

'으으으. 어쩌지? 어쩌지!'

장직은 사방에서 피보라가 튀는 걸 보며 하수구에 숨어 덜덜 떨었다. 아까는 곽무한의 신위에 질려 숨어 있었고, 지금은 복면인들의 신위에 질려 숨어 있었다.

장직은 죽어가는 수채 사람들을 보며 자괴감에 휩싸였다. 그러나 죽음에 대한 공포는 장직의 발을 땅에 붙잡아맨 채 놓아줄 줄을 몰랐다.

제24장
희생

"으으음……."

곽무한은 밖에서 들려오는 아련한 비명 소리에 정신을 차렸다.

"오라버니, 아직 움직이시면 안 돼요!"

매옥이 말렸지만 곽무한은 억지로 몸을 일으켰다.

이토록 가깝게 들리는 비명 소리라면 수채 상황은 거의 끝이라고 봐도 좋았다.

밖으로 나서니 그런 사실을 증명이라도 하듯, 눈앞에서 수많은 사람들이 죽어가고 있었다.

낯익은 사람도 있었고 생소한 사람도 있었다. 그러나 죽어가는 사람들 중 대부분은 적호채였다.

"큭큭… 놈을 살려둘 걸 그랬나?"

곽무한은 애원하던 철면노호를 잠시 떠올렸다. 그러나 이내 고개를 가로저었다.

곽무한은 후들거리는 다리에 힘을 주며 도를 치켜들었다.

이미 단전이 텅 빈 데다 양팔조차 정상이 아닌 상황이어서 단순히 도를 치켜드는 데도 송글 땀이 돋았다.

"오라버니… 제발!"

매옥은 애원하는 표정으로 싸움터로 향하려는 곽무한을 말렸다.

그러나 곽무한은 듣지 않았다.

매옥에게 안에 있으라 이르고는 비틀거리는 걸음으로 전장에 나섰다. 그리고 천천히 전신모공을 열었다.

쏴아아!

주변의 기운이 서서히 몰려들기 시작했다. 그러나 단전의 기가 텅 비다시피 한 때문에 본신진력으로 소화하기엔 너무 미미했다.

'조금만 더! 제발!'

곽무한은 이를 악물고 정신을 집중했다.

그때였다.

"이놈!"

쐐애액!

갑자기 거센 칼바람과 함께 낯선 땀 냄새가 확 풍겨왔다.

'위험!'

곽무한은 자연스럽게 몸을 틀어 적의 공격을 흘렸다. 그리고 중심이 쏠린 놈의 목에 힘껏 도를 박아 넣었다.

"커컥!"

답답한 신음성이 귀를 울렸지만 곽무한 자신도 무사하지 못했다. 몸이 정상이 아닌 탓에 반응이 느려져 허벅지에 한칼을 허용하고 만 것이다.

츠츠츠!

곽무한의 전신감각에 다시 살기가 포착됐다.

이번엔 엄청난 기운이 실려 있었다.

곽무한은 순간적으로 몸을 틀며 도를 위로 쳐 올렸다.

카카칵!

눈에 불똥이 튀면서 순간적으로 호흡이 막혀왔다.

곽무한은 여파를 흘리기 위해 뒤로 몇 걸음 물러나며 수세를 취했다.

"어쭈? 제법인데?"

싸늘한 목소리와 함께 상대의 모습이 들어왔다. 강렬한 안광을 지닌 복면인이었다.

이채어린 눈빛으로 곽무한을 훑은 복면인, 찰나의 틈도 주지 않고 다시 날아왔다.

슈아아악!

'웃!'

정면으로 맞받기엔 너무 강한 도세였다.

곽무한은 놈의 공격을 흘리기 위해 빠르게 몸을 움직였다.

그러나 놈의 도세는 기이한 각도로 따라와 자신의 어깻죽지를 꿰뚫고 지나갔다.

콰득!

엄습하는 극렬한 통증.

그러나 바로 그 순간, 곽무한의 눈이 자신의 어깨를 스치고 지나가는 팔뚝을 발견했다.

‘기회!’

쒜애액!

곽무한의 도가 기쾌하게 날았다.

“흐흐. 그래 봐야…….”

복면인은 가소롭다는 듯이 손목을 꺾어, 도를 세우는 간단한 동작으로 곽무한의 공세를 막았다. 그러나 그게 치명적인 실수였다.

썩둑!

혈뢰도는 보통 도가 아니었다. 진기를 집중치 않은 도 정도는 두부처럼 쉽게 잘라 버리는 절세신병이었다. 더구나 곽무한이 혼신의 힘을 기울였으니.

“으아아악!”

놈은 방심한 대가로 도뿐만 아니라 팔뚝까지 잘려 버렸다. 그리고 이어진 곽무한의 공격으로 인해 얼굴까지 두 쪽으로 나눠지고 말았다.

그때였다.

“사형!”

비통한 고함 소리가 곽무한의 등 뒤에서 터져 나왔다. 그와 동시에 매서운 칼바람이 휙! 곽무한의 등판을 갈라갔다.

‘웃!’

곽무한은 망설일 새도 없이 재빨리 땅으로 뒹굴었다.

카카카칵!

흙모래가 얼굴로 튀었다.

고개를 드니 잔뜩 충혈된 눈빛의 복면인이 팽이처럼 회전하며 자신의 목을 향해 도를 찔러오고 있었다.

‘막기엔 늦었다!’

절체절명의 위기!

곽무한은 순간적으로 하나의 생각을 떠올렸다.

"타앗!"

곽무한은 날아드는 놈의 도를 향해 가슴을 내주는 동시에 혈뢰도를 정면으로 찔러 넣었다.

카카캉!

푸욱!

상반된 소리가 귀를 울렸다.

"끄으으… 이, 이런 빌어먹을 경우가……."

놈은 자신의 심장에 박힌 혈뢰도를 보고 불신의 표정을 지었다.

"네 운이야!"

곽무한은 녀석의 가슴을 발로 차며 도를 빼냈다.

그리고는 자기 가슴에 걸린 목걸이를 쓰다듬으며 살짝 인상을 찌푸렸다. 뻐근한 통증 때문이었다. 곽무한은 놈의 도를 목걸이로 받아낸 것이었다.

'엄마…….'

엄마가 준 목걸이는 벌써 두 번이나 자신의 목숨을 구해줬다.

'난 죽지 않아!'

곽무한은 도를 힘껏 움켜쥐었다. 그리고는 혼전의 한복판으로 몸을 날렸다.

"이야아아아!"

어디서 그런 힘이 다시 솟았을까?

전장으로 몸을 날리는 곽무한의 입에서 우렁찬 괴성이 터져 나왔다.

피와 비명이 어우러진 치열한 전장.

한 사람이 무너져 내린 담장에 기대 주변을 둘러보고 있었다.

"후욱, 후욱, 후욱."

기력이 소진됐는지 가슴까지 들썩이는 호흡임에도 눈빛만은 아직도 이글거리고 있는 신형, 그는 다름 아닌 곽무한이었다.

적을 얼마나 베었던지, 전신을 피로 물들인 곽무한은 굳은 표정으로 사방을 둘러봤다.

점점 절망적으로 치달아가는 전황.

칼을 들고 날뛰는 건 대부분 낯선 사내들, 웃통을 벗어 젖힌 금사상 채의 수적들이거나 복면인들뿐이었다.

'제기랄. 차라리 아까 운기조식을 했어야 했어. 철면노호를 죽였다 는 기분에 들떠 정신을 놓아버리다니……'

곽무한은 말라 버린 입술을 핥으며 스스로를 책망했다.

잠깐의 휴식으로 회복한 기력마저 놈들과 싸우느라 완전히 고갈된 상태. 이젠 지칠 대로 지쳐 도를 휘두르기에도 벅차 잠깐 휴식을 취하 는 중이었다.

그러나 상황은 그 짧은 휴식마저도 허락하지 않았다.

츠츠츠츠츠!

담장 뒤에서 모골이 송연한 기파가 날아들었다.

지금의 곽무한으로서는 피하고 자시고 할 계제가 아니었다.

곽무한은 무의식적으로 도를 들어 공격을 막았다.

콰콰콱!

"크윽!"

곽무한은 피를 토하며 정신없이 뒤로 나뒹굴었다. 그만큼 엄청난 기파였다.

"이놈! 각오!"

번쩍이는 안광과 함께 서늘한 도세가 얼굴로 날아들었다.

곽무한은 자기도 모르게 눈을 질끈 감았다.

바로 그 순간,

"위험해!"

호통소리와 함께 일진 돌풍이 불어왔다. 그와 동시에 살 떨리는 충돌이 코앞에서 벌어졌다.

카카칵!

서로 얽혔다가 동시에 떨어진 두 개의 칼날.

몇 개의 핏방울을 튀기며 되돌아가는 칼들 중 한 자루는 눈에 익었다.

"아저씨!"

그랬다. 간발의 차이로 곽무한을 구한 사람은 과자안이었다.

그러나 정작 그 자신은 무사하지 못했다. 양 어깨에 상처를 입었는지 피가 줄줄 흘러내리고 있었다.

"음? 너는 누구지?"

복면인은 의외라는 표정으로 과자안을 쳐다봤다.

곽무한은 그제야 그 복면인을 볼 수 있었다.

비쩍 마른 키에 강렬한 눈빛을 지닌 자였다. 서늘한 안광으로 미루어 보통 고수가 아니었다. 그러나 과자안과 부딪친 그도 무사하지는 못했던 듯 가슴팍이 길게 베어져 있었다.

"크으음… 괜찮으냐?"

복면인에게 시선을 고정한 과자안이 걱정스럽게 물어왔다.

“괜찮아요.”

곽무한은 차마 고맙다는 말을 못하고 퉁명스럽게 대답했다.

“이것들 봐라?”

자기를 코앞에 두고 대화를 나누자 복면인은 자존심이 상한 듯 다시 도를 아로 세웠다. 그의 눈이 아찔하게 빛났다. 사이한 눈빛이었다.

‘헉!’

곽무한은 순간적으로 마음이 흔들리는 것을 느꼈다.

쐐애애액!

섬뜩한 기파가 먼저 느껴졌고 칼바람 소리는 나중에 들려왔다.

“뭐 해요?”

곽무한은 엉거주춤해 있는 과자안을 와락 밀쳐 버리며 옆으로 몸을 날렸다.

카카칵!

놈의 도는 애꿎은 바닥을 갈랐다.

“고맙구나.”

과자안이 자세를 잡으며 미소를 보내왔다. 아마도 복면인의 눈빛에 순간적으로 정신을 뺏긴 모양이었다.

“호호호. 운이 좋았군.”

복면인이 다시 도를 아로 세웠다. 그런데 그가 취한 기수식이 묘했다. 도를 가늘게 떨고 있었다. 그러자 이번에도 눈이 현혹되었다.

“과연 웅풍산장답군!”

과자안이 긴장된 표정으로 한마디 던졌다. 그러자 복면인의 어깨가 순간적으로 움찔했다. 바로 그 순간,

“타핫!”

신형을 박차 오른 과자안이 벼락처럼 하얀 빛을 토했다.

"끄으으… 이럴… 이럴 수가? 너는… 너는… 사해… 신……."

복면인은 그제야 과자안의 정체를 알아차린 모양이었다. 그러나 끝까지 내뱉진 못했다. 놈은 당혹스런 표정으로 핏물을 울컥울컥 게워내더니 결국 쓰러지고 말았다.

지면에 착지한 과자안은 잠시 호흡을 골랐다. 그리고는 침중한 목소리로 물었다.

"휴우. 절대 안정을 취하랬건만 왜 나왔느냐?"

화난 듯한 눈빛으로 자신을 노려보는 과자안.

곽무한은 코끝이 찡해왔다.

"다들 죽어가는데 혼자서 누워 있을 순 없죠."

"바보 같으니!"

과자안은 잠시 책망 어린 목소리를 던지더니 진득한 한숨을 내쉬며 옆으로 다가왔다.

마주한 어깨. 과자안에게선 물씬한 땀 냄새와 함께 비릿한 피 냄새가 동시에 풍겨왔다.

"견딜 만… 하세요?"

곽무한은 애써 과자안의 상처를 외면하며 물었다.

"녀석. 네 걱정이나 해라."

과자안의 얼굴에 한줄기 미소가 스쳤다.

"크아악!"

"으아악!"

주변에선 계속 비명 소리가 들려왔지만 과자안과 나란히 선 곽무한은 왠지 모르게 푸근한 느낌이 들었다.

흐린 눈길로 전장을 더듬던 과자안이 문득 혼잣말처럼 중얼거렸다.

"많이… 발전했더구나."

"아저씨께서 가르쳐 주신 덕분이지요."

"내가 가르친 게 뭐 있다고……."

그 말을 끝으로 잠시 대화가 끊겼다.

두 사람은 피와 비명이 난무하는 전장을 무표정하게 바라봤다. 그러다가 한참 뒤 과자안이 다시 입을 열었다.

"아무래도 어렵겠지?"

"어렵죠."

"……."

또 대화가 끊겼다. 그러나 이번엔 오래가지 않았다. 곽무한이 먼저 입을 열었기 때문이다.

"대해멸절세를 완성했어요."

"음!"

순간적으로 과자안의 얼굴에 격동이 스쳐 갔다.

"하마터면 주화입마에 빠질 뻔했는데 용케 극복했어요. 진기가 고갈되는 순간 오히려 정신이 맑아지더군요."

"진기가 고갈되는 순간 오히려 정신이 맑아져?"

"예."

"음… 그렇다면 비운 뒤에 채워진다는 건가? 그렇군. 죽음의 공포까지 이겨내야 하는 거였군!"

사실 지금 이 두 사람의 대화는 시시각각 죽음의 손길이 다가오는 이곳 상황에 전혀 어울리지 않았다. 그러나 두 사람은 마치 딴 세상에라도 온 듯 계속 대화를 이어 나갔다.

"네 몸 상태는 좀 어떠냐?"

"보시는 그대로예요."

"으음……."

과자안의 눈가에 경련이 스치고 지나갔다.

현재 곽무한의 상태는 더 나빠질 수도 없을 만큼 최악인 상태.

과자안은 마음이 아팠다.

그러나 속마음과 달리 입에선 엉뚱한 말이 나왔다.

"나중에 네 엄마를 찾아봐라."

"왜요? 날 버리고 간 사람을 찾아서 뭐 하게요?"

곽무한의 얼굴이 딱딱하게 굳었다.

남들이 보면 웃을 일이었다.

언제 죽을지도 모르는 상태에서 내일을 이야기하다니?

그러나 두 사람은 진지해 보였다.

"폭풍멸절세는 대성하기 쉽지 않은 도법이다. 나이 들어서 익힌 사람에겐 더 더욱 그렇다. 그런데 넌 믿기지 않을 만큼 쉽게 대성했어. 어린 시절부터 영약으로 근골을 다지지 않았다면 절대 불가능한 일이지. 그러니 네 가족사엔 너도 알지 못하는 뭔가가 있어."

"있긴 개뿔이 있어요? 고작 사공질 하던 아버지에……."

곽무한은 말을 잇다가 괜히 감정이 북받쳐 말문을 닫고 말았다. 그리고는 억지로 석고상 같은 표정을 만들며 전장을 쳐다봤다. 그 때문에 대화가 다시 끊어졌다.

과자안은 한 번 더 말을 걸어보려다가 냉막하게 굳어버린 곽무한의 표정에 말 걸기를 포기하고는 곰곰이 생각에 잠겼다.

'아까운 아이다. 여기서 이렇게 죽어간다는 것은 너무 불공평한 일이야. 이놈만이라도 살릴 수 있는 방법이 없을까?

두 사람이 상념에 잠겨 있는 동안 사방에서 울려오던 비명 소리가 차츰 줄어들었다.

'후우. 정말 이게 끝인가?

과자안은 몇 무리의 신형이 다가오자 긴 한숨을 내쉬며 도를 움켜잡았다. 바로 그때였다.

"으아아! 저 새끼들이?"

갑자기 곽무한이 괴성을 터뜨리며 탄환처럼 튀어 나갔다.

곽무한이 향한 곳은 놈들이 개미 떼처럼 몰려들기 시작한 본채 입구.

매옥과 아이들이 있는 곳이었다.

그곳에 가장 많은 적호채들이 있었는데 지금 그들이 순식간에 무너지고 있었다.

"이런!"

과자안 역시 곽무한의 뒤를 급히 따랐다.

채채쟁!

카카칵!

"끄아아아!"

요란한 소음과 함께 사방에서 들려오는 처절한 비명 소리.

매옥은 마치 지옥 한복판에 내동댕이쳐진 기분이었다.

"오라버니. 무서워요. 흑흑흑."

방구석에 쪼그린 매옥은 공포에 떨며 곽무한을 기다렸다.

"으아악!"

"크윽!"

비명 소리는 이제 옆방에서 들려왔다.

매옥은 사시나무처럼 몸을 떨며 비도를 움켜쥐었다.

콰자작!

갑자기 창문이 요란스레 부서져 나갔다.

"엄마!"

매옥은 비명을 지르며 얼결에 비도를 뿌렸다.

"윽!"

낯익은 신음 소리와 함께 바닥으로 나뒹구는 신형.

"오, 오라버니?"

매옥은 눈을 휘둥그레 뜨며 바닥에 쓰러진 곽무한에게 뛰어갔다.

자신이 던진 비도에 허벅지를 맞은 모양이었다.

"크윽. 괘, 괜찮아."

"흑흑. 오라버니. 잘못했어요. 제가 정말 잘못했어요."

피 범벅된 얼굴로 겨우 일어나는 곽무한을 보고 매옥은 그만 울어버렸다.

"괜찮아. 빗겨 맞았어. 지쳐서 넘어진 거야. 그러니 울지 마."

곽무한은 품에 안긴 매옥을 다독이며 주변의 동정에 귀를 기울였다.

우당탕!

우르르!

흉흉한 발소리는 바로 지척에서 들려왔다.

"매옥, 저길 넘을 수 있지?"

곽무한은 긴장한 표정으로 자신이 들어온 창문을 가리켰다.

“예. 해볼게요.”

고작 반 장 높이.

매옥은 고개를 끄덕였다.

“좋아. 겁먹지 말고 단번에 뛰어올라야 해!”

평소라면 가볍게 뛰어오를 높이였지만, 워낙 흉한 일을 겪은 오늘인지라 곽무한은 매옥에게 주의와 격려를 보냈다. 매옥은 걱정 말라는 표정으로 곽무한을 한 번 쳐다보고는 힘차게 땅을 박찼다.

“탓!”

다행이었다. 매옥이 가볍게 창틀로 뛰어올랐다.

“오라버니. 어서!”

창틀에 앉은 매옥이 곽무한을 재촉했다. 그러나 그 순간,

와지끈!

“이놈!”

입구 문이 부서지며 대여섯 명의 수적이 방 안으로 뛰어들었다.

“꺄악! 오라버니!”

매옥은 수적들의 흉흉한 모습에 놀라 비명을 질렀다. 그러나 그 때문에 곽무한이 위기를 벗어날 수 있었다.

방 안으로 들어서자 눈에 보이는 사람이라곤 도를 든 사내 놈 하나뿐인데 갑자기 계집애의 비명 소리가 들리자 놈들은 자기도 모르게 창틀 쪽으로 시선을 향했다.

바로 그때 곽무한의 무위가 빛을 발했다.

“끼야아압!”

재빨리 놈들의 발밑으로 굴러간 곽무한은 그들이 정신도 차리기 전에 혈뢰도로 크게 원을 그렸다.

“끄아악!”

“으아악!”

귀를 찢는 비명 소리.

콸콸 쏟는 핏물과 함께 놈들의 하체가 몽땅 베어져 나갔다.

“아!”

매옥은 그 끔찍한 참상을 보고 자기도 모르게 몸을 떨었다.

그러나 헐떡이는 곽무한의 모습을 보고, 또 방 안으로 다른 놈들이 쏟아져 들어오는 모습을 보고는 마음을 다잡았다.

“탓!”

매옥은 짜랑짜랑한 기합성으로 비도를 뿌렸다.

“큭!”

“커헉!”

답답한 비명 소리와 함께 몇 놈이 바닥으로 쓰러졌다.

곽무한은 잠깐 매옥에게 미소를 보내고는 땅을 박차 창틀을 잡았다.

“가자!”

곽무한과 매옥은 망설임없이 창 아래로 뛰어내렸다.

창 아래에도 놈들이 우글우글했다.

그나마 다행인 것은 간혹 적호채들을 발견할 수 있다는 것이었다.

곽무한은 매옥을 보호하며 몰려드는 적들과 맞서 싸웠다. 그러나 매 순간 목숨이 왔다 갔다 하는 위기를 겪게 되었다.

쐐애액!

“이익!”

이번에도 위험했다.

곽무한은 등 뒤로 날아든 칼날을 겨우 쳐내며 생각에 잠겼다.

'낚싯대! 그것만 있었어도 지금보다는 상황이 좀 나아질 텐데…….'

사실 별로 나아질 건 없었다. 그러나 지금처럼 지친 상태에서 무겁기 짝이 없는 혈뢰도를 휘두르는 것보다는 백배 나았다. 게다가 최소한 지금보다는 많은 적들을 상대할 수 있다는 이점도 있었고.

이런 식으로 생각이 낚싯대에 미치다 보니 번쩍! 한 가지 생각이 떠올랐다.

"이놈!"

패애액!

곽무한은 또다시 날아드는 공세를 쳐내며 과자안을 찾았다.

얼마 지나지 않아 십여 명의 적들에게 둘러싸인 과자안이 보였다.

"방법이 있어요! 몸을 피하면서 시간을 벌 수 있는 곳이 있습니다!"

곽무한은 늑대 굴을 떠올렸다.

동굴 안에 미로처럼 퍼져 있는 또 다른 동굴들.

청랑이 자유롭게 드나드는 걸로 봐, 분명히 이곳 적취협이 아닌 다른 외부로 통하는 길이 있을 것 같았다. 사람이 드나들 수 있을 정도의 크기인지는 알 수 없었지만.

서로의 거리가 가까워졌을 때 곽무한은 늑대 굴에 대한 이야기를 했다.

"음? 늑대 굴이라고?"

과자안은 잠시 생각에 잠겼다.

정말 그렇게 통로가 나 있다면 벌써 많은 포로들이 달아났을 것이다. 그러나 곽무한의 말대로 시간을 벌 수 있다는 사실은 분명했다. 물론 그 시간이라 봐야 길지 않겠지만.

'좋아! 조금의 시간이라도 벌 수 있다면…….'

과자안은 문득 하나의 생각을 떠올렸다.

"뭐 해요? 어서 결정을……."

자신을 재촉하는 곽무한의 얼굴을 보니 생각은 결심으로 바뀌었다.

과자안은 잠시 사방을 둘러봤다.

"크아악!"

"끄으으!"

주변엔 온통 피를 토하며 쓰러지는 수하들뿐이었다. 그리고 저 멀리서 흉소를 짓고 있는 혈두타의 얼굴도 보았다.

'그래… 어차피 더 이상 희망은 없어. 남은 것이라곤 몰살당하는 것뿐. 그렇다면!'

과자안의 표정에 결연한 의지가 담겼다.

"모두 늑대 굴로 후퇴하라!"

과자안은 일방적으로 몰리고 있는 수하들에게 고함을 질렀다.

"늑대 굴로 모두 피해요!"

곽무한은 도를 휘두르며 매옥과 함께 과자안의 뒤를 따랐다.

"으음? 후퇴? 흐흐흐. 그래, 마음껏 달아나 봐라. 사냥하듯 즐겨주마!"

달아나는 적호채들을 보며 혈두타는 미소를 지었다.

"자! 마지막 사냥이다! 모두 놈들의 뼛속에 우리의 무서움을 각인시켜라!"

"와아아! 놈들을 잡아라!"

"크하하! 사냥이랍신다!"

혈두타의 명에 따라 금사상채의 수적들은 신바람을 내며 적호채의 뒤를 추격해 갔다.

"그런데 이상하군. 이쯤이면 노호 그놈이 나타날 때가 됐는데? 묵호는 보이는데 왜 노호와 독호가 보이질 않아? 젠장! 벌써 도망친 걸까?'

여기 있는 놈들을 아무리 씨 몰살 시켜봤자 철면노호가 없으면 괜한 헛심만 쓴 꼴이다. 철면노호라면 이런 세력을 금방 만들고도 남을 놈이다.

"야! 다 몰려가지 말고 일부는 근처를 수색해 봐! 노호나 독호가 어디에서 머리를 처박고 숨어 있을지 모르니!"

"존명!"

일부 수적들은 곧 적호채 주위를 수색하기 시작했다.

"으아아!"

악전고투였다.

놈들은 찰거머리처럼 따라왔다.

과자안과 곽무한 등은 맨 뒤로 처져 추격대들을 막아 나갔다.

쐐애액!

츠츠츠!

피가 튀고 살이 갈라졌다.

비명 소리는 귀를 먹먹하게 울려왔고 온몸의 근육은 그만 쉬게 해달라고 애원을 보내왔다. 그러나 도를 휘두르는 손에 힘을 뺄 수는 없었다. 죽지 않으려면 최후의 진기 한 방울까지 짜내야 했다.

그렇게 얼마나 싸웠을까?

어느 순간, 드디어 등에 늑대 굴의 철창이 닿았다.

먼저 철창을 넘어간 적호채들이 진영을 갖추며 비도를 날리고 쇠뇌를 쏘아댔다. 덕분에 적의 공격이 조금 주춤했다.

곽무한 등은 그제야 겨우 쇠창살을 넘을 수 있었다.

"여기가 우리의 마지막이야! 모두 최선을 다해!"

과자안은 창살에 매달린 수하들에게 격려를 보내고는 갑자기 몸을 돌려 곽무한에게 다가왔다. 그리고 곽무한의 마혈을 쿡! 찍어버렸다.

"헉! 왜, 왜?"

곽무한은 기절할 듯 놀라 과자안을 쳐다봤다.

그런데 이상했다. 과자안의 표정은 너무 이상했다.

웃는 듯 우는 듯 괴이한 눈빛으로 자신을 쳐다보고 있었다.

"또 왜 이러시는 겁니까? 어서 풀어요!"

곽무한은 이번엔 또 무슨 일을 벌이려나 싶어 과자안을 노려보며 소리쳤다. 그러나 과자안은 일언반구의 대답도 없이 자신을 떠메고 동굴로 들어섰다.

동굴엔 아이들이 대부분이었다.

과자안은 아이들을 지나 가장 으슥한 갈래 동굴에 곽무한을 던져 넣었다. 그리고는 천천히 밖으로 나왔다.

수하들의 반격이 워낙 거센 때문이었는지, 놈들이 일시 공격을 멈추고 물러나 있었다. 그러나 곧 놈들의 마지막 공격이 있을 것이라는 사실을 과자안은 알고 있었다. 그 공격이 시작되는 순간, 자신들의 목숨은 끝이었다.

"모두 모여!"

과자안은 비장한 신색으로 모두를 불러 모았다. 그리고는 모두의 눈빛을 찬찬히 훑으며 떨리는 목소리로 물었다.

"모두 혈두타의 악명을 잘 알 것이다. 여기서… 살아남을 자신이 있는 사람 있나?"

적호채들은 아무도 대답하지 못했다.

"크흐흑! 분합니다!"

몇 놈이 비통한 울음을 터뜨릴 뿐 대부분은 침묵하고 있었다.

과자안이 그랬듯이 모두 자신들의 운명을 예감한 것이다.

과자안은 모두를 보며 천천히 입을 열었다.

"지금에 와서 누구의 잘잘못을 따져 봐야 소용없다. 놈은 끝까지 뿌리를 뽑는 놈이다. 그러나 단 하나! 방법이 있다."

모두의 눈이 번쩍했다.

"지금 혈두타만 온 게 아니라 웅풍산장도 와 있다. 그걸 이용하면 최소한 몇 사람은 살아남을 수 있다."

"그게 정말입니까?"

모두의 눈에 희망의 빛이 어렸다.

과자안은 그 희망을 철저히 부숴 버렸다.

"그렇다. 그러나 모두 다 살아남을 순 없다. 살아남을 사람을 위해 희생해야 하는 사람도 있다. 그게 나일 수도 있고 너일 수도 있다."

모두의 고개가 힘없이 떨어졌다. 흐느낌도 간간이 흘러나왔다.

"모두에게 약속한다. 나는 반드시 죽는다. 그러나 내 죽음이 하나의 기회가 될 수 있다. 그래서… 모두에게 묻겠다."

과자안의 눈이 강하게 빛났다.

"모두 곽무한을 잘 알 것이다. 난 그에게 마지막 승부를 걸어보려고 한다. 무슨 말인지 아나? 난 그만은 반드시 살릴 것이다. 왜냐고? 왜 하필이면 그놈이냐고?"

과자안의 눈빛은 모두를 훑었다.

적호채들은 온몸에 소름이 돋는 걸 느끼며 과자안을 쳐다봤다.

"모두 알 것이다. 곽무한 그놈… 그놈만 살아 있으면 된다. 그놈은 반드시 우리의 복수를 해줄 놈이다. 모두 동의하나?"

"끄으윽!"

"크흐흑!"

몇 놈은 참지 못하고 울음을 터뜨렸다.

이미 거역할 수 없는 결정이었다.

"이 방법뿐이다. 지금 놈들에게 대형이 죽었다고 이야기해도 소용없다. 그래서다. 이게 최선이다. 너희들은 설마 복수조차도 원치 않는 등신들인가?"

과자안의 눈에 불이 치솟았다.

"아닙니다! 복수! 복수를 원합니다!"

몇 놈이 울다가 충혈된 눈빛으로 소리쳤다.

"좋다. 모두 앞을 막아! 목숨을 걸고 막아! 난 내 모든 공력을 곽무한에게 전해주고 뒤따라가마!"

"부, 부채주?"

모두 깜짝 놀라 과자안을 쳐다봤다. 설마 이런 방법일 줄은 몰랐다.

과자안은 모두에게 눈물 어린 미소를 지어 보이고 뒤돌아섰다.

그때였다.

"놈들이다아아아아!"

비명 같은 고함 소리와 함께 놈들의 최후 공격이 시작됐다.

쇠뇌 쏟아지는 소리, 병장기 부딪치는 소리, 처절한 비명 소리들이 소란스럽게 뒤섞여 대나무 숲을 흔들었다. 그러나 과자안은 뒤도 돌아보지 않고 동굴 안으로 걸어갔다.

“부, 부채주님…….”

몇몇 아이들이 불안한 눈빛으로 다가왔지만 본 척도 않고 곽무한을 눕혀놓은 조그만 굴 안으로 들어섰다. 그런데 굴 안으로 들어서자마자,

크르르!

낮은 울음을 토하며 달려드는 시퍼런 눈동자가 있었다.

“청랑! 안 돼!”

과자안이 깜짝 놀라 몸을 트는 사이, 매옥이 소리쳐 청랑을 말렸다.

“음… 그때 그 늑대군…….”

과자안은 감탄 어린 눈빛으로 청랑을 바라보다가 천천히 곽무한에게로 걸음을 옮겼다.

“좀 어떠냐?”

과자안은 성난 눈빛으로 누워 있는 곽무한의 맥문을 잡아보다가 무겁게 고개를 저었다. 맥으로 본 곽무한의 상태는 단시간에 회복키 어려운 상처요 내상이었다.

“아저씨, 부탁입니다. 어서 풀어요!”

곽무한이 눈을 떨며 소리쳤다.

바깥에서 들려오는 비명 소리에 조바심이 인 모양이다.

과자안은 대답 대신 곽무한의 아혈을 짚어버렸다.

“무한아, 잘 들어라. 지금 쳐들어온 놈들은 대형과 독호, 그리고 나와 예전부터 원한이 쌓이고 쌓인 처지라 오늘 무슨 일이 있어도 우리 모두를 죽이려 들 것이다.”

과자안의 목소리는 무척이나 슬프게 들렸다.

곽무한은 철렁한 느낌이 들어 몸부림을 멈추고 과자안을 쳐다봤다.

과자안은 이상하게 느릿했다.

구슬픈 표정으로 곽무한을 눈에 담을 듯 쳐다보다가 천천히 손을 움직여 자신의 허리에서 철면노호의 머리를 끌러 조용히 한쪽에 내려놓았다.

"형님… 결국 우리 인연은 이게 다인 모양입니다. 그 옛날이야기 속의 영웅처럼 한날한시에 웃으며 가는 것이 장부의 일생이나, 우리는 모두 허물 많은 소인배들에 불과한지라 그렇게 죽는 것도 쉽지 않군요."

과자안은 눈물을 뚝뚝 흘리며 철면노호의 머리에 두 번 절을 했다.

"형님, 소제가 형님 시신에 욕보임을 용서하시길……."

잔뜩 충혈된 눈으로 중얼거리던 과자안은 걸음을 옮겨 뻣뻣이 굳어 있는 곽무한의 신형을 뒤집었다.

"무한아, 내가 지금 네게 공력을 전하려 하니 부디 마음을 가라앉히고 단전에 의식을 집중해라. 추호라도 거부하거나 평정심을 잃는다면 우리 둘 다 천추(千秋)에 한이 남으리라!"

무거운 표정으로 말을 마친 과자안은 곽무한의 명문혈에 장심을 갖다 대고 곧바로 운기를 시작했다.

'헉! 겨, 격체전공(隔體傳功)?'

곽무한은 눈이 튀어나올 정도로 놀랐다.

격체전공이라 함은 한 사람이 평생 동안 갈고닦은 내공을 다른 사람에게 전달하는 상승의 수법이었다.

이 일이 가능하려면 두 사람이 같은 종류의 내공심법을 익히고 있어야 했고, 또 서로 간에 완전한 믿음이 있어야 했다. 왜냐하면 두 사람의 심법이 맞지 않거나, 시전 중에 한 사람이라도 몸을 움직이거나 마음의 평정을 잃으면 둘 다 목숨을 잃게 되는 위험한 시도였기 때문이다. 게다가 시전자의 공력이 이 갑자 이상 되어야 가능한 일이었고, 이 갑자 이상의 공력이라 하더라도 상대방에게 옮겨지면 오 할도 채 전해지지 않는 일이었다. 그러니 누가 감히 목숨을 걸고 이런 일을 하려고 하겠는가?

격체전공의 위험성에 대해 잘 알고 있는 곽무한은 미칠 것만 같았다. 지금 격체전공을 시도하려는 과자안의 내공은 일 갑자에도 못 미치는 상태였다. 그 말은 과자안이 죽음을 무릅쓰고 자신에게 내공을 전수하려 한다는 말.

'왜? 왜?'

곽무한은 알 수 없는 분노와 슬픔이 치밀어 견딜 수가 없었다.

과자안의 시도로 봐 상황은 그만큼 최악이란 말이었다.

그렇다면 죽을 때까지 함께 싸워야 하는 게 아닌가? 그런데 왜 적과 싸워야 할 내공을 자신에게 전수한다는 말인가?

"정신을 집중해라! 같이 죽고 싶으냐?"

갑자기 전음성이 날아들었다.

곽무한은 들끓는 의문과 슬픔을 애써 삼켰다.

격체전공 중에 전음까지 쓸 정도면 끝까지 간다는 말.

더 이상의 고민이나 거부는 무의미했다.

곽무한은 감정을 가라앉히려 애쓰며 의식을 집중했다. 그러자 전신 모공이 열리더니 서서히 대기를 빨아들이기 시작했다.

쏴아아!

명문혈로 들어온 과자안의 진기는 빠르게 단전으로 내려갔다.

오늘 하루 종일 진기를 쥐어짜 내다시피 하는 바람에 잔뜩 짜부라져 있던 단전, 갑자기 몰려든 낯선 기운에 미처 적응을 못해 난리를 쳐댔다. 그 때문에 단전에 칼로 찌르는 듯한 고통이 엄습했다.

‘끄으윽!’

곽무한은 터져 나오려는 신음을 억지로 삼키며 과자안의 진기를 인도해 전신 혈맥으로 퍼뜨렸다. 그러자 메마른 논둑에 빗물이 스며들 듯, 시간이 흐를수록 진기는 안정이 되기 시작했고 곽무한의 표정 역시 밝아지기 시작했다. 반면, 과자안의 표정은 시간이 흐를수록 파리하게 변해 금방이라도 숨이 넘어갈 사람 같아 보였다.

“쿨럭, 쿨럭!”

격체전공을 받은 곽무한이 겨우 진기를 일 주천시킬 정도가 되자 과자안은 피 기침을 밭으며 뒤로 물러났다.

“성공이구나!”

과자안은 잠시 회한에 찬 표정으로 곽무한을 바라보다가 다시 가부좌를 틀었다.

‘이제 마지막으로 본신진력을…….’

과자안은 한순간 눈빛을 떨더니 양 엄지손가락을 세워 자신의 기문혈, 장태혈, 태양혈 등을 찍어 나갔다. 그러자 과자안의 몸이 태풍을 만난 듯 떨렸고 눈에는 하얀 광채가 뿜어져 나왔다.

만약 이 자리에 있는 사람이 매옥이 아니라 강호의 고수급 무인이었다면 안색이 돌변해 과자안을 말렸으리라.

지금 과자안이 쓴 방법은 강호에서 금기시하는 수법, 자신의 진원지기를 일시지간 강제로 끌어올리는 수법인 잠력격발술(潛力擊發術)이었다. 이 수법은 시전자가 자기 몸속에 녹아 있는 최후의 기운, 즉 생명을 유지하는 마지막 잠력을 끌어올리는 수법으로, 이 수법을 쓰게 되면 시전자는 임시로 기운을 얻을 수는 있지만, 시간이 지나 그 기운이 소진되면 설령 대라신선이 와도 살릴 수 없게 되고 마는 죽음의 수법이었다. 그러니 이 수법은 스스로 죽기를 원치 않는 이상 절대로 쓰지 않는 방법이었다.

어쨌거나, 과자안은 희미한 정광을 뿌리며 다시 안색을 회복했다.

"부채주님, 괜찮으세요?"

매옥은 한결 밝아진 과자안을 보고 적이 안심이 되어 물었다.

과자안은 대답 대신 매옥을 손짓해 불렀다.

"내가 너에게 꼭 전할 말이 있단다. 좀 더 알아보고 이야기해 주려 했지만 이제 더 이상 미룰 시간이 없으니……."

과자안은 잠시 어두운 표정을 짓다가 매옥에게 귀엣말을 하기 시작했다.

"지금 무한이의 몸 상태는… 내가 들은 바로는 알이 빨갛고 신 과일이나 풀뿌리라고… 그러나 곰곰이 생각해 보니 그것만으로 될 것 같지가 않구나. 대형은 암, 수를 동시에 복용한 상태였으니… 그걸로 미루어 아마도 너희 두 사람이……."

과자안의 이야기가 진행될수록 매옥의 얼굴은 붉게 타 들어갔다.

"지금은 너희 둘 다 아직 어리니 몸을 섞기가… 때가 되면 네 결심이 필요할 것이다. 내 말이 무슨 뜻인지 알아듣겠느냐?"

귀엣말을 끝낸 과자안은 매옥의 눈을 직시하며 대답을 기다렸다.

매옥은 대답 대신 목덜미를 붉히며 고개를 끄덕였다.

"그래, 널 믿으마."

과자안은 고개 숙인 매옥의 손을 꽉 한 번 쥐어주고는 철면노호의 머리를 받쳐 들고 조용히 몸을 일으켰다.

동굴을 나서기 전, 과자안은 우뚝! 걸음을 멈추고 운기에 몰두 중인 곽무한을 돌아보며 중얼거렸다.

"무한아, 먼저 간다. 여기 있는 이들이 다 네 형제임을 잊지 말기를… 뒷일을 부탁한다."

과자안은 그 말을 끝으로 동굴을 나섰다.

곽무한은 과자안의 음성을 들었다.

먼저 가다니? 허락도 없이 먼저 가다니? 마음의 빚만 떠넘기고 죽으러 가다니?

곽무한은 심화가 끓어올라 기절할 것만 같았다.

'안 돼! 안 돼요! 아저씨. 같이 가요! 제발, 제발!'

곽무한은 막힌 혈도를 뚫으려 발버둥을 치며 소리쳤다.

그러나 아혈이 막혀 그 말을 전할 수가 없었다.

매옥은 과자안이 남긴 부끄럽기 짝이 없는 말을 음미하느라 미처 과자안의 무거운 음성을 듣지 못했다.

"크아악!"

"아아악!"

과자안이 동굴을 나서 제일 처음 들은 것은 수하들의 비명 소리였다.

사방을 둘러보니 이미 철창 곳곳이 무너져 있었고, 겨우 스무 명 남짓한 수하들이 사력을 다해 동굴 입구를 막고 있었는데, 하나같이 부상을 입어 제대로 서 있는 사람조차 드물었다.

과자안은 눈을 들어 건너편을 쳐다봤다.

팔짱을 낀 수십 명의 복면인들과 그 옆에서 웃고 있는 혈두타의 모습이 들어왔다.

과자안은 시선을 돌려 하늘을 쳐다봤다.

잔뜩 찌푸린 겨울 하늘은 사부의 주름진 얼굴을 닮았다.

과자안은 문득 눈시울이 뜨거워졌다.

'사부, 불민한 제자… 먼저 갑니다.'

하늘을 보며 눈물 한 방울을 떨어뜨린 과자안은 곧 심호흡으로 걸음을 옮겼다.

"이놈!"

쐐애액!

거센 칼바람이 허리를 노려왔다.

과자안은 가볍게 도를 세움으로 날아드는 공격을 막았다.

"어쭈? 이놈 보게?"

등 뒤에서 자신을 공격했던 놈이 뭐라 중얼거렸다.

아마도 자신이 반격할 것이라고 생각하며 긴장하고 있다가 반격없이 앞으로만 걷고 있어 이상했던 모양이다.

'시간이 없어. 놈들에게 깊은 인상을 남겨야 해. 한 수… 단 한 수뿐……'

현재의 상황과는 아랑곳없이 앞으로만 나아오는 과자안.

그 모습은 단번에 복면인들과 혈두타의 눈길을 끌었다.

"흐흐흐. 묵호 이놈!"

혈두타가 단박에 몸을 날려왔다.

'시간이 없다는 게 원통하군.'

과자안은 순간적으로 도를 움켜잡았다가 깊은 탄식을 흘리며 손에 힘을 풀어버렸다. 그리고 도를 쥐지 않은 왼손으로 뭔가를 휙! 집어 던졌다.

"헛? 암기냐?"

갑자기 코앞으로 뭔가가 날아오자 혈두타는 단숨에 몸을 틀어 날아드는 물체를 피했다.

툭! 데구르르.

예상했던 폭음도 없고 빗발치는 암기도 없다.

혈두타는 힐끔 눈알만 돌려 바닥의 물체를 쳐다봤다.

"이, 이, 이건 철면노호?"

순간적으로 혈두타의 입이 찢어질 듯 벌어졌다. 그러나 그는 곧 안색을 회복했다.

"무슨 뜻이냐, 묵호? 설마 나에게 목숨을 구걸하려는 뜻은 아니겠지? 흐흐흐."

혈두타의 눈에 조롱기가 가득했다.

과자안은 혈두타는 본체만체, 건너편의 복면인들에게 시선을 고정시켰다.

"웅풍산장에서 온 그대들. 나 과자안이 승부를 원한다."

"승부? 무슨 헛소리냐?"

혈두타가 눈알을 부라리며 노려본다. 그러나 과자안은 여전히 그를 쳐다보지 않았다.

"과자안? 승부? 무슨 이야기냐?"

불꽃을 담은 과자안의 눈빛 때문일까, 아니면 자신들의 정체가 드러나서일까? 복면인들 중 맨 뒤에 서 있던 삼음도 서문장이 눈매를 늘어뜨리며 되물어왔다.

과자안은 대답 대신 앞으로 세 걸음을 걸으며 도를 아래로 빗겨 내렸다.

"난 사해신성(四海新星) 과자안이라 한다. 나의 목숨으로 오늘 승부의 종지부를 찍고자한다. 설마 하니 웅풍산장에서 승부를 피하고 잔챙이들의 목을 일일이 거두려는가?"

"음? 사해신성?"

삼음도 서문장은 의외라는 듯 과자안을 아래위로 훑었다.

"사해신성이라… 그래, 들은 적이 있지. 대운하의 물줄기를 주름잡는 사해신옹의 제자로, 간도 크게 무당파에 시비를 건 자. 그의 도는 바람을 부르고 파도를 잠재운다고 전해지며 무당파의 일대제자와 양패구상 후 행방을 감춘 자. 네가 그 과자안?"

"사부의 이름은 들먹이지 마라! 나는 그릇이 모자라 파문당한 몸. 비록 못난 놈이지만 사부의 이름을 욕되게 하고 싶진 않다. 다시 묻겠다. 내 이름을 걸고 웅풍산장에 도전하려고 한다. 그대들은 어찌하려는가?"

과자안은 다시 세 걸음 앞으로 나오며 소리쳤다. 그러자 서문장의 얼굴이 확 일그러졌다.

"이놈 봐라? 감히 이름도 못 내세우는 파문제자 주제에 웅풍산장의 이름에 도전하겠다고? 이놈아, 먼저 네 주제 파악부터 하기를 권한다."

강호에서 파문제자란 말은 최고의 욕이었다. 그래서 서문장은 파문제자란 말을 들먹이며 과자안을 한껏 조롱하고는 등을 돌리려 했다. 그러나 과자안은 그가 등을 돌리도록 놔두지 않았다.

"하하하. 웅풍산장이 고작 파문제자를 겁내는군. 역시 그랬어. 그래서 웅풍산장의 이름이 항상 강호의 말석인 게야. 푸하하하하."

"어쭙잖은 말장난으로 도발을 하다니! 네놈이 정녕 죽고 싶은 모양이로구나!"

휙 돌아서는 서문장의 눈에 불길이 어렸다.

가뜩이나 중원 진출이 쉽지 않아 강호에서 푸대접을 받고 있는 자신들의 문파다. 그러니 과자안의 말이 도발임을 알면서도 서문장은 자존심이 상했다. 더구나 과자안은 무당파와도 싸워 본 놈. 이대로 상황을 끝내 버리면 오히려 웅풍산장이 과자안에게 무시당한 셈이 된다.

“대협, 굳이 저놈과 손을 섞을 필요가……?”

혈두타가 나섰다.

강호의 법도상, 지금 삼음도 서문장과 과자안이 싸우게 되면 자기는 꼼짝없이 물러서야 한다. 즉, 언제고 후환이 될지도 모르는 저 수적 놈들의 뿌리를 못 뽑는다는 말이었다.

“으음…….”

서문장은 잠시 고민했다. 자기 문파에서 혈두타의 뒤를 밀어주기로 했으니 그의 체면도 돌아봐야 했다. 그러나 과자안이 연이어 던진 말에 모든 상황이 정리됐다.

“이봐, 혈두타. 넌 이미 네가 그토록 원하던 대형의 목을 취했어. 그 정도면 됐지 않나? 그리고 웅풍산장의 껍데기 무사. 내가 그렇게 겁이 나나? 혈두타의 등 뒤에 숨을 생각인가?”

“뭣이라고? 이 파문제자 따위가?”

대웅풍산장의 무사가 수적 따위의 등 뒤에 숨는다니!

저런 말을 듣고도 참는다면 웅풍산장의 무사가 아니다. 더구나 수하들까지 보고 있는 상황임에랴.

“이놈!”

서문장은 복면을 확 집어 던지며 허공으로 날아올랐다.

“와랏!”

과자안은 발을 넓게 벌림으로써 그를 맞았다.

원래는 허공으로 몸을 띄워 전력으로 맞부딪치는 게 정석이었으나, 임시로 끌어올린 내공은 한계가 있었다. 지금 몸을 뽑아 올리면 찍소리도 못하고 두 쪽이 날 판. 그러니 어쩔 수 없는 선택이었다.

쐐애애액!

허공에서 천지를 무너뜨릴 듯한 거대한 기파가 쇄도해 왔다.

찰나의 시간.

과자안은 기다렸다.

'단 일 합!'

정점에서 부딪쳐 강한 모습을 보여주지 않으면 놈은 이겨도 이번 승부를 인정치 않는다.

과자안은 서문장의 도가 미간에 닿기 직전에야 두 눈을 부릅떴다.

"타하압!"

혼신의 외침. 혼신의 힘!

과자안은 고작 일성의 경지에 불과한 대해멸절세, 폭풍의 칼바람이 대해를 무너뜨린다는 대해멸절세를 혼신의 힘으로 뿌려냈다.

콰콰콰콰쾅!

두 사람의 칼이 맞부딪치자 고막을 찢는 듯한 폭발음이 터져 나왔다. 그리고 강력한 후폭풍이 휘몰아치며 주변에 있던 사람들을 휘청거리게 만들었다.

휘우우웅!

바람이 잠잠해질 즈음,

과자안의 등 뒤쪽에 서 있던 서문장이 천천히 신형을 돌려세웠다.

서문장은 몸을 돌려세우면서도 극도로 긴장했다.

'무당파와도 싸웠다더니 과연!'

대단한 놈이라는 생각이 들었다.

자신은 다시 공력을 모으고 있건만 놈은 미동조차 없이 두 발을 지면에 굳게 박고 있다. 게다가 절정의 고수에게서나 나올 법한 무호흡.

'아직 필살의 한 수가 있단 말인가?'

자신이 공격 자세를 잡는 데도 놈은 여전히 등을 돌리고 있다.

'멋지군. 멋진 대결이야.'

놈이 등을 돌리고 있으니 시선을 홀리는 이매도법(魑魅刀法)을 쓸 수 없다. 그렇다면 진정한 승부! 갈고닦은 실력으로만 승부해야 한다.

과연 이런 느낌이 얼마 만이던가?

서문장은 쿵쿵 뛰는 호흡을 짓누르며 도에 힘을 가했다. 그리고 우레 같은 함성으로 날아올랐다.

"끼야아압!"

파츠츠츠츠!

기파에 못 이긴 바람이 몸살을 앓는다.

망막에 놈의 목이 선명하게 들어온다.

쐐애애액!

놈의 목에 도 끝이 닿는 순간, 서문장은 허탈해져 버렸다.

퉁!

놈의 목이 허공으로 튀어 오르는 순간, 서문장은 베어 나가던 그 힘 그대로 도를 던져 버리며 괴성을 터뜨렸다.

"으아아아아아! 죽다니? 벌써 죽어버렸다니? 으아아아아!"

서문장은 처음으로 사술을 버리고 혼신의 힘을 기울였었다.

그 이유는 조금 전의 격돌 때문이었다.

도를 맞부딪치며 느낀 무인으로서의 감흥이 너무나 강렬했었다.

그래서 알고 싶었다.

이매도법을 쓰지 않은 순수한 자신의 도세가 어떤 느낌인지.

그런데 그게 무산되어 버리다니!

난생처음으로 무혼을 일깨워 준 놈이 자신의 도세를 확인도 안 해주고 이렇게 어이없이 죽어버리다니!

"크아아아! 등신 같은 놈! 바보 같은 놈!"

서문장은 과자안의 칠공에서 흐르는 피를 보며 그제야 깨달았다.

놈은 첫 수를 나누던 그 순간 이미 심맥이 끊겨 혼백이 떠나 버렸다.

무슨 한이, 무슨 염원이 그리도 많았는지, 한순간의 잠력으로 모든 진기를 쏟아 붓고는 제자리에 서서 죽어버렸다.

"이런 미친 새끼! 이런 상태로 나와 싸우자고?"

그가 온전한 상태에서 손속을 나눴다면 그 어떤 결투보다 기억에 남았을 텐데……. 서문장은 너무 아쉽고 너무 화가 났다. 그래서 한참 동안 과자안의 시신에 미친 듯이 발길질을 했다.

"헉, 헉. 개 같은 새끼. 그나마 네 칼이 쓸 만해서 봐준다. 저 새끼 시체는 들개 밥으로 만들어 버려!"

한동안 씩씩거리던 서문장은 자신이 던져 버린 도를 주워 들었다. 그리고 아쉬움과 분노가 가득한 표정으로 혈두타에게 다가갔다.

"대충 일이 마무리됐으니 저희는 먼저 떠나겠소."

"수고들 하셨습니다. 도움에 감사를 드립니다."

혈두타는 괜한 비무로 놈들의 뿌리를 못 뽑아내게 된 떨떠름함을 애써 숨기며 서문장에게 사의를 표했다. 그리고 그들의 모습이 장내에서 완전히 사라지자 마음속의 울화를 풀려는 듯 수하들에게 소리쳤다.

"남은 놈들을 몽땅 꿇어앉혀! 그리고 놈들의 창고를 샅샅이 뒤져!"

금사상채의 수적들은 망연한 표정으로 서 있는 적호채들을 꿇리며 흉흉한 기세로 사방을 수색하기 시작했다.

장직은 놈들이 점점 다가오자 재빨리 머리를 굴렸다.
'이제 우리 채의 우두머리들은 다 죽어버렸다. 보아하니 지금 나가면 목숨은 건질 수 있을 것 같은데, 그래도 혹시 모르니 점수나 따자!'
장직은 놈들이 자기가 숨은 뒷간까지 쑤셔오자 벌떡 자리에서 일어났다.
"아이고. 호걸님들. 항복입니다, 항복!"
"윽! 이런 지저분한 새끼. 숨을 데가 없어서 똥통에 숨냐?"
장직은 놈들이 뭐라거나 말거나 밖으로 기어 나갔다.
"몸부터 씻어, 새꺄!"
한 놈이 창으로 등줄기를 쿡쿡 쑤시자 장직은 얼른 우물물을 끼얹었다. 잠시 후, 몸에서 냄새가 좀 가신 듯하자 장직은 비굴한 미소를 지으며 말했다.
"애써 다른 곳들은 뒤질 필요가 없습니다. 호걸님들께서 찾으시는 본채의 재물은 다 저쪽 지하 창고에 있구요, 나머지 놈들이 숨은 곳은 저 동굴 안입니다. 다른 곳에는 아무도 없어요."
장직은 직접 놈들을 창고까지 안내해 가며 확인까지 시켰다. 그리고는 은근한 목소리로 한 가지를 강조했다.
"우리 중에 곽무한이란 놈이 있습니다. 곰보새끼죠. 그런데 그놈은 엄청난 보물을 가졌어요. 황금이 박힌 도랍니다. 그놈도 동굴에 숨어 있지요. 그놈을 잡아야 해요."
"어? 그래? 안 그래도 창고가 너무 빈약해 걱정이었는데 잘됐다."

놈들은 혈두타에게 장직의 말을 전했다.

"황금이 박힌 도? 오호! 그것 정말 구미에 당기는걸? 뭣들 하느냐? 동굴을 샅샅이 뒤져!"

혈두타는 입을 찢으며 수하들에게 명을 내렸다.

"이놈들! 이리 나와!"

"아아악!"

동굴 안은 요란한 발자국 소리와 거친 고함 소리, 울부짖는 목소리 등으로 뒤섞였다.

'아아… 이를 어째? 아저씨도 잡히셨나 봐. 자칫 잘못하다간 오라버니까지 들키겠어!'

매옥은 점점 가까이 다가오는 발자국 소리에 발을 동동 구르며 곽무한을 쳐다봤다.

잔뜩 일그러진 얼굴에 흘러내리는 땀방울.

지금이 고비로 보였다.

'안 되겠어. 놈들이 들어오기라도 한다면 오라버니가 위험해.'

매옥은 입술을 깨물었다.

운기조식 중 방해를 받으면 큰일난다는 것을 잘 알고 있는 매옥이다. 놈들이 들어서기 전에 결정을 내려야 했다.

매옥은 곽무한 곁에 웅크리고 있는 청랑을 불렀다.

"청랑, 오라버니를 부탁해. 놈들이 절대 이리로 오지 못하게 막아. 알았지?"

청랑이 자기 말을 알아들었는지 어땠는지 모르겠지만, 매옥은 간절한 표정으로 수십 번 당부를 했다. 그리고는 후다닥 몸을 날려 옆 동굴로 숨었다.

저벅, 저벅.

발자국 소리가 점점 가까워졌다.

'오라버니, 무사하셔야 해요.'

매옥은 잠시 곽무한이 있는 동굴로 눈길을 주다가 크게 목소리를 돋웠다.

"아아. 벌써 다 잡혀갔나 봐. 이제 나 혼자뿐이구나. 무서워서 어떡해. 흑흑."

애써 목소리를 돋운 덕분인지 다가오던 발소리가 뚝 멈췄다. 그리고 시커먼 흉한의 얼굴이 불쑥 동굴 안으로 들어섰다.

"여기 한 년 더 있다!"

놈은 자신의 머리채를 잡으며 밖을 향해 소리쳤다. 매옥은 놈의 팔뚝에 힘없이 끌려갔다.

"이봐. 아직 숨어 있는 놈이 있나 더 찾아봐. 곽무한이란 놈을 찾아야 해."

저 앞쪽에서 누군가가 소리쳤다.

매옥은 놈들이 곽무한까지 알고 있자 가슴이 철렁했다. 그래서 다급히 생각을 쥐어짜 냈다.

"제가 마지막이에요. 안쪽에는 무서운 늑대가 살아요. 아까 끔찍한 비명 소리가 난 걸로 봐 벌써 그 사람은 늑대에게 잡아 먹혔을 거에요. 정말이에요."

그러나 변명이 약했을까? 놈은 자신을 밀쳐 버리며 오히려 앞쪽으로 나아간다.

"웃기는 소리. 너희들이 이만큼 숨어 있었는데 늑대는 무슨 늑대야?"

“아아. 아닌데. 누가 좀 말려줘요. 저쪽엔 정말 늑대가 있어요.”

매옥은 일부러 겁먹은 목소리를 내며 뒤로 물러났다. 그 때문인지 호기롭게 다가서던 놈이 조금 움찔했다. 그리고 그 순간, 매옥의 목소리에 담긴 뜻을 알아차렸는지, 청랑이 뛰쳐나왔다.

크와앙!

컴컴한 어둠 속에서 갑자기 뛰쳐나온 청랑.

황소만한 덩치에 시퍼런 눈동자를 이글거리며 포효성을 토하는 청랑의 모습은 호랑이인지 늑대인지 구분이 가지 않을 정도로 무시무시했다.

“으아아! 괴, 괴물이다! 호랑이야!”

결국 호기롭게 다가서던 그놈은 비명을 지르며 뒤로 달아났다.

“호랑이라니 무슨 소리야? 헉! 진짜다!”

동료의 비명 소리에 놀라 뛰어온 놈들 역시 거대한 청랑의 모습에 질려 곽무한이고 황금이 박힌 도고 나 몰라라 하며 정신없이 달아났다.

“호랑이라니 대체 무슨 소리야?”

혈두타는 수하들이 겁에 질려 뛰쳐나오자 인상을 찌푸렸다.

“채, 채주, 정말입니다. 황소만한 호랑이예요!”

수하들은 모두 혼비백산한 표정이었다.

만약 이들이 호랑이가 아니라 늑대라고 했으면 장직이 냉큼 나서서 곽무한이 키우는 놈이라고 말했을 테지만, 모두 어둠 속에서 본 것이라 호랑이라고 착각하고 말았다. 게다가 놈들은 매옥에게 들은 말을 떠올려, 곽무한 그놈도 호랑이에게 잡아 먹혔다고 보고했다.

“이런 등신들. 호랑이에게 잡아 먹혀도 도는 남아 있을 것 아냐? 몇 놈 따라와!”

결국 황금이 박힌 도에 마음이 쏠린 혈두타가 수하들 몇을 데리고 동굴 안으로 들어섰다.

크와앙!

혈두타가 안으로 들어서 보니 과연 시퍼런 불꽃을 일렁이는 괴물이 있었다.

"하찮은 미물 따위가!"

혈두타는 도를 휘두르며 청랑에게 달려들었다. 뒤따라온 수하들은 암기를 던지며 혈두타를 지원했다.

쐐애액!

퓨퓨퓻!

곧 동굴 안에는 암기가 날고 칼 빛이 서리 쳤다.

그러나 청랑은 물러서지 않았다.

크와앙!

청랑은 필사적으로 날뛰었다.

날아든 암기에 다리를 다치긴 했지만 물불을 가리지 않았다.

여기서 자기가 쓰러지거나 도망쳐 버리면 주인이 당한다는 생각에 혼신의 힘을 다했다.

청랑은 용맹하게 싸웠다. 그리고 무식하게 힘만 앞세우지도 않았다.

동굴 안에 미로처럼 얽힌 굴을 이용해 동에 번쩍 서에 번쩍 한 것이다.

"으으으. 뭐 이런 괴물이 다 있어?"

결국 청랑의 이런 활약 덕분에 혈두타가 진저리를 쳤다.

벌써 청랑의 발톱과 이빨에 당해 세 명의 수하가 목숨을 잃어버렸고, 자신 역시 팔뚝에 상처를 입었다. 그런데도 저놈의 괴물은 아직도 시뻘건 눈빛을 이글거리며 동굴 이곳저곳을 오가며 자신을 공격하고 있었다.

"제기랄. 저렇게 엄청난 괴물은 처음 보는군. 그놈의 황금이 박힌 도를 찾으려다 부상만 입겠군. 나중에 저놈이 둥지를 옮기면 다시 오던가 해야겠다."

혈두타는 이미 승전한 마당에 부상의 위험까지 감수해 가며 저 괴물과 싸울 필요는 없다고 생각했다. 그리고 그놈의 황금이 박힌 도는 나중에 다시 와서 찾든지, 아니면 이곳 놈들을 이용하면 되겠다는 생각이 들었다. 그래서 청랑을 노려보며 몇 번 이를 갈다가 동굴을 나왔다.

크르르…….

청랑은 혈두타가 돌아서고도 안심이 안 되어 한참 동안 동굴 입구 쪽을 노려보다가 과다한 출혈로 인해 정신을 잃어버렸다.

"곽무한 그놈은요?"

장직은 혈두타까지 팔뚝에 피를 흘리며 빈손으로 돌아오자 옆에 있던 금사상채 수적에게 물었다.

"벌써 호랑이에게 잡아 먹혔대. 넌 쓸데없는 데 신경 쓰지 말고 무릎이나 꿇고 있어!"

장직은 질문의 대가로 뒤통수만 몇 대 쥐어 박히고 말았다.

"제기랄. 결국 이게 다란 말이지……."

혈두타는 팔뚝을 만지며 잠시 짜증스런 표정을 지었다.

적호채를 무너뜨리고 거둔 전리품은 너무 한심스러웠다.

황금이 박힌 도라도 얻었으면 아쉬움이라도 덜하련만, 놈들의 수채를 싹싹 훑다시피 해도 나온 재물이라고는 은자 몇 꾸러미가 다였고,

포로들이라 봐야 모두 부상자와 아이들, 그것도 고작 스무 명 정도가 다였다. 그나마 위안 거리라면 마음속의 근심거리였던 철면노호 일당이 모두 시체가 된 것이랄까?

"젠장. 할 수 없군. 이런 떨거지들을 다 데려가기도 뭣하고……."

한동안 투덜대던 혈두타는 자기 발 아래 무릎 꿇고 있는 적호채들을 둘러보다가 매옥을 발견하고 앞으로 끌어냈다.

"이 계집은 내가 데려간다. 그리고 한 달 뒤에 다시 돌아올 테니 그때까지 무슨 수를 써서라도 저 동굴에 있는 황금이 박힌 도를 찾아내라. 그리고 매달 우리에게 바칠 상납금을 만들어놔!"

혈두타는 살아남은 적호채들에게 엄포를 놓고는 수하들과 함께 배에 올랐다.

제25장
무서운 반격

무서운 반격

동굴 안에 발자국 소리가 들려올 때쯤 곽무한은 미칠 것만 같았다.

요란하게 들려오는 비명 소리와 울부짖음이 그의 마음을 흔들었다.

이렇게 소란스럽다는 것은 과자안의 신변에 무슨 탈이 났다는 것.

비록 최근 들어 서로의 관계가 소원해졌다지만, 과자안은 곽무한에게 있어 친인이나 마찬가지였다. 곽무한이 힘들 때마다 조언과 격려를 아끼지 않은 그는 아버지 대신이었고 형 대신이었다. 그런 그의 신변에 무슨 이상이 있다고 생각하니 견딜 수가 없었다.

마음이 급하다 보니 운기는 점점 더뎌졌다.

'안 돼. 진정해야 해. 운기조식을 먼저 끝내야 나가 싸우든 복수를 하든 할 수 있어!'

곽무한은 이를 악물며 마음을 집중하려 노력했다.

그런데 엎친 데 덮친다고, 그런 상황에서 매옥의 비명 소리가 들려왔다. 그리고 사방을 뒤흔드는 청랑의 포효성도 들려왔다. 그러자 곽무한은 금세 마음의 평정을 잃고 주화입마 직전에까지 이르렀다.

혼백을 잃은 눈동자에 시퍼렇게 변색된 얼굴들, 혀를 한 발이나 늘어뜨린 귀신들이 소름 끼치는 비명을 질러대며 눈앞으로 왔다 갔다 했다.

이런 환영이 나타나는 것은 보통 하나의 단계를 뛰어넘는 심마의 일종으로, 깨달음이 있어야 나타나는 현상이었다. 그런데도 이번에 나타났다. 이런 일이 일어나게 된 이유는 과자안이 전해준 공력이 곽무한의 공력과 합쳐지며 거세게 전신 혈맥을 휘도는 것과 최근에 겪은 많은 살상의 기억들, 그리고 지금 밖에서 벌어지고 있는 소란에 대한 막연한 불안과 초조, 긴장 등이 합쳐지며 한꺼번에 몰아친 것이었다.

그 때문에 곽무한의 진기는 급격히 역류를 시작하며 주화입마의 증상을 보이기 시작했다.

곽무한은 주화입마의 증세를 느끼자마자 피가 나도록 입술을 깨물었다. 이렇게 급격히 역류하는 진기를 계속 돌렸다간 머리가 터져 버리고 말 것 같았다.

'방법을… 방법을 생각해 내야 해!'

찰나간에 머리 속으로 수많은 생각이 스치고 지나갔다.

공력을 일시지간 잃는 한이 있더라도 우선 진기를 흩어버릴까? 아니면 머리가 터지는 한이 있더라도 날뛰는 진기를 한 갈래로 모아볼까? 그것도 아니면 너무 고통스러우니 그냥 이대로 폭발해 버릴까?

곽무한이 갈등하는 그 순간에도 진기의 역류는 계속되었다. 그리고 시간이 흐를수록 곽무한의 전신은 터지기 직전의 고무풍선같이 부풀어 올랐다.

‘끄으으…….’

곽무한은 미친 듯이 날뛰는 진기와 혼몽해져 가는 의식을 붙잡기 위해 안간힘을 썼다. 바로 그때, 기적처럼 바람 한줄기가 불어왔다. 동굴 벽을 타고 들어온 차가운 겨울바람이었다.

비몽사몽을 헤매던 상태에서 불어온 바람은 곽무한을 그 추웠던 늑대 굴에서의 겨울, 그 시간, 그 장소로 데려갔다.

씨이잉!

뼈를 에일 듯한 찬바람 속에 과자안이 팔짱을 끼고 나타났다.

과자안은 하얀 입김을 뿜으며 입술을 움직였다.

―네 마음속을 들여다봐라. 그러면 반드시 얻는 게 있을 것이다.

―마음이 있는 곳에 도가 있다! 그 도란, 자기를 이기는 극기와 주변에 흔들리지 않는 부동심이다.

뇌리를 울리는 환청에 따라 곽무한의 의식이 움직였다.

들끓는 심마는 무시해 버리고 의식 저 깊은 곳에서 잠자고 있는 내면을 들여다봤다. 그러자 스치는 바람처럼 수많은 과거가 영롱하게, 아련하게 떠올랐다가 휙휙 지나갔다.

그리운 얼굴들과 괴로운 얼굴들이 지나가고 아픔과 슬픔이 지나갔다. 좌절이 지나가고 절망이 지나갔다. 그리고 어두운 기억들이 다 지나가고 나자, 내면 저 깊은 곳에 웅크리고 있던 빛이 모습을 보였다.

금방이라도 꺼질 듯한 작고 희미한 빛이었다.

곽무한은 그 연약한 빛을 보자, 마치 지금의 자기 모습인 것 같아 안타까운 마음이 들었다.

‘힘을 내! 일어서!’

곽무한은 자기도 모르게 빛에 의념을 강하게 보냈다. 그러자 빛은 곽무한의 의념을 알아듣기라도 한 듯, 조금씩 망울을 키워 나가기 시작했다.

'그래! 조금만 더! 조금만 더!'

곽무한은 의념을 집중하면서 서서히 빛과 하나가 되었다.

빛이 커지면 환희가 몰려왔고 빛이 흔들리면 마음이 아파왔다.

시간이 흐르면서 빛은 점점 커지기 시작하더니 어느 순간, 날뛰던 진기들을 모두 흡수하고는 거대한 불덩어리로 변해 전신을 휘돌기 시작했다.

콰콰콰!

거침없는 기세로 독맥과 임맥을 휘돈 불덩어리는, 그러고도 힘이 남았는지 가슴뼈를 연다는 충맥을 단숨에 뚫어버렸고 전신대맥으로 흘러가기 시작했다.

'아아!'

기가 충맥을 열고 전신대맥으로 흐르자 곽무한은 무의식 속에서도 환호성을 터뜨렸다. 불덩이가 휘도는 데도 뭔가 시원하고 청량한 기운이 전신을 가득 채워오는 기분이었다. 그와 더불어 심마는 빠르게 사라져 갔고 의식은 가을 하늘 위의 솜털구름처럼 가볍고 편안했다.

휘류류룽!

전신대맥을 돌고 난 뒤에도 불덩어리는 질주를 멈추지 않았다.

계속해서 임독이맥과 전신대맥을 돌아다니며 혈맥 속에 남아 있던 진기들을 한 점도 남기지 않고 몽땅 모으기 시작했다.

그러길 얼마나 했을까?

곽무한의 몸속에 남아 있던 기운을 한 점 남김없이 끌어 모아 더 이상 커질 수도 없고, 더 이상 빛날 수도 없을 만큼 환해진 불덩어리는 서서히 변신을 시작해, 급기야는 작고 투명한 유리구슬로 변해 버렸다. 그리고 그 유리구슬은 부드러운 회전으로 상승하기 시작, 마음의 기운인 영체(靈體)가 머문다는 상단전(上丹田)으로 올라갔다.

휘류류룽!

유리구슬이 상단전에 안착하자, 놀랍게도 곽무한의 이마에서 희미한 광채가 솟아나기 시작했고, 전신에서도 아지랑이 같은 기운이 피어 올랐다.

만약 이 자리에 과자안이 있었다면 뛸 듯이 기뻐하며 눈물을 흘렸으리라! 지금 곽무한이 겪고 있는 현상은 무인으로서 꿈에도 소원한다는 연기화신(練氣化神)으로 접어드는 단계였으니.

뼈와 근육, 그리고 혈맥을 가다듬는다는 연정화기(練精化氣)를 지나, 내공이 이 갑자에 달하고 깨달음이 있어야만 이룰 수 있다는 연기화신, 즉 절정고수의 초입 단계.

만약 무인이 이 경지에 들면, 강하기만 하던 기가 부드럽게 이어져, 웬만한 경우가 아니면 진기가 고갈되지 않고, 또 원래의 강한 기운과 부드럽게 이어지는 기운의 성질을 합쳐 검기를 자유자재로 뿜어낼 수 있으며, 더욱이 상, 하 단전 간의 진기 유통이 쉬워져, 육신통의 근원이 되는 육근(六根)의 형성 발전이 이때서부터 비롯되니 그 효용과 신묘함은 이루 말로 다할 수 없었다.

특히나 무엇이든 꿰뚫어 볼 수 있는 천안통(天眼通), 모든 소리를 분별해 들을 수 있는 천이통(天耳通), 타인의 마음속을 들여다볼 수 있는 타심통(他心通) 등 육신통의 근원이 되는 육근의 발전은, 캄캄한 어둠 속에서도 사물을 쉬이 꿰뚫어 볼 수 있게 만들고, 수십 장 떨어진 곳의 바늘 떨어지는 소리도 들을 수 있게 만들며, 보지 않아도 상대의 공격을 느낄 수 있는 등, 무인에게는 엄청난 효용을 주는 것들이었다.

그러니 꿈에서라도 이 경지에 오르려고 낮밤을 잊고 수련에 임하는 무인이 과연 그 얼마이던가?

지금, 곽무한은 단숨에 그 경지에 이른 것이다.

여기서 한발만 더 나아가면 단숨에 연기화신의 극성인 순양지체까지도 이룰 수 있었으나, 아쉽게도 곽무한에겐 천형이 존재하고 있었다.

그것은 다름 아닌 혈음고.

끼아아아!

혈음고가 깨어나자 무아지경에 빠졌던 곽무한의 의식도 깨어났다.

그와 동시에 아지랑이처럼 피어올랐던 이마의 빛도, 전신의 후광도 태양 빛에 사라지는 안개처럼 흔적없이 사라졌다.

"아……."

곽무한은 천 년의 꿈에서 깨어난 듯 아쉬운 탄식성을 흘렸다.

그러나 전혀 아쉬워할 일이 아니었다.

수없이 명멸해 간 강호의 영웅들 중 곽무한의 나이에 이 갑자의 공력과 연기화신의 경지에 다다른 사람이 그 몇이더란 말인가?

실로 고금에 드문 기사(奇事)요, 천고에 드문 기연이었다.

날뛰는 혈음고의 고통까지 다 견뎌내고 운기조식을 완전히 끝낸 곽무한은 자신의 몸에 흐르는 새로운 힘을 느꼈다.

쿵, 쿵!

시험 삼아 발을 굴러보자 동굴 천장이 웅웅 울렸다.

비록 팔뚝과 허벅지의 부상은 여전했지만, 상처에서 느껴지는 고통은 운기조식을 하기 전과는 비교도 되지 않았다.

"좋아! 이놈들, 기다려라!"

곽무한은 마음이 바빴다.

바닥에 놓인 도를 거머쥐고 벽에 기대인 낚싯대를 잡았다.

자기가 무아지경에 빠져 있었으니 도대체 얼마나 늦었는지 몰랐다.

곽무한은 제발 자기가 상상하는 최악의 경우만 아니길 빌며 갈래진 굴을 지나 중앙 동굴로 나섰다. 그러나 동굴로 나서자마자 맞이한 첫 장면부터 참담하기 이를 데 없었다.

"청랑!"

곽무한은 믿기지가 않았다.

예전, 자신과 그토록 모질게 싸울 때도, 놈은 마지막 순간을 제외하고는 절대 뻗는 법이 없었다. 그러나 지금 청랑은 선혈이 낭자한 채로 바닥에 드러누워 있었다.

곽무한은 흔들리는 마음을 다잡으며 청랑의 호흡을 살폈다.

천만다행이었다. 죽은 게 아니라 정신을 잃고 있는 거였다.

곽무한은 상황을 알아차렸다.

놈은 자기를 지키려고 무리를 해가며 굴 입구를 막아선 것이었다.

"놈… 밥값은 했구나……."

곽무한은 괜스레 눈시울이 뜨거워졌다. 그러나 상황이 상황인지라 간단한 응급조치로 청랑을 돌봐주고는 걸음을 재촉했다.

그런데 이상했다.

동굴 밖에서 치열한 소음이 들려와야 정상이건만 사방은 쥐 죽은 듯 고요했다.

곽무한은 떨리는 가슴을 억누르며 밖으로 나섰다.

밖은 아직도 컴컴한 어둠.

뺨을 때리는 찬 바람과 역한 피비린내가 확 몰려왔다.

"이, 이게⋯ 이게⋯⋯."

곽무한은 사방을 둘러보다 벼락을 맞은 듯 몸을 떨었다.

시체⋯ 시체⋯ 시체⋯⋯.

사방이 시체투성이였다.

'설마⋯ 설마⋯⋯.'

곽무한은 떨리는 걸음으로 시체들을 향해 나아갔다.

"여기 있는 이들이 다 네 형제임을 잊지 말기를⋯⋯."

과자안이 남긴 말이 귓전에서 빙빙 돌았다.

곽무한은 멍한 상태로 시체들을 뒤졌다.

한 걸음. 두 걸음⋯

걸음을 옮길 때마다 낯익은 얼굴들이 싸늘한 시신이 되어 있었다.

살려줘⋯ 살려줘⋯⋯.

하나같이 흉측하게 변해 말없는 호소를 전해왔다.

곽무한은 귀를 막으며, 고개를 저으며 계속 앞으로 나아갔다. 그러다가 문득, 저 앞쪽에 가지런히 모여 있는 시체들 속에 초라하게 누워 있는 목 없는 시체를 발견한 순간, 머리에서 폭발이 일어나는 것을 느끼며 제자리에서 우뚝! 굳어버렸다.

"아, 아저씨⋯⋯."

억겁의 시간이 흘렀을까?

곽무한은 부들부들 떨며 과자안의 시체로 다가갔다.

누가 갖다 놓았는지, 굳게 입을 다문 머리가 시체 옆에 놓여 있었다.

그 얼굴을 보자 바람처럼 수천, 수만 마디 언어가 날아왔다.

"세상은 네가 생각하는 것보다 훨씬 냉정하다. 돈 없고 힘없으면 괄시를 당하기 마련이다."

그가 자신에게 처음으로 정을 보여주며 한 말이었다.

"도는 용맹쾌속함을 위주로 하며 맹호의 기세로 쪼개고, 자르고, 찌른다."

그가 자신의 우상이었을 때 한 말이었다.

"복수만이 능사가 아니다. 때로는 호탕하게 웃어넘길 줄도 알아야 진짜 사내다."

복수심에 불타는 자신에게 호통을 치며 한 말이었다.
곽무한은 떨리는 손으로 과자안의 얼굴을 어루만지며 세차게 고개를 저었다.
'아뇨… 전… 못 웃어넘겨요. 이 일을… 이 일을 어찌 웃어넘긴단 말이에요.'
곽무한은 굳게 다문 과자안의 입매를 어루만지다가 결국 눈물을 주루룩 흘리고 말았다. 곽무한은 소리없이 오열하다가 벌떡 자리에서 일어났다. 그리고 소리나게 등을 돌렸다. 과자안의 시신을 계속 보면 하염없이 눈물만 솟구칠 것만 같았다.
'그들에게… 진짜 남자가 뭔지 보여 드리죠.'
곽무한의 주먹이 빠드득! 힘찬 소리를 냈다.

곽무한은 입을 앙다물고 나머지 시체들을 뒤져 나갔다. 그러나 찾고 있던 매옥과 무견의 시체는 없었다. 장직의 시체도 없었다.

'어떻게 된 거지?'

곽무한은 다른 곳으로 발걸음을 옮기려 했다. 바로 그때, 뒤쪽 수풀에서 바스락거리는 소리가 났다.

"헉! 무, 무공귀?"

아는 목소리였다. 지렁이 놈이었다.

그놈 뒤에도 몇 사람의 그림자가 보였다. 대부분 적호채 사람들이었고, 대녕채 사람들도 일부 보였다. 그들은 모두 상처투성이였다.

"으으으… 네놈이 아직도 살아 있었다니……."

저 뒤에서 장직의 목소리도 들려왔다.

"얼마나… 살아남았죠?"

곽무한의 목소리가 잔뜩 갈려 나왔다.

"어른 열아홉에 꼬맹이 여덟. 그게 다요."

침울한 목소리로 대답한 사람은 허벅지의 상처가 쩍 벌어져 아직도 피를 흘리고 있는 대녕채 출신의 담우치였다.

"꼬… 꼬맹이들은?"

"본채 근처에 있소. 우리는 시체를 모아 화장시키려던 중이었소."

담우치는 처음 안면을 틀 때처럼 계속 존댓말로 대답했다.

"본채 근처라… 매옥과 무견이도 있나요?"

곽무한은 한참을 망설이다 물었다.

"매옥은 놈들에게 잡혀갔소. 그리고 무견이란 놈은 한쪽 눈을 잃었소."

'휴우…….'

곽무한은 자신도 모르게 가슴을 쓸어 내렸다.

살아 있기만 하면 되었다. 살아 있기만 하다면 안심이었다.

"놈들은 언제 떠났습니까?"

"두 시진 전!"

'두 시진이라……'

천만다행이었다. 늦지 않았다.

장강삼협의 물길에서 두 시진이라면, 더구나 이곳 물길이 처음인 놈들에게 두 시진이라면 빨라봐야 구당협의 끝 부분인 백제성이었다.

곽무한의 마음에 서서히 폭풍이 일기 시작했다.

곽무한은 말없이 자신의 옷을 찢기 시작했다.

'갑자기 뭐 하는 거지?'

담우치는 의아한 눈길로 곽무한을 쳐다봤다.

나이가 어림에도 자신이 처음으로 감탄한 수중호걸. 그는 찢은 옷가지로 자신의 상처 부위를 동여매고 있었다.

담우치는 갑자기 가슴이 쿵쿵 뛰었다.

'그는… 그는 싸우려 하고 있어!'

틀림없었다.

저 활활 타오르는 눈동자. 저 꽉 다문 입술.

그는 벌써 도를 등에 메고 낚싯대를 움켜쥐며 걸음을 옮기고 있었다.

"잠깐!"

담우치는 자기도 모르게 곽무한을 세우고 말았다.

휙 돌아오는 불타는 눈동자.

담우치는 두어 번 심호흡을 하고 나서 살아남은 대녕채의 동료들에게 고개를 돌렸다.

"같이 싸울 형편은 못 되도 노는 저을 수 있지?"

동료들은 얼떨떨한 표정이었다가 이내 말뜻을 알아차린 듯 일제히 몸을 일으켰다.

"노만 저을 수 있을 뿐 아니라, 아직도 쇠뇌 정도는 날릴 수 있지."

주먹을 쥐며 일어선 사람은 모두 여섯 명이었다.

그제야 돌아가는 상황을 짐작한 장직이 자리에서 벌떡 일어섰다.

"안 돼요! 지금 우리 모두를 죽음의 구렁텅이로 몰아넣고 싶어요? 그놈들이 어떤 놈들인데요? 차라리 저 새끼의 도를……."

장직의 말은 다 이어지지 못했다.

시뻘건 곽무한의 눈빛뿐만 아니라, 주변에 있던 적호채 사람들까지 이글거리는 눈빛으로 모두 자신을 노려보고 있었기 때문이다.

장직의 불평을 눈빛으로 뭉개 버린 적호채 사람들 중 한 사람이 곽무한을 노려보며 말했다.

"여기 죽은 사람들 중 대부분이 너를 살리기 위해 죽었다. 넌 우리 모두에게 목숨 빚을 졌다."

곽무한은 그의 말을 듣고 주변의 시체들을 다시 한 번 쳐다봤다. 그리고 피가 나도록 입술을 깨물며 돌아섰다.

사내는 멀어지는 곽무한을 쳐다보다가 눈물을 훔쳤다. 그리고 잊어 먹었다는 듯이 양손을 모으고 고함을 질렀다.

"우린, 네가 영혼을 파는 한이 있더라도 우리들의 복수를 해주길 원한다! 알겠나? 복수! 복수란 말이야! 놈들을 모두 죽여 버리지 않고는 절대 살아서 돌아올 생각을 마라!"

곽무한이 그 소리를 들었는지 못 들었는지는 그는 알 수 없었다. 그러나 이 자리에 눈 밝은 사람이 있었다면 꽉 움켜쥔 곽무한의 손에서 핏물이 뚝뚝 떨어지는 것을 발견할 수 있었으리라!

잠시 후.

곽무한이 탄 배는 까만 점으로 변해 수초 밭을 빠져나갔다.

밤은 새벽을 기다리며 시커먼 먹물을 토해놓았다.

구름에 가린 달빛마저 강물에 닿지 못해 저 홀로 애태우는 밤.

촤촤촤악!

한 척의 소선이 힘겹게 강물을 가르고 있었다.

"이제 저 굽이만 돌면 백제성입니다."

행여 강물이 들을세라, 소선에서 잔뜩 숨죽인 목소리가 들려왔다.

그 소리가 들리고 난 후, 그림자 하나가 웃통을 벗었다.

"수고들 하셨습니다. 이제 그만 돌아들 가십시오."

조용한 목소리는 번쩍이는 안광에 묻혔다.

노를 젓던 그림자들이 일제히 고개를 흔들었으나 웃통을 벗은 그림자는 소리없이 강물 속으로 스며들었다.

"아아! 부상만 당하지 않았더라면……."

노를 젓던 사내들은 그림자가 남긴 조그만 파문을 보며 나직이 탄식을 토했다. 그러다가 한 사내가 손짓을 하자 소선은 소리없이 강 둔덕으로 이동했다.

"여기서 기다린다. 최악의 경우라도 그의 시체만은 우리 손으로 거둔다!"

담우치가 백제성의 물굽이를 노려보며 말하자 나머지 사내들은 모두 공감한다는 듯 조용히 고개를 끄덕였다.

곧 조그만 소선은 풀 더미에 덮였고, 풀 더미 속의 여섯 쌍의 눈동자
는 일제히 한 방향을 바라보기 시작했다.

새벽이 오려면 아직 먼, 애타는 밤이었다.

겨울의 강물은 무척 차갑다.

찬바람이 불거나, 새벽이 오기 전의 밤이라면 뼈를 에일 듯했다.

그런 차갑고 시린 강물 속을 움직이는 신형이 있었다.

그 신형의 움직임은 무척 빨랐다.

가끔씩 숨을 쉬느라 강물 밖으로 고개를 내밀지 않았더라면 사람이
아니라 물고기라고 착각할 정도였다.

'후욱, 후욱! 그들도 노련한 수적들이었나? 제기랄.'

곽무한은 애가 탔다.

벌써 백제성의 물굽이.

여기를 지나고 나면 평탄한 물길이 이어진다.

놈들이 이미 백제성까지 지나 버렸다면 도저히 따라잡을 방법이 없
었다. 자신의 수영 실력이 아무리 뛰어나다 해도 수십 명이 노를 젓는
배의 속도보다 빠르지 않았기에.

곽무한은 점점 비분과 통한이 어린 표정으로 변하며 물굽이의 마지
막을 장식하는 거대한 암벽을 돌았다.

바로 그 순간,

촤촤촤악!

아련한 물소리와 함께 희미한 불빛이 눈에 들어왔다.

'잡았다!'

곽무한은 자기도 모르게 주먹을 불끈 쥐었다.

자신과는 삼십여 장 떨어진 거리.

워낙 추운 날씨여서인지, 아니면 승리의 기쁨 탓인지 놈들은 유람하듯 천천히 배를 몰고 있었다.

'기다려라! 곧 네놈들에게 악몽을 선사해 주마!'

곽무한은 이를 으드득 갈며 물속으로 잠수해 들어갔다.

쿠르르…….

곽무한이 잠수한 곳에서 곧 거센 소용돌이가 일어났다.

*　　　　*　　　　*

금사상채에서 물질 나가는 일이 생겼다 하면 늘 선봉 돌격조의 조장 역할을 맡는 왕달. 그는 유난히 잠이 많았다.

오늘도 마찬가지였다.

뼈를 에일 듯한 추위였지만 그는 모포 한 장이면 충분히 잠을 잘 수 있었다. 그러나 갑자기 불어온 차가운 강풍에는 천하의 그라도 잠에서 깰 수밖에 없었다.

"흠냐. 갑자기 웬 바람이 이렇게 불어. 젠장!"

왕달은 잠에서 덜 깬 눈으로 몸을 감싼 모포를 다시 한 번 여미고는 설핏 수하들을 쳐다봤다. 그러다가 무얼 봤을까? 갑자기 왕달의 눈이 확 커지더니 냅다 모포를 집어 던지며 몸을 일으켰다.

"야, 장삼. 너 임마, 내가 불을 꺼뜨리지 않게 조심하랬잖아? 왜 자꾸 졸아? 너 이 새꺄, 죽고 싶어?"

알고 보니 뱃고물 쪽에 있는 화로 때문이었다.

하도 추운 날씨라 교대로 손을 녹이려고 준비한 화로, 그걸 담당한 놈이 고개를 숙인 채 졸고 있는 것을 발견한 때문이었다.

"쌍놈의 새끼. 마누라 육촌 동생이라고 그나마 노질에서 제외시켜 줬더니만!"

왕달은 사나운 걸음으로 장삼에게 다가갔다.

"어쭈? 이 새끼 봐라? 아주 한잠이 들었군, 한잠이 들었어!"

기가 막혔다.

노질하던 놈들이 다 자신을 돌아볼 정도의 큰 목소리였는데도 장삼이 놈은 계속 잠만 퍼질러 자고 있었다. 그러니 이제 수하들 보기에 체면이 말이 아니었다.

"에라, 이 쌍놈의 새끼야!"

왕달은 바위 같은 주먹으로 냅다 장삼의 머리통을 후려갈겼다.

왕달의 그런 모습에 노를 젓던 놈들은 얼른 자라목을 만들며 노질에 열중했다. 자칫 왕달과 눈이 마주치기라도 하면 어떤 불호령이 떨어질지 몰라서였다.

퍽!

왕달의 주먹에 맞은 장삼은 힘없이 넘어졌다.

그런데 이상했다.

비록 세게 내려치긴 했지만 주먹으로 내려쳤을 뿐인데 놈의 목이 힘없이 바닥으로 굴러 떨어지더니 피가 한 발이나 치솟는 것이 아닌가?

"헉! 이, 이게 무슨 조화야?"

왕달은 난데없는 상황에 놀라 눈을 부릅떴다.

바로 그 순간,

시이잇!

갑자기 물속에서 은빛이 번쩍이더니 왕달의 목을 스치고 지나갔다.

"커, 커컥, 커커컥!"

왕달은 섬뜩한 느낌이 들어 자기도 모르게 양손을 목으로 가져갔다.

그러나 손끝에 전해지는 느낌은 아무것도 없었다. 그저 천지가 뿌옇게 변해갔다.

"끄르륵!"

털썩!

머리를 잃은 왕달의 몸은 고목나무 넘어지듯 뱃전에 나뒹굴었다.

"헉! 조, 조장님?"

노를 젓던 놈 중에 하나가 우연히 그 장면을 목격했다. 그러나 그는 미처 동료들을 부를 짬이 없었다. 목이 날아간 사람은 어떤 소리도 내지 못하는 법이니까.

시이잇! 시이잇!

곽무한이 날린 낚싯줄은 노질에 열중하고 있는 수적들을 하나둘 소리없이 덮쳐 갔다.

"너, 넌 누구… 끄륵!"

왕달의 배에 마지막으로 남은 놈. 그놈은 운 좋게도 곽무한의 얼굴을 직접 볼 수 있었다. 그러나 그는 입을 틀어 막힌 채 차가운 물속으로 빠져들어야 했다.

첨벙! 부그르르.

두 사람을 동시에 삼킨 강물은 한참 동안 물방울을 만들어내더니 나중에는 물감처럼 번지는 핏물을 만들어냈다.

일렁이던 파문이 가라앉고 다시 어둠이 내려앉은 강물.

촤륵!

머리 하나가 조용히 솟아올랐다.

흠뻑 젖은 얼굴에 번쩍이는 안광. 곽무한이었다.

'다음은 저놈들!'

곽무한은 앞쪽을 노려보며 하얗게 이를 드러내 보이다가 다시 물속으로 스며들었다.

쿠르르!

강물은 다시 어둠을 끌어들였다.

스스로 혈두타의 오른팔이라 생각하는 금사상채의 부채주, 흑갈자(黑蠍子) 등빈은 침상에서 몸을 일으켜 난간으로 나갔다.

자다가 꾼 악몽 때문인지, 어느 순간부터 잠이 깨기 시작하더니 계속 으스스한 느낌이 들어 견딜 수가 없었다.

'날씨 탓인가? 아니면 달빛조차 없는 밤이라서 그런가? 이상하게도 괴괴하군. 등골이 오싹한 느낌이야.'

등빈은 난간을 짚은 채 뒤따라오고 있을 수하들의 배를 찾았다.

깜빡, 깜빡!

저 멀리서 희미한 등불들이 보였다.

'짜식들. 조금 빨리 따라붙지, 너무 멀리 떨어졌잖아.'

등빈은 조금 더 빨리 움직이라는 신호를 보내려고 입을 열려다가 흠칫! 뒤쪽으로 다시 고개를 돌렸다.

등불 하나가 순간적으로 꺼진 것 같이 보인 때문이었다.

깜빡, 깜빡!

여전히 희미한 등불들이 보였다.

'음. 내가 잘못 봤나?'

등빈은 머리를 절레절레 흔들며 수하를 부르려다 무슨 생각이 들었는지 다시 고개를 돌렸다.

'하나, 둘, 셋…….'

등빈은 깜빡이는 등불들의 숫자를 헤아리다가 갑자기 굳어버렸다.

분명했다.

숫자를 헤아리는 동안 이미 헤아리고 지나갔던 등불 중에서 하나가 갑자기 꺼져 버렸다.

소선이든 중선이든 금사상채의 배마다 달고 있는 등불.

그것은 하나의 약속이었다.

야간 운행에 있어, 자칫 멀어지기 쉬운 서로의 거리를 가늠하거나, 우연히 지나다닐지도 모르는 상선과의 충돌을 피하기 위해서, 또는 갑자기 일어날지 모르는 돌발 사태에 대비해 급한 명령을 전달하기 위해서 거는 것이었다. 그러니 별도의 명령 없이 그 불을 꺼뜨린다는 것은 있을 수도 없고 있어서도 안 되는 일이었다.

'이, 이게? 다시 세어보자. 하나, 둘…….'

등빈은 다시 숫자를 헤아리다가 굳어버렸다.

귀신이 곡할 노릇으로, 소리도 없이 또 하나의 등불이 사라졌다.

등빈은 온몸이 스멀거리고 등에 소름이 돋는 기분이었다.

"모두 일어나! 저쪽에 뭔가가 있다! 모든 배에 신호를 보내!"

등빈은 미지의 공포를 쫓기 위해 고함을 지르며 선실로 뛰어갔다. 그리고 잠자는 수하들을 몽땅 깨우고는 자신의 병기인 쇠갈고리를 꺼내 들었다.

"도대체 무슨 일이야? 뭐야?"

등빈의 배는 곧 소란에 빠졌다.

수많은 등불이 켜지고 병장기를 든 수하들이 일제히 갑판으로 뛰어

나왔다.

"모두 조용! 신호를 기다려 보자!"

등빈은 왁자지껄한 수하들을 조용히 시키고 뒤쪽을 바라봤다.

자신들이 등불을 흔들며 신호를 보냈으니 응당 저쪽에서도 신호가 와야 했다.

그러나 없었다.

소리도 없고 신호도 없었다.

깜빡. 깜빡.

그저 아까 자신이 헤아렸던 등불. 깜빡이는 등불의 개수가 빠르게 줄어들고 있었다.

"도대체 뭐지? 무슨 일이 생긴 거야?"

등빈은 오돌오돌 돋는 소름을 쓰다듬으며 괴괴한 적막 속의 어둠을 뚫어져라 노려봤다. 그러나 아무리 노려봐도 알아낼 수 있는 것은 아무것도 없었다. 적에게 당했다면 최소한의 비명성이라도 있을 텐데 그저 적막뿐이었다.

'뭔가가 있어. 분명 있어!'

등빈은 떨리는 눈으로 어둠을 쳐다보다가 결국 목이 터져라 고함을 질렀다.

"돌발 상황이 발생했다! 앞서 간 채주님께 신호를 보내! 그리고 나머지 배는 모두 저곳으로 이동!"

슈우웃, 퍼펑! 퍼퍼펑!

등빈의 고함 소리와 함께 신호탄이 날아올랐다.

"흐흐흐. 이년. 자꾸 앙탈을 부리다간 맞는다?"

혈두타는 음소를 터뜨리며 선실 구석으로 달아나는 매옥의 머리채를 잡았다.

"이 개자식! 놔! 놓으란 말이야!"

매옥은 머리를 잡아 뜯기면서도 마구 몸부림을 쳤다.

가뜩이나 민대머리에게 폭행을 당해 부풀고 찢겨진 매옥의 얼굴에 또다시 시커먼 멍 자국이 늘어나 있었다.

"이년 봐라? 아주 파득파득한걸?"

혈두타는 거세게 저항하는 매옥의 머리채를 잡고 어찌할까를 잠시 고민했다. 이곳이 배 안만 아니었다면 마음껏 흥분을 만끽할 수 있었을 테지만, 바로 나무 한 짝 건너에 수하들이 보초를 서고 있으니 그렇게 하기엔 채신이 서지 않는다.

"클클. 어쩔 수 없군. 오늘은 다소 재미가 줄어들더라도 먼저 눌러 놓고 봐야겠어. 경험상 이런 계집은 한 번 눌러놔도 두어 번까지는 앙탈하는 맛이 남아 있으니. 흐흐흐."

혈두타는 매옥의 마혈을 찍고는 침상에 뉘었다. 그리고는 천천히 자신의 하의부터 벗었다.

"젠장. 혀라도 깨물면 곤란하겠지?"

표독스런 눈빛을 보니 그러고도 남을 계집이었다.

혈두타는 매옥의 아혈마저 찍어버렸다.

이젠 숨넘어가는 교성마저도 들을 수 없다고 생각하니 한숨이 다 나왔다. 그러나 아직 솜털도 가시지 않은 어린 계집이란 생각에 아쉬운 마음을 달래며 매옥의 상의를 찢었다.

'흑흑. 이 일을 어쩌지? 차라리 아까 혀를 깨물어 버리는 건데, 이젠 이 짐승 같은 놈에게 몸을 더럽히게 됐으니 이 치욕을 어찌 견딘단 말인가?

　민대머리의 마수에서 벗어난 지가 언젠데 또다시 이런 능욕 직전의 상황이다. 매옥은 그저 눈물밖에 나지 않았다.

　'그렇다고 오라버니를 두고 내 마음대로 자진할 수도 없고… 흑흑. 하늘이 원망스럽구나.'

　매옥은 과자안의 당부를 골수에 새기고 있었기에 치욕을 당하더라도 죽지 못하는 신세다. 그러니 자기를 팔아버린 부모와 이런 운명으로 태어나게 만든 하늘을 원망하며 눈물만 뚝뚝 흘릴 뿐이었다.

　찌이익!

　하의 찢겨져 나가는 소리가 심장을 후비더니 드디어 놈의 얼굴이 확 다가왔다.

　'오라버니……'

　매옥은 흉측한 놈의 얼굴 대신 미소 짓는 곽무한의 얼굴을 떠올리며 눈을 감아버렸다.

　출렁!

　놈이 침상으로 올라서자 몸이 출렁거렸다.

　'미친 새끼. 짐승 같은 새끼. 넌 나중에 오라버니 손에 비참하게 죽을 거야. 아무리 애원을 해도 절대 곱게 죽지 못할 거야. 그때 두고 보자! 빠드득!'

　매옥은 곧 다가올 미지의 공포에 소름이 돋아 속으로 마구 욕을 퍼부었다.

　스윽!

　놈이 손을 뻗어왔다.

　매옥은 머리 속이 하얗게 비는 기분이었다.

‘엄마아……!’

매옥이 눈꺼풀을 떨며 속으로 비명을 지르는 순간,

슈우웃, 퍼펑! 퍼퍼펑!

멀리서 희미한 폭음 소리가 들려왔다. 그와 동시에 요란한 발자국 소리들이 몰려왔다.

‘호, 혹시?’

매옥은 막연한 기대감에 가슴이 쿵쿵 뛰었다.

“채주님, 채주님, 긴급 사탭니다!”

매옥의 기대에 부응하듯 밖에서 다급한 목소리들이 들려왔다.

그 소란에 매옥의 가슴을 더듬으려던 혈두타는 짜증스런 표정으로 고개를 돌렸다.

“이런 빌어먹을! 무슨 일이야?”

다 된 밥에 재를 뿌려도 유분수지, 물건이 이제야 서기 시작하는데 긴급 사태라니 짜증이 확 치밀었다.

그러나 혈두타의 양물이 순식간에 쪼그라들 정도로 진짜 긴급 사태였다.

“뒤따라오던 소선들이 모두 침몰해 버렸답니다!”

“뭐야? 그게 무슨 소리야?”

혈두타는 어찌나 놀랐던지, 벌거벗은 채로 밖으로 뛰쳐나갔다.

그러나 나가봐야 아무런 소리도 없는 조용한 밤.

“어떤 새끼가 장난을 쳤어? 이렇게 조용한데 도대체 무슨 일이 일어났다는 거야? 다시 신호를 보내봐!”

혈두타의 명령에 수하들은 다시 신호를 보냈다. 혈두타는 그동안에 옷을 입고 되돌아왔다.

“뭐래?”

“저기… 그것이…….”

혈두타는 대답을 망설이는 수하에게 와락! 눈살을 찌푸려 보였다.

그때서야 수하 녀석이 우물쭈물 대답하는 말이,

“신호 그대로 해석하면 에… 아무래도 귀… 신이나 괴물… 같답니다.”

혈두타는 갑자기 혈압이 확 돌았다.

“이런 미친 새끼! 너 이 새끼야, 눈깔이 썩어문드러졌냐? 도대체 그 따위 해석이 어디 있어? 신호조차도 제대로 해석하지 못하는 놈이 어떻게 여기 타고 있어?”

혈두타는 녀석의 입을 짓뭉개 버리고는 직접 신호를 살폈다.

깜빡, 까깜빡.

“인근 수채의 기습이나 그런 게 아니고…….”

깜빡. 깜빡.

“아무래도 귀… 신이나 괴… 이런 빌어먹을!”

아까 보고한 녀석의 말과 똑같았다.

“제기랄. 도대체 무슨 일이야? 귀신이나 괴물이라니? 흑갈자 등빈이 근거없는 소리나 해대는 놈이 아닌데? 배짱도 있는 놈이고…….”

혈두타는 한참 동안 팔짱을 끼고 어둠에 잠긴 강물을 노려봤다.

촤르륵. 촤촤촤!

자기가 탄 배가 물살을 가르는 소리 외에는 아무 소리도 들리지 않았다. 혈두타는 그제야 심각한 표정으로 중얼거렸다.

“이건… 너무 조용하군. 뒤따라오는 놈들의 노 젓는 소리조차 들리지 않아. 마치 강물 전체가 잠들어 있는 느낌인걸?”

한참 고개를 갸웃거리던 혈두타는 휙 소리나게 고개를 돌렸다.

"앞쪽의 웅풍산장에 신호를 보내. 그리고 배를 돌려. 내가 직접 가 본다!"

혈두타가 탄 중형 판옥선은 곧 금빛 호랑이 문양을 펄럭이며 뱃머리를 돌렸다.

등빈이 휘하의 배를 끌고 현장에 도착하니 어느새 사방이 암흑 천지로 변해 있었다. 깜빡이던 등불이 하나도 남김없이 다 꺼져 버린 것이다.

칠흑 같은 밤. 사라져 버린 동료들.

"도, 도대체 무슨 일이 벌어졌기에……?"

금사상채 수적들은 어둠에 잠긴 강물을 보며 공포에 떨었다.

등빈 역시 마찬가지였다.

진득한 공포가 소리없이 스며드는 기분이었다.

등빈은 일단 자기 주변의 어둠부터 좀 걷어내고 싶었다.

"다들 등불을 있는 대로 켜!"

곧 주위가 환해졌다. 불안하던 마음이 좀 진정되는 느낌이었다.

등빈은 잠수조를 불렀다.

"너희들, 주변을 수색해! 우리 애들을 찾아보란 말이야. 그리고 강물 속을 뒤져 봐! 바닥까지 샅샅이 훑어! 만약을 대비해 일각(一刻:십오 분)마다 한 명씩 보고를 해!"

등빈의 명에 따라 스무 명의 잠수조가 물속으로 스며들었다.

"모두 눈에 불을 켜! 강물을 보고 있다가 뭔가 움직인다 싶으면 무조건 작살과 쇠뇌를 날려! 찢어버리란 말이야!"

등빈은 나머지 수하들을 난간에 배치시켰다. 그리고 옆에 있는 다른 세 척의 판옥선, 휘하의 배에도 같은 명령을 내렸다.

첨벙, 첨벙!

차차착!

곧 네 척의 중형 판옥선은 잠수조들이 강물에 뛰어드는 소리로 요란했고, 난간에는 작살과 쇠뇌가 빽빽이 걸쳐졌다.

등빈은 선실 지붕 위로 올라가 사방을 훑었다.

초조와 긴장이 흐르는 밤.

"꼴깍!"

누군가가 강물을 주시하며 침을 삼키는 순간,

촤악!

저 멀리서 뭔가가 솟아올랐다.

작살과 쇠뇌를 든 손에 일제히 힘이 들어갔다.

"멈춰. 잠수조야!"

강물 속에서 고함 소리가 들려오고서야 모두 무기를 내렸다.

"부채주님, 동료들을 찾았습니다. 그런데……."

물 밖으로 고개를 내민 잠수조 녀석은 뭔가 상황 보고를 하려는 듯했다. 그러나 다음 순간,

"컥, 커커컥!"

녀석은 갑자기 목을 움켜쥐며 사지를 떨기 시작했다. 그리고 찰나간에 강물 속으로 사라지고 말았다.

"으으… 도대체 뭐야?"

난간에 있던 놈들은 알 수 없는 공포에 몸을 떨었다.

잠수조들이 들어간 지 벌써 이각이 지났다.

조금 전 사라진 그 녀석 이후에는 아무런 소식이 없었다.

"으으… 도대체 무슨 일이 벌어지고 있기에?"

등빈은 등골이 싸늘히 식어가는 기분이었다.

"우웁, 우우웁!"

발목을 잡힌 놈이 안간힘을 쓴다.

곽무한은 차가운 표정으로 계속 놈을 아래로 끌어 내렸다.

츄츄츄, 츄츄츄!

놈이 쏜 작살은 애꿎은 물방울만 만들고 사라졌다.

'의외로 끈기가 있는 놈이군.'

놈은 강바닥에 닿고서야 눈을 까뒤집었다.

곽무한은 강바닥의 돌을 주워 놈의 옷에 넣고 다시 위로 올라갔다.

쿨렁, 쿨렁!

눈 위로 물살을 휘젓는 네 개의 발이 보였다.

'두 명이라……'

곽무한의 눈이 빛났다.

시이잇!

낚싯줄이 날았다.

"우웁, 우우웁!"

역시나 답답한 신음 소리.

곽무한은 놈들의 목을 꺾어버리고 다시 강바닥으로 내려갔다.

그러길 얼마나 했을까?

물의 파동은 더 이상 느껴지지 않았다.

'이제 다 처리된 것 같군.'

곽무한은 잠시 귀를 기울이다가 만족한 미소를 지었다.

연기화신의 경지에 들고 나자 감각이 극도로 강화됐다. 그래서 물의 파동만으로 놈들의 위치가 짐작됐다.

물속으로 내려온 놈들의 숫자는 근 팔십 명.

그들을 모두 처리한 것이다.

곽무한은 저 아래에서 너울거리는 시체들의 옷자락을 보다가 차가운 표정으로 돌아섰다.

쿨렁, 쿨렁!

눈앞으로 배 밑창이 들어왔다.

모두 네 척.

아까 처리한 소선들보다 훨씬 큰 판옥선들이었다.

'숫자가 많군.'

강물에 비친 등불이 환했다.

곽무한은 잠시 배 밑창을 잡은 채 운기를 시작했다.

우우우웅!

전신모공이 활짝 열리며 물속의 기운을 빨아들이기 시작했다.

뼈가 시릴 정도의 차가운 수온도 전신모공으로 운기하고 나니 견딜 만했다.

이제는 혈뢰도를 사용할 시간.

곽무한은 낚싯대를 어깨에 빗겨 메려고 손을 움직였다.

그 순간,

촤악!

저 멀리서 한 놈이 솟아올랐다.

밑창을 뚫어 침몰시킨 소선들이 있던 곳이었다.

"멈춰. 잠수조야!"

녀석이 뭔가 보고를 하려고 했다.

'그걸 들키면 안 되지! 그건 제물이야!'

곽무한은 재빨리 놈에게 다가갔다.

물살이 빠르게 뒤로 물러났다.

'어리석은 놈!'

다행이었다.

놈은 배 가까이서 보고를 하려는지 자기 쪽으로 다가오고 있었다.

곽무한은 빠르게 낚싯대를 휘둘렀다.

"컥, 커커컥!"

놈이 사지를 떨었다.

곽무한은 놈의 다리를 잡아끌고 바닥으로 내려갔다.

'이놈이 정말 마지막인 모양이군.'

녀석을 강바닥에 묻어준 곽무한은 발목을 움직여 배 밑창으로 다가갔다.

콰지직!

둔중한 소리와 함께 혈뢰도가 배 밑창을 뚫었다.

'좋아!'

곽무한은 옆으로 이동했다.

콰지직! 콰지직!

네 척 모두 밑창을 뚫었다.

곽무한은 수면과 맞닿은 삼판 부근에 솟아올라 등을 기댔다.

'자! 이제 낚시를 할 시간!'

곽무한은 다시 낚싯대를 꺼내 들며 놈들의 기척을 살폈다.

*   *   *

둥빈은 미치고 환장할 것 같았다.

마치 귀신에 홀린 기분이었다.

"커커컥!"

"크으윽!"

답답한 신음성과 함께 수하들이 하나둘 죽어가고 있었다.

뭔가 떠들썩한 소리라도 있으면 그나마 공포심이 덜하련만, 들리는 소리라곤 그저 날카로운 바람 소리와 답답한 신음성뿐.

시이잇! 시이잇!

모골이 송연한 저 소리가 들릴 때마다 수하들이 목을 감싸며 쓰러진다.

"으아아……."

급기야는 겁에 질린 수하들이 하나둘 난간에서 벗어나고 있었다.

"이 새끼들아! 쇠뇌와 작살을 쏘라잖아! 마구 쏴! 물러서는 놈은 내 손에 먼저 죽을 줄 알아!"

둥빈은 수하들이 물러나는 기색을 보이자 고래고래 소리를 질렀다.

"부채주님……."

수하들은 파랗게 질린 표정으로 울상을 지었다. 그러나 분노와 공포로 범벅이 된 둥빈의 눈빛을 보고는 마지못해 다시 난간으로 다가갔다.

쐐애액! 쐐애액!

퓨퓨퓻! 퓨퓨퓻!

귀를 찢는 소음들이 적막을 깼지만, 소리없이 덮치는 죽음을 멈출 순 없었다. 아무리 작살과 쇠뇌를 쏘아대도 바람 소리는 그대로였고 죽는 사람도 그대로였다. 그것도 난간에 서 있는 놈들부터.

"으아아아!"

결국 옆에서 목이 떨어져 나가는 동료들을 보고 공포심이 치밀어 견디지 못한 놈들. 등빈의 명에도 불구하고 모두 뒤로 물러나고 말았다.

"크아아! 도대체 어떤 새끼야? 제발 좀 나와 봐!"

등빈은 공포와 분노가 치밀어 마구 고함을 질렀다. 그러나 그 역시 겁에 질려 난간으로는 나서지 못했다.

"신호가 옵니다! 채주께서 무슨 일이냐고 신호를 보냅니다."

혈두타가 신호를 보낸 때가 바로 이때였다.

"으아! 몰라! 그냥 귀신이나 괴물이라고 그래!"

등빈은 겁에 질려 아무렇게나 대답하고 말았다.

그러나 귀신이나 괴물은 아니었다. 그건 신호를 보내고 난 뒤에 알 수 있었다.

촤아악!

갑자기 물속에서 '뭔가' 가 솟구치더니,

"으아악!"

첨벙!

두어 놈의 처절한 비명 소리와 함께 그 '뭔가' 는 다시 물속으로 돌아갔다.

"뭐야? 뭐였어?"

등빈이 덜덜 떨며 죽은 수하들을 바라보니 모두 목이 잘려져 있었다. 칼이 스친 흔적이었다.

“으으으. 그럼 이제껏 사람이었단 말이야? 그게, 그게 말이나 되는 소리야?”

사람이라면 숨을 쉬기 위해 물 밖으로 나와야 한다. 그게 상식이다.

그런데 놈은 단 한 번도 물 밖으로 나온 적이 없었다. 그건 확실했다.

그렇지 않다면 감감무소식인 잠수조 팔십 명, 그들의 이목에 단 한 번이라도 걸렸어야 했다. 아니, 그 이전에 사라져 버린 소선들에서 단 한 번이라도 목격이 되었을 것이다.

그러나 지금에 와서 그런 의문은 아무런 의미가 없었다.

촤아악!

“크아악!”

놈은 의문을 풀어주려는 듯 마음껏 이쪽에서 솟구쳐 수하들의 목을 따내고 저쪽으로 사라지는 판이니.

“쇠뇌를 쏴! 작살을 쏴, 이 등신들아!”

등빈은 눈이 뒤집혀 소리를 쳤다. 그러나 허무했다.

다시 솟구칠까 싶어 이제나저제나 기다리면,

시이잇!

“커커컥!”

날카로운 바람이 날아들어 목을 따낸다.

“나, 난간, 난간이다!”

우르르 난간으로 몰려들면,

촤촤촤악!

한참 뒤에 이쪽에서 솟구쳐 또 저쪽으로 사라진다.

“으아아아! 도대체 어떤 놈이야?”

등빈은 이제 분노와 공포, 경악이 뒤범벅돼 숨이 넘어갈 지경이었다.

그나마 다행이라면 정체 불명의 괴물이, 괴물이 아니라 사람이란 게 확인되어 조금이나마 안심이 되었달까? 또한 그 때문에 수하들이 공포에 떨면서도 맞대응하려고 노력한다는 정도? 고작 그게 다였다.

그러나 그런 대응 역시 신출귀몰한 놈의 공격 덕분에 허사였다.

더구나!

"크, 큰일났습니다! 배가 침몰하고 있습니다!"

놀라서 달려온 수하의 보고에 등빈은 사색이 되어버렸다.

"맙소사! 그럼 저 물귀신 같은 놈과 물에서 싸워야 한단 말이야?"

상상만 해도 끔찍했다. 그건 정말 악몽이었다.

그러나 의지와는 상관없이 악몽은 시작되고 있었다.

끼기기긱! 콰지끈!

급격히 차 오르는 물에 견디지 못한 배가 결국 침몰을 시작하고 있었다.

"으아아아!"

가장 먼저 물에 빠진 놈의 처절한 비명 소리는 모두의 가슴에 서늘한 공포를 안겨주었다.

촤아악!

그리고 뼛골 시린 찬물에 몸이 닿는 순간, 악몽은 시작됐다.

혹시 꿈에서라도 암흑의 무저갱, 끝도 없는 어둠의 나락으로 추락해 본 기억이 있는가? 그렇다면 지금 금사상채의 수적들이 느끼는 공포, 알 수 없는 무언가에 이끌려 물속 끝까지 끌려 내려가는 심정을 이해할 수 있을 것이다.

옆에 있던 동료가 갑자기 보이지 않는다.

잡고 있던 판자 조각이 갑자기 갈라지기 시작한다.

뭔가가 발목을 감고 밑으로 끌어 내린다.

숨 막히는 공포로 눈을 뜨면 하얀 안광을 발하는 그림자가 있다.

그는 죽음의 전령인 양 사이한 미소로 손을 뻗어온다.

어찌나 무서운지, 숨이 막히고 머리 속이 텅 비어버린다.

비명이라도 지르고 싶은데 차갑고 시린 물속이라 입도 못 벌린다.

그저 심장이 터질 것 같은 공포를 느끼며 넋을 잃다가, 어느 순간.

우드득!

이승에서의 마지막 소리. 자기 목뼈가 부러지는 소리를 들으며 뻣뻣이 죽어갈 뿐이다.

누구도 예외는 없었다.

"으아아아! 어떤 개자식이야? 제발 좀 나와 봐! 크흐흑."

아무리 울부짖어 봐도 돌아오는 건 차가운 죽음의 손.

"끄, 끄아아아!"

비명 소리… 비명 소리…….

칠흑 같은 밤, 차가운 강물은 공포에 못 이긴 단말마의 비명 소리로 가득했다.

"헉, 헉! 난 살고 싶어. 난 정말 살고 싶어. 크흐흑."

등빈은 자꾸만 눈물이 나왔다.

수하들에게 지시를 내려야 함에도 아무런 생각이 나지 않았다.

소리없이 사라지는 수하들의 머리를 보며 그저 채주가 있는 방향으로 헤엄치기에 바빴다. 이 무서운 곳에서 조금이라도 멀어지기만 한다면 안심이 될 것 같았다.

시이잇!

미세한 소리가 들려왔다.

심장이 쿵! 떨어지고 혼이 구만리 달아났다.

머리 속이 하얗게 비고 사지가 덜덜 떨렸다.

"으, 으아아아. 살려줘! 제발 살려줘!"

등빈은 눈물 콧물을 짜내며 정신없이 비명을 질렀다.

"정신 차려, 이 새끼야!"

갑자기 들려온 호통 소리!

채주의 목소리다. 기적이었다.

아까 들려온 소리는 구명 밧줄이 날아오는 소리였다.

등빈은 이제 살았다 싶은 감격이 치밀어 사지에서 힘이 쫙 빠져 버렸다.

겨우 갑판에 끌어 올려져 채주의 얼굴을 뵈었지만 말이 제대로 나오지 않았다.

"어버버, 어버버. 채, 채……."

짜악!

벙어리처럼 더듬다가 뺨에 불이 나고서야 겨우 정신을 차렸다.

"도대체 무슨 일이야? 네 꼴이 이게 뭐야?"

고리눈을 뜨고 묻는 채주의 얼굴은 거북이 등 껍질 같았다.

"무, 물귀신… 물귀신……."

채주에게 뭐라 설명을 하고픈데 정리가 되지 않았다. 치미는 공포와 살았다는 안도감이 뒤섞여 머리가 뒤죽박죽이었다.

그런 등빈을 내려다보는 혈두타의 표정은 심각해졌다.

등빈은 절대 이런 나약한 놈이 아니었다. 오기와 배짱을 빼면 시체인 놈이었다. 그런데 지금 그를 쳐다보는 수많은 수하들 앞에서 이렇게 혼이 빠진 모습이다.

"등신새끼!"

혈두타는 나직이 한숨을 쉬며 손을 움직였다.

등빈이 말한 물귀신의 정체를 알아내고 싶었지만 어쩔 수 없었다.

쉬이잇, 뻐버벅!

등빈의 머리가 터졌다. 피가 분수처럼 솟았다.

혈두타는 몸을 움직이지 않았다. 피를 그대로 덮어썼다.

스르룽!

혈두타는 수박처럼 으깨진 등빈의 시체를 지그시 내려다보다 피 묻은 쇠사슬을 팔뚝에 감았다.

"웅풍산장이 올 때까지 여기서 잠시 기다린다."

난간에 선 혈두타는 정적에 묻힌 강물을 노려보며 말했다.

혈두타는 기다리고 싶었지만 곽무한은 기다리고 싶지 않았다.

"훅… 훅……."

곽무한의 몸은 점점 휴식을 요구했다.

하긴, 자기 손으로 죽인 놈들의 숫자가 백 명을 넘어가면서부터 더 이상 헤아리길 포기했을 정도이니, 동피철골(銅皮鐵骨)이 아닌 이상 곽무한도 지칠 만했다.

그러나 아직은 쉴 때가 아니었다.

매옥을 찾아야 하고 복수도 해야 했다.

더 지치기 전에 빨리 끝을 봐야 했다.

‘기다려! 지금 간다!’

곽무한은 주먹을 불끈 쥐며 다시 물살을 갈라갔다.

촤르르…….

중형 판옥선 한 척과 소선 다섯 척.

‘판옥선은 제일 나중에! 매옥이 다칠 우려가 있으니.’

곽무한은 소선들부터 처리하기로 결정하고는 조용히 배 밑창으로 이동했다.

콰지직!

도를 쥔 손에 육중한 감각이 왔다.

‘조금 위험하더라도 빨리!’

동이 트기 전에 매옥을 구출해야 했다. 그래서 이번에는 노출의 위험을 감수하기로 했다.

곽무한은 허리와 다리를 강하게 박찼다.

촤아악!

물살이 숨 가쁘게 흘러내렸다.

“으악! 귀, 귀신이다아아아!”

자기 코앞에서 갑자기 뭔가가 솟구쳐 오르자 한 놈이 찢어져라 비명을 질렀다. 바로 그 순간,

시이잇!

낚싯줄이 날았다.

“커커컥!”

비명을 지른 놈은 목을 감싸 쥐며 나동그라졌다.

혈두타는 비명 소리에 고개를 돌렸다.

물속에서 솟구치는 검은 그림자가 눈에 들어왔다.

혈두타는 그제야 등빈이 저놈을 왜 물귀신이라고 했는지 알 수 있었다.

촤악! 번쩍!

"끄아아아!"

물의 압력조차 무시하고 번개같이 솟구쳐 올라 순간적으로 수하들을 베고 사라지는 저 모습. 도저히 사람이라고는 생각할 수 없을 정도의 몸놀림이었다.

"으아아! 제발 맞아라!"

"하느님. 부처님. 공자님!"

수하들은 벌써 공포에 질려 모두 바닥에 머리를 처박고 손만 내밀어 아무렇게나 쇠뇌 등을 쏘아대고 있었다.

"이런 등신새끼들! 모두 내 손에 죽을래? 조준해서 쏴!"

혈두타가 악을 바락바락 쓰며 호통을 질렀지만 별 소용이 없었다.

시이잇!

"끄아아아악!"

서늘한 소리가 들리자마자 터져 나오는 처절한 비명 소리.

촤촤촤악!

그리고 눈으로는 도저히 따라잡을 수 없는 섬전같은 몸놀림.

수하들은 모두 혼이 나갔다. 등빈이 죽기 전에 물귀신이라고 한 말이 벌써 뇌리를 지배한 모양이었다.

수하들의 그런 모습에 놈이 자신감을 얻었을까?

어느 순간부터 놈은 아예 수하들이 탄 소선 위로 올라가 거대한 도를 휘둘렀다.

쾌자자작!

도가 빛을 뿌리자 뭔가 부서지는 소리가 요란하게 들려왔고 생의 마지막을 알리는 외마디 비명 소리가 뒤를 이었다.

"이 개새끼들아! 모두 정신 안 차려? 고작 한 놈이야! 귀신이 아니고 사람이라고!"

혈두타가 재차 고함을 질렀지만 수하들은 여전히 겁에 질려 아무렇게나 쏘아대고 있었다.

결국 혈두타는 직접 몸을 날릴 수밖에 없었다.

"끼요오오오!"

혈두타는 괴성을 터뜨리며 소선으로 뛰어내렸다. 그와 동시에 곽무한의 등을 향해 쇠사슬을 날렸다.

촤라라라락!

쇠사슬이 곽무한의 등판과 일직선을 만드는 순간,

휙!

곽무한이 등을 돌렸다.

"헉!"

혈두타는 심장이 목구멍으로 튀어나올 것 같았다.

하얗게 타오르는 놈의 눈동자는 결코 사람의 눈빛이 아니었다.

카카칵!

그 짧은 찰나, 눈앞에서 불똥이 튀었다.

놈이 칼로 쇠사슬을 막은 모양이었다.

'흐흐흐. 바보 같은 놈. 이 어르신네의 쇠사슬은 단단하기 그지없다는 묵철(墨鐵)로 된 것이란다.'

혈두타는 곧 부러져 나갈 놈의 도를 상상하며 쾌재를 불렀다.

그러나 이게 웬일인가?

서걱!

철크렁!

섬뜩한 소리가 들리나 싶더니 쇠사슬의 무게가 확 줄어들었다.

"헉! 이, 이럴 수가?!"

혈두타는 머리끝이 쭈뼛 서는 느낌이었다.

자신의 쇠사슬을 단숨에 잘라 버린 도가 시뻘건 빛을 발하며 이마로 들이닥치고 있었다.

"말도 안 돼!"

혈두타는 당황한 표정으로 급히 뒤로 허리를 틀었다.

콰자자작!

기가 막혔다.

자신이 몸을 피한 덕분에 갑판 바닥을 찍고 만 놈의 도, 분명히 바닥에 박혀 있어야 정상이건만, 바닥을 쩍 갈라놓으며 다시 튀어 오르고 있었다.

"으으. 신병이기?"

그랬다. 놈은 무인이라면 누구나 꿈꾸는 절세신병을 지니고 있었다.

"제기랄!"

혈두타는 힐끔 바닥을 내려보다 욕을 내뱉었다.

놈의 도가 스친 갑판에는 벌써 물이 들어오고 있었다.

놈은 물귀신. 침몰하는 작은 소선에서는 승산이 없었다.

혈두타는 안 되겠다 싶어 뒤로 몸을 날렸다. 본선으로 되돌아가려는 것이었다.

콰자자작!

"끄아악!"

귓전으로 다시 요란한 소리들이 들려왔다.

'빌어먹을! 웅풍산장 놈들은 왜 빨리 안 와?'

혈두타는 본선으로 몸을 날리며 투덜댔다.

그런데 막 난간을 넘어서려는 순간,

시이잇!

가슴 철렁한 소리가 등 뒤로 날아들었다.

"허거걱!"

혈두타는 너무 놀라 급히 진기를 풀어버렸다.

시이잇!

예리한 기운이 머리카락을 아슬아슬하게 스치고 지나갔다.

혈두타는 안도의 한숨을 쉬다 안색이 급변했다.

'아차!'

워낙 급한 상황이라 발밑이 강물이란 사실을 잊어버린 것이다.

풍덩!

뼛속까지 시린 느낌!

촤르륵!

놀랄 새도 없이 물살을 가르며 다가오는 곽무한.

"으으으……"

혈두타는 하얗게 타오르는 곽무한의 눈을 보고 그만 얼어버렸다.

*   *   *

밤은 영원하지 않다.

강물이 희뿌연 미명에 몸을 내주기 시작하는 이른 새벽.

"도대체 무슨 일이기에 급히 오라는 거야?"

삼음도 서문장은 안개 낀 강을 쳐다보며 마뜩찮은 표정을 지었다. 그러자 곁에 섰던 절혼도(絶魂刀) 조포(趙鋪)가 동감이라는 듯 턱짓으로 선실을 가리키며 말했다.

"젠장. 웬만한 일이면 알아서 처리하지, 이 추운 날씨에 왜 오라 가라 하는지 모르겠습니다."

조포는 지금이라도 그냥 인근 마을로 가 피로를 풀었으면 싶었다.

"끌끌. 자네들 마음은 아네만, 어쩌겠나? 비록 하나같이 머저리들이지만 나름대로 유용한 구석이 있지 않나? 어찌 됐든 오늘로서 사천의 물길을 저놈들이 다 장악한 셈이 됐으니……."

서문장은 절혼도 조포를 돌아보며 씁쓰레한 미소를 지었다.

"제기랄. 어쩌다 우리 신세가 이리됐는지 모르겠습니다. 이건 무슨 용병들도 아니고……."

조포는 허리에 찬 도갑을 두드리며 볼멘소리를 했다.

"휴우… 어쩌겠나? 이게 다 후대를 위한 장주님의 심모원려(深謀遠慮:깊은 꾀와 장래를 내다보는 생각)인걸. 이번에 돌아가면 다른 조들과 교대가 될 테니 조금만… 음? 벌써 다 왔군."

서문장은 조포를 달래다가 희미한 소리가 들려와 고개를 돌렸다.

저 너머에 혈두타의 배가 보였다.

"어라? 몇 척뿐인데요? 게다가 비명 소리?"

그제야 혈두타의 배를 발견한 조포, 들려오는 비명 소리에 안색을 굳혔다. 비명 소리에 표정을 굳히긴 서문장 역시 마찬가지였다. 그러나 서문장은 조포보다 판단이 빨랐다.

"문제가 생겼다! 모두 일어나!"

서문장은 큰 소리로 자고 있는 수하들을 깨웠다. 그리고 전방을 노려보며 차가운 표정으로 도를 빼 들었다.

"속도를 최고로 높여!"

서문장은 눈빛을 급격히 굳히며 사공들을 재촉했다.

촤르르!

웅풍산장의 배는 빠르게 물살을 갈랐다.

제26장
위기 모면

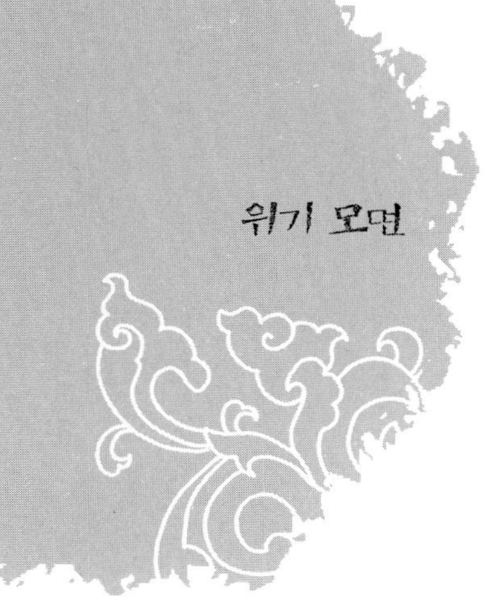

곽무한은 마음이 바빠졌다.

저 멀리서 희뿌연 미명을 헤치며 다가오는 웅풍산장의 배를 발견한 때문이었다.

'그런데 이놈은……'

혈두타가 정면으로 덤벼들기만 하면 금방이라도 죽여 버릴 수 있을 것 같은데, 놈은 그렇게 호락호락하지 않았다.

놈은 이미 곽무한의 몸놀림을 봤던지라 물속에서는 안 되겠다 싶어 배 밑창을 잡고 버티기에 들어갔다.

뿐이랴?

몇 번 부딪치다가도 불리하다 싶으면 몰래 암기를 던지거나 채찍처럼 짧아져 버린 쇠사슬을 집어 던진다. 그리고 지금처럼 시커먼 먹물 주머니를 꺼내 던지기도 했다.

“치사한 자식!”

그러나 곽무한에게 가장 성가셨던 것은 배 위에서 쏘아대는 쇠뇌였다. 기회를 잡아 혈두타를 베어버리려고만 하면 용케 날아드는 쇠뇌들.

우두머리가 직접 싸우고 있어 다소간의 용기가 생겼는지, 아니면 뿌연 먼동이 터서인지 놈들의 겨냥은 정확했다. 그걸 막다 보면 혈두타는 얼른 배 밑창 뒤로 도망가 버리고.

'어떡한다?'

미꾸라지처럼 달아나기만 하는 놈을 잡자니 시간이 문제였다.

'안 되겠다. 일단 매옥부터!'

이대로 가다간 아무 일도 안 되겠다 싶어, 곽무한은 혈두타를 포기하고 물 위로 솟구쳐 올랐다.

촤촤촤악!

곽무한이 갑판 위로 오르자, 수적들은 깜짝 놀라 비명을 지르며 사방으로 달아났다. 강물 속으로 뛰어드는 놈도 많았다.

“매옥! 어디냐?”

곽무한은 달아나는 놈들을 아랑곳 않고 매옥부터 찾았다.

선실마다 뒤지니 가장 큰 선실 구석에 웅크리고 있는 매옥을 발견할 수 있었다.

'오, 오라버니?'

“크으으! 이 개새끼들!”

곽무한은 혈도를 찍혀 말하지도 움직이지도 못하는 매옥을 보자 눈에서 불이 튀었다. 게다가 시커멓게 멍든 얼굴에 벌거벗은 몸으로 파르르 떨고 있는 모습을 보자니 피가 거꾸로 도는 기분이었다.

"으아아! 이놈들, 다 때려죽인다!"

곽무한은 매옥의 혈도를 풀어주고 나서 밖으로 뛰어나갔다.

콰지직!

곽무한의 분노에 선실 문짝이 힘없이 부서져 나갔고, 충혈된 시선에 걸린 돛대와 갑판도 산산이 부서지고 베어져 나갔다. 미처 달아나지 못해 곽무한의 눈에 띈 수적들은 단말마의 비명을 지르며 피를 토했다. 그야말로 광풍노도가 따로 없었다.

"크으윽!"

곽무한은 한참 울분을 터뜨리다가 입술을 깨물며 돌아섰다.

마음 같아선 당장에라도 물속에 뛰어들어 놈들을 남김없이 베어버리고 싶었지만 현실을 생각해야 했다.

벌써 이십여 장 가까이까지 다가선 복면인들의 배.

그들과 싸우려면 일단 매옥을 피신시켜야 했다.

"매옥, 움직일 수는 있겠니?"

곽무한은 선실로 돌아가 매옥에게 죽은 수적들에게서 벗긴 장포를 건네며 걱정스레 물었다.

매옥은 알몸을 보였다는 수치심 때문인지 곽무한의 시선을 피하며 말없이 고개를 끄덕였다. 마음이 바쁜 곽무한은 매옥의 심사도 고려치 않은 채 덥석! 매옥을 가슴에 안았다.

'헉?'

당황한 매옥은 본능적으로 몸부림을 쳤다. 그러나 잔뜩 긴장한 곽무한의 목소리에 그만 몸부림을 멈출 수밖에 없었다.

"무서운 놈들이야. 내게서 떨어지면 절대 안 돼! 알았지?"

곽무한은 딱딱한 음성으로 매옥에게 당부를 하고는 재빨리 판자 조각과 닻채를 연결했다.

"가자!"

첨벙!

닻채와 판자 조각을 묶어 만든 뗏목은 그럭저럭 물살을 헤쳐 나갈 만했다.

"강물이 무척 차가워. 그러니 미리 마음의 준비를 해!"

급히 매옥을 앉힌 곽무한은 물속으로 들어가 뗏목을 밀었다.

촤르륵!

뗏목은 빠르게 앞으로 나아갔다.

혈두타의 본선에 도착한 삼음도 서문장은 기가 막혔다.

본선을 호위하던 그 많던 배들은 다 어디로 가고, 몇 척의 난파선만이 눈에 들어온 때문이었다. 게다가 강물 위에 둥둥 떠오른 저 많은 시체들. 마치 괴수라도 나타나 한바탕 휘저은 것 같았다.

"도대체 어떤 일이 벌어졌기에?"

서문장은 설마 저 앞쪽의 조잡한 뗏목을 타고 달아나고 있는 곽무한이 주범이라고는 꿈에도 생각지 않았다.

"헉, 헉! 저놈을 잡아야 합니다. 저놈이, 저놈이… 크흑!"

서문장은 충격과 분노로 눈물을 흘리는 혈두타의 말을 듣고서야 상황을 파악했다. 그러나 도무지 믿기지 않는 소리라 아직도 긴가민가하기는 마찬가지였다.

'아무래도 방수(幫手:도와주는 사람)가 있었던 모양이다. 혼자서 어찌 백 명을 넘게 상대해? 게다가 물질에 이골난 이놈들을 상대로.'

서문장은 일단 주변부터 수색하자고 권했다.

"정말이라니까요. 저놈, 저놈 혼자서 한 짓이오! 그만큼 무서운 놈이란 말이오. 으으……."

그러나 손짓 발짓까지 해가며 설명하는 혈두타의 성화에 못 이겨 반신반의하면서도 수하들을 보냈다.

"아이고, 다 가셔야 한다니까요! 고작 열 명으로는 놈의 머리카락 하나 건드리지 못합니다."

"지금… 우릴 무시하는 게요?"

혈두타는 자신의 말을 완전히 믿지 못하는 서문장을 보고 답답하다는 표정으로 가슴을 쳤지만, 휙 날아드는 차가운 안광에 입을 다물 수밖에 없었다.

서문장의 믿음처럼 웅풍산장의 고수들은 과연 남달랐다.

촤촤촤악!

그들은 동료들이 던지는 판자 조각을 밟으며 빠르게 강물 위를 날았다. 그리고 두세 번 몸을 띄우자 선두의 두 놈은 어느새 곽무한의 지척에 다다랐다.

"이놈! 목을 내놔라!"

쐐애액!

웅풍산장의 정예, 그들은 과연 고수였다.

칼날이 이르기도 전에 강맹한 기파가 먼저 쇄도해 왔고, 노리는 방향도 상대가 대응하기 곤란하도록 양 방향으로 나뉘어 왔다.

그러나 곽무한은 침착했다.

놈들의 도가 자신에게 닿기 직전에야 몸을 움직였다. 물론 그냥 움직인 게 아니었다. 허리를 강하게 틀며 혈뢰도를 회전시켜 놈들의 공세를 정면으로 맞받았다.

카카칵!

"헛?"

칼날이 서로 맞부딪친 순간, 곽무한을 덮친 두 놈은 터져 나오는 비명을 가까스로 삼켰다. 곽무한의 도에서 엄청난 반탄력을 느낀 때문이었다.

"으윽! 보통 놈이 아냐!"

두 놈은 충격을 흘리기 위해 뒤로 공중제비를 돌았다.

그러나 곽무한의 왼손은 놀지 않았다.

시이잇!

물속에 잠겨 있던 낚싯줄이 날카로운 소리를 내며 날았다.

가늘디가는 낚싯줄이 다다른 극점, 그곳에서 도저히 믿기지 않을 참경이 벌어졌다.

"크아악!"

"으아악!"

시뻘건 피분수와 함께 네 개의 다리가 떨어져 내린 것이다.

"맙소사! 유달, 이평!"

그 광경에 뒤따라오던 웅풍산장의 정예들이 눈을 부릅떴다.

"저 새끼를 잡아!"

"끼야아압!"

웅풍산장의 정예들은 모두 눈이 뒤집혀 버렸다. 저마다 분노성을 토하며 일제히 날아올랐다.

쐐애애액!

곽무한은 줄줄이 날아드는 여덟 개의 칼 빛을 보며 입술을 깨물었다.

‘도박을!’

눈앞의 이들이 다가 아니었다. 저 뒤에도 놈들은 많았다.

무리가 되더라도 강한 모습을 보여 기세를 꺾어야 했다.

곽무한은 혈음고의 위험을 감수하며 내공을 극성으로 끌어올렸다.

“타하압!”

곽무한은 쩌렁쩌렁한 기합성으로 십이성의 대해멸절세를 뿌렸다.

콰콰콰콰콰!

기를 폭발적으로 뿜어낸다는 대해멸절세가 부챗살처럼 퍼지며 여덟 개의 칼을 향해 날아갔다.

“허헉!”

“끄아아악!”

아홉 개의 칼이 부딪치자 뇌성벽력이 터졌다. 그와 동시에 시뻘건 피보라가 사방으로 튀었다.

“마, 맙소사! 도기(刀氣), 도기다!”

멀리서 보고 있던 서문장은 기절할 듯이 놀랐다.

두 조각 세 조각으로 나뉘어 떨어져 내리는 수하들도 수하들이었지만, 뗏목을 잡고 있는 놈, 그놈의 도에 맺힌 시뻘건 기운을 보고 가슴이 철렁한 것이었다.

“아이고, 그러기에 제가 뭐랬습니까? 무시무시한 놈이라니까요!”

자신이 조금 전 저런 놈과 싸웠었다니!

혈두타는 가슴을 쓸어내리며 쭈뼛하니 한마디 거들었다.

그러나 혈두타의 목소리는 서문장의 귀에 들어오지 않았다.

서문장은 한동안 망연히 서 있기만 했다. 그러다가 어느 순간 꿈에서 깨듯 정신을 차렸다. 곽무한의 뗏목이 어느새 강변 근처로 향하고 있었기 때문이다.

"준비해라. 모두… 모두 간다!"

서문장이 딱딱한 표정으로 말했다.

절혼도 조포는 눈가를 떨며 도갑을 바닥에 던졌다.

파파파팟!

서른 개의 신형이 일제히 강물 위를 날았다.

서른 개의 옷자락이 떨쳐 내는 바람 소리는 귀가 먹먹할 정도였다.

'이젠 끝이다, 놈!'

혈두타는 날아가는 신형들을 보며 가슴을 쓸어 내렸다.

이제 조금만 더 가면 강기슭이었다.

매옥은 눈물이 그렁해 곽무한을 내려다봤다.

파르르르.

뗏목을 쥔 곽무한의 손이 아프게 떨리고 있었다.

고통…….

과도한 진력을 일으킨 때문에 혈음고가 준동한 것이었다.

매옥은 곽무한이 지금 얼마나 고통스러운지 느낄 수 있었다. 그러나 아무런 말도 할 수 없었다. 지금은 그저 바라볼 수밖에 없었다.

"매옥……."

꿈결처럼 그가 말했다.

매옥은 가슴이 철렁했다.

"저쪽에 절벽이 보이지? 그리로 가 있어. 뒤따라갈게."

역시나였다.

그는 자신을 먼저 떠나보내려 하고 있었다.

"오, 오라버니."

매옥은 떠나기 싫었다. 죽어도 함께 죽고 살아도 함께 죽자고 말하고 싶었다. 그러나 그럴 수 없었다. 지금 상황에서 그건 오히려 곽무한에게 부담을 지우는 일이었다.

"오라버니, 안 되면… 정 안 되면 끝까지 싸우지 마세요. 피한다고 해서… 오늘 도망친다고 해서 오라버니를 욕할 사람은 아무도 없어요. 흐흑."

매옥은 겨우 그 말 한마디 남기고 눈물을 뿌리며 언덕으로 뛰어갔다.

"오늘 피한다고 해서 욕할 사람이 아무도 없다고?"

곽무한은 잠시 혼잣말로 중얼거렸다. 그러다가 한순간, 휙! 등을 돌렸다.

"와라!"

두 발을 굳게 박은 곽무한, 힘차게 도를 아로 세웠다.

삼음도 서문장은 빨랐다. 그래서 곽무한의 이글거리는 눈빛을 제일 먼저 볼 수 있었다.

"노오옴!"

한 번만 더 몸을 날리면 놈과 맞닥뜨릴 수 있는 거리.

강물에 반쯤 몸을 담그고 서 있는 곽무한.

저 이글거리는 눈동자, 저 아로 세운 도.

태산 같고 거인 같은 느낌에 서문장은 자기도 모르게 긴장과 흥분이 치솟았다.

"간다아앗!"

쐐애애애액!

서문장은 평생 처음으로 자신의 모든 것을 걸고 도와 함께 날았다.

"안 돼애애애!"

절혼도 조포는 목이 터져라 비명을 질렀다.

자신이 가장 존경하던 사람이었다.

그는 수하들을 먼저 내세우지 않고 놈에게 승부를 걸었다.

그러나 놈의 지척에 다다른 순간, 조포는 놈의 도에서 하얀 광채가 뻗어 나와 하늘 끝까지 치솟는 걸 보았다. 그 광채를 본 조포는 눈을 질끈 감아버렸다.

콰콰콰콰콰콰콰!

귀청을 찢을 듯한 요란한 폭음 소리.

절혼도 조포는 천천히, 아주 천천히 눈을 떴다.

촤아악!

첨벙!

붉은 피가 망막에 선연했다.

자신이 그토록 존경했던 그는 산산이 부서져 핏물로 변했다.

"으드득!"

조포는 피가 나도록 이를 깨물었다.

저 건너에 자신의 우상을 부숴 버린 놈이 있었다.

놈은 정신없이 핏물을 게워내며 비틀거리고 있었다.

조포는 충혈된 눈빛으로 수하들을 돌아봤다.

"모두 절대 경거망동하지 마라! 차륜전을 벌인다!"

절혼도 조포는 비틀거리고 있는 곽무한을 절대 쉽게 보지 않았다.

그리고 조포는 곽무한을 절대 쉽게 죽이고 싶지 않았다.

자근, 자근! 포로 뜨고 가루로 만들고 싶었다.

철벅, 철벅!

서른 명의 웅풍산장 고수들은 목까지 차 오르는 물길을 헤치며 곽무한에게 다가갔다.

"쿨럭, 쿨럭!"

곽무한은 피 기침을 토하며 몸을 곧추세웠다.

폐부가 찢어질 듯 아파왔고 머리도 어질어질했지만 아직 쓰러지기엔 일렀다.

금방이라도 자신을 찢어발길 듯 다가오는 서른 명의 그림자. 그들이 내뿜는 살기가 다시금 투지를 일깨웠다.

"쿡쿡쿡. 좋아, 좋아!"

지금 곽무한의 내부에서 일어나는 고통은 이루 말로 형언하기 어려울 정도였다.

전력을 다해 부딪친 두 번의 격돌.

그 여파로 내부가 진탕되었고 혈음고가 극성스레 날뛰고 있었다.

특하나 신도합일로 날아든 삼음도 서문장과의 격돌은 전신 혈맥을 일시지간 뒤틀어 버릴 정도로 충격이 컸다. 그러나 그와의 격돌은 곽무한에게 새로운 자신감을 심어주었다.

신도합일로 기세로 날아든 서문장.

더 이상 물러설 곳이 없는 곽무한.

곽무한은 물밀듯 일어나는 공포를 잊기 위해 혼신의 힘으로 도를 휘둘렀다.

　바로 그 순간, 그토록 깨닫기 어려웠던 폭풍멸절도법의 마지막 초식, 죽음의 폭풍이 천지를 멸한다는 폭풍멸절세가 기적처럼 뿜어져 나왔다.

　처음으로 성공시킨 폭풍멸절세.

　그 깨달음이 곽무한에게 새로운 투지를 불러일으킨 것이었다.

　'두려움도 잊고 자아도 잊고, 오로지 무념무상!'

　곽무한은 눈빛을 굳히며 다시금 도를 세웠다.

　'놈…….'

　생사를 초월한 곽무한의 각오는 절혼도 조포에게도 전달됐다.

　'도대체 어디서 이런 놈이 튀어나왔을까?'

　새벽 먼동, 은은한 주홍빛 햇살에 비친 곽무한.

　그의 기도는 차갑고 냉정하기로 소문난 조포의 마음을 뒤흔들었다.

　그러나 아직은 나아감과 물러섬을 모르는 철부지 애송이!

　"쳐!"

　조포는 시선을 거두며 차갑게 명을 내렸다.

　파라라락!

　조포의 명이 떨어지자 세 개의 옷자락이 바람을 떨쳤다.

　곽무한은 쇄도하는 그림자들을 보며 내심 다행이란 생각이 들었다. 무리를 하면서까지 기세를 꺾은 게 통한 모양이었다.

　사실, 지금의 상태로는 도저히 저들을 한꺼번에 감당할 수 없었다. 그러나 놈들이 차륜전으로 나오면 이야기가 달랐다. 순간적으로 뿜어낼 수도 있고, 끊임없이 이을 수도 있는 부드러운 진기, 연기화신의 효용이 있었다.

"와라!"

곽무한은 눈을 빛내며 손에 힘을 가했다.

그러나 의외로 놈들은 곧장 짓쳐들지 않았다.

탁, 탁.

놈들은 춤추듯 가볍게 보법을 밟으며 세 방향으로 자신을 에워싸고 있었다.

'뭐지?'

곽무한은 고개를 갸웃하며 놈들의 위치를 살폈다.

한 놈은 북동쪽, 다른 놈들은 남쪽과 북서쪽이었다. 그러나 그들의 위치는 고정되어 있지 않았다. 끊임없이 자리를 바꾸며 자신을 중심으로 돌고 있었다. 눈이 현란할 정도였다.

지금 웅풍산장의 고수들이 쓰고 있는 것은 진법이었다.

진법은 전통있는 무가들이 대를 거듭하면서 연구, 발전시킨 비전절예의 하나였다. 다수로 소수를 상대하거나, 소수로 다수를 상대하는 병법의 일종으로, 상대의 눈을 현혹하거나 허점을 공략해, 죽음이 기다리고 있는 방위로 적을 몰아넣는 수법이었다.

지금, 곽무한은 그 진법에 갇힌 것이었다.

쐐애액!

빙글빙글 돌아가는 진법 속에서 하나의 도가 번쩍 튀어나왔다.

카카칵!

곽무한은 놈의 공세를 막으며 슬쩍 뒤로 물러났다.

바로 그 순간,

쐐애액!

두 개의 칼날이 갑자기 배후에서 날아들었다.

"헉?"

진법이라고는 생전 처음으로 겪어보는 곽무한.

예상치도 못한 곳에서 칼날이 날아들자 깜짝 놀라 몸을 틀었다.

그러나 조금 늦었던지, 어깨에 핏물이 치솟았다.

"이런!"

곽무한은 화끈거리는 통증에 이맛살을 찌푸렸다.

쐐애액!

또다시 눈앞으로 칼날이 날아들었다.

카카캉!

곽무한은 다시 놈의 도를 맞받으며 몸을 틀었다. 그러나 또다시 등 뒤로 날아드는 두 개의 칼날. 이번에는 허벅지를 베이고 말았다.

'후후후. 그렇단 말이지?'

곽무한은 인상을 찌푸리며 차갑게 미소를 지었다.

뒤로 물러서거나 옆으로 움직이기만 하면 날아드는 칼날.

그렇다면 답은 정면에 있었다.

우우웅!

곽무한은 무리를 해가며 도에 진기를 불어넣었다. 그러자 절세신병인 혈뢰도가 붉은 빛을 머금었다.

이때까지 혈뢰도에 진기를 불어넣지 않은 이유는, 복면인들이 고수여서 그런지 쉽게 잘려져 나간 수적들의 도와는 달리 웬만큼 공력을 불어넣지 않으면 잘려져 나가지 않았기 때문이다.

그러나 이번에는 달랐다. 정면 돌파를 해야 했다.

쐐애액!

다시 칼날이 날아들었다.

"타하압!"

곽무한은 눈을 빛내며 날아드는 칼을 정면으로 받았다.

"앗?"

이제껏 연속 공격이 먹혀들어 방심하고 있었을까? 정면으로 짓쳐들던 놈은 맞부딪쳐 오는 곽무한의 도를 보고 눈을 휘둥그레 떴다. 그러나 그는 곧 자신의 도와 함께 두 쪽으로 나눠지고 말았다.

"헉! 저놈이?!"

단 한 수에 진법이 깨져 버리자 놈들은 당황한 표정을 지었다. 그러나 곽무한의 도는 연달아 그들에게 날아들었다.

서거걱!

"끄아악!"

곽무한의 손에서 붉은 빛이 번쩍이자 나머지 두 명의 목도 허무하게 떨어져 나갔다.

"이런 바보들! 방심하지 말랬잖아!"

절혼도 조포는 끌탕을 치며 다음 수하들을 내보냈다.

그러나 그때는 이미 늦어버렸다.

진세의 파훼법을 깨달은 곽무한은 한 마리 호랑이 같았다.

그 기세에 말린 웅풍산장의 고수들은 추풍낙엽처럼 나가떨어졌다.

"크아아! 안 되겠다. 모두 공격! 한꺼번에 공격해!"

결국 절혼도 조포는 차륜전을 포기할 수밖에 없었다.

"와아아! 공격!"

"저놈을 죽여!"

한꺼번에 날아드는 웅풍산장의 고수들.

그 기세는 파도였고 해일이었다.

카카카칵!

쐐애애액!

곽무한의 주변은 금세 번쩍이는 칼 빛으로 채워졌다. 그와 더불어 곽무한의 전신에는 점점 상처가 늘어나고 있었다.

"흑! 오라버니……."

절벽 끝에서 그 모습을 내려다보던 매옥은 눈물을 주체할 수 없었다. 몇 번이고 자리를 박차고 뛰어내려 가 함께 싸우고 싶었다.

그러나 그건 섶을 지고 불 속으로 뛰어드는 것과 마찬가지였다. 오히려 곽무한의 발에 족쇄를 채우는 일이었다. 매옥은 그저 눈물로 애간장만 태울 뿐이었다.

"흑, 흑, 덤벼!"

곽무한은 쓰러질 듯 쓰러질 듯 쓰러지지 않았다.

뼈와 살을 가르는 상처들로 인해 벌써 혈인으로 변해 버린 곽무한.

그의 신형은 태풍을 만난 듯 휘청거리고 있었지만 활활 타오르는 눈빛만은 여전했다.

"독한 놈. 어찌 인간으로서 저럴 수가!"

절혼도 조포는 곽무한을 보며 치를 떨었다.

어깨와 허벅지는 말할 것도 없고 옆구리까지 길쭉하게 배어져 피가 줄줄이 흐르는 몸을 해갖고도 아직 투기를 발산하다니! 기가 질릴 정도였다.

"그러나 이젠 끝이다. 놈!"

절혼도 조포는 곽무한의 상태를 정확히 알아차렸다.

바닥까지 줄줄 흘러내리는 저 피의 양을 보건대, 그리고 끊임없이 후들거리는 놈의 하체를 보건대 이미 놈은 비몽사몽 지경일 것이다.

절혼도 조포는 어느새 열 명으로 줄어든 수하들과 눈빛을 교환했다.

파파파팟!

열한 개의 그림자가 동시에 날아올랐다.

"이놈! 마지막이다. 목을 내놔라!"

호통 소리와 함께 열한 개의 칼날이 곽무한의 전신을 향해 내리 꽂혔다.

쐐애애애애액!

고오오오오오!

거센 살기를 머금고 날아가는 열 개의 칼날, 그리고 신도합일의 기세로 날아가는 섬뜩한 하나의 칼날. 그 무시무시한 기파는 태산절벽이라도 일시에 허물어뜨릴 정도였다.

전신으로 내리 꽂히는 몸서리 쳐지는 살기.

의식보다 본능이 먼저 알아차렸다.

"쿡쿡쿡. 이대로… 이대로 끝이란 말이지?"

곽무한은 비분 어린 표정으로 중얼거렸다.

이제는 정말 손가락 끝 하나 움직일 힘이 없었다.

퍼퍼퍽!

가장 먼저 날아든 칼날이 허벅지에 꽂혔다.

"크흑!"

곽무한은 작살에 맞은 물고기처럼 몸을 떨었다.

콰콰콱!

두 번째 칼날이 어깨에 박혔다.

곽무한의 신형이 허물어지듯 무너졌다.

쐐애애애액!

세 번째 칼날, 그것은 목을 노리고 날아왔다.

저 칼날에 찔리면 바로 죽음!

곽무한은 눈을 부릅떴다.

갑자기 시간이 정지되어 버렸다.

머리 속이 하얗게 비고 천지가 아득했다.

'이대로 죽을 순 없어! 이대로, 이대로 죽을 순 없어!'

분노와 좌절, 공포와 절망을 뚫고 심혼 깊은 곳에서 절규가 터져 나왔다. 바로 그 순간, 곽무한의 상단전에서 빛이 번쩍! 했다.

그와 동시에,

"끄아아아아아아!"

굳게 다물린 곽무한의 입이 벌어지고 환상처럼 곽무한의 손이 움직였다. 그러자 도저히 믿기지 않는 일이 발생했다.

고오오오오오!

곽무한의 손에 의해 발작처럼 휘둘러진 혈뢰도!

그 끝에서 수백, 수천 가닥의 혈광이 치솟더니 순식간에 방원 일 장여를 뒤덮어 버렸다. 연이어, 천지를 뒤흔드는 벽력음이 터지며 사방이 일순간 붉은 빛의 그물로 가득 차버렸다.

혈뢰도가 일으킨 수백, 수천 가닥의 혈광!

그것은 벽라대제가 안배한 참마뢰(斬魔雷)였다.

곽무한의 상단전이 열리자마자 섬전처럼 뇌리를 채워 버린 빛!

벽라대제가 심령을 통해 봉인해 놓은 참마뢰의 수법이 상단전의 자극으로 인해 봇물 터지듯 일순간에 분출된 것이다.

퍼퍼퍼퍼퍽!

"크아아악!"

"으아아악!"

극단의 위기에 몰리자 본능을 뚫고 터져 나온 참마뢰.

그것이 일으킨 참상은 엄청났다.

참마뢰의 초식에 닿은 사람마다 전신이 바둑판처럼 쩍쩍 갈라지며 순식간에 피안개로 변해 버렸다.

"으으으……."

조포는 어육으로 변해 버린 수하들을 보며 몸을 덜덜 떨었다.

수하들보다 앞서 나간 서문장과는 달리, 늦게 몸을 날렸던 것이 조포의 목숨을 구한 것이다.

이제 남은 사람은 자신을 포함해서 셋.

조포는 충격과 경악으로 몸을 떨면서도 조심스레 곽무한에게 시선을 던졌다.

"ㄲㄲㄲㄲㄲ……."

조포가 본 곽무한의 몰골은 최악이었다.

피 범벅이 된 상태로 드러누워 사지를 꼬고 있었다. 마치 간질병자의 발작 같았다.

곽무한이 이렇게 고통에 떠는 이유는 내공심법을 모르는 상황에서 본능적으로 펼친 참마뢰였기 때문이다. 과자안에게 배운 심법, 맞지 않는 심법으로 억지로 펼친 도법이었기에 심맥이 꼬이고 기맥이 엉킨 것이다.

‘저놈을… 저놈을…….’

조포는 곽무한의 몰골을 보면서도 망설였다.

벌써 자기 눈으로 본 곽무한의 저런 상태만 해도 두 번이었다.

그때마다 놈은 비웃듯이 다시 괴력을 발휘했었다. 그래서 이번에도 그렇지 않을까 싶어 망설이는 것이었다. 게다가 조포가 가진 의심을 더 확연케 해주는 것은.

“푸우우, 푸우우. 더, 덤벼! 크윽…….”

방금 전까지만 해도 고통에 몸부림치던 곽무한이 도를 의지해 다시 일어난 때문이었다. 더구나 제대로 들리지도 않을 목소리로 으르렁거리고 있었으니, 그 모습이 위장이든 진실이든 간에 정말 치가 떨릴 정도로 무서운 정신력이었다.

조포가 곽무한을 노려보며 망설이는 동안, 곽무한은 천천히 뒤로 물러서고 있었다.

비틀, 비틀!

저벅, 저벅!

서로를 노려보는 가운데 간격은 계속 유지됐다.

피를 질질 끌며 곽무한이 한 걸음 뒤로 물러나면 살기등등한 눈빛의 조포 일행이 한 걸음 다가섰다.

“쿨럭, 쿨럭!”

끊임없는 피 기침!

“노오옴!”

끊임없는 으르렁거림!

그러나 대치는 금방 허물어졌다.

“오라버니!”

곽무한이 어느새 매옥이 있는 절벽 끝까지 다다른 것이었다.

"놈! 그랬구나! 저년을 만나려고 여기까지 왔구나!"

드디어 조포의 눈이 번쩍 빛났다.

둘이 무슨 사인지는 몰라도, 놈은 저 계집을 만나려고 혼신의 힘을 다해 일어선 것이었다. 그렇다면 이제 더 이상 기다릴 필요가 없었다.

놈은 이미 절망적인 상황임이 틀림없었다.

처척!

조포는 흉흉한 눈빛으로 곽무한에게 도를 겨누며 다가갔다. 나머지 두 명의 수하도 마찬가지였다.

"오, 오라버니!"

매옥은 자기 가슴에 기대 스르르 무너져 가는 곽무한을 보며 눈물을 줄줄 흘리다가, 허공을 박차며 날아오르는 복면인들을 보고 비명을 질렀다.

"아악!"

소녀 특유의 비단 폭을 찢는 날카로운 비명 소리.

번쩍!

매옥의 비명 소리는 감겨가던 곽무한의 눈을 다시 뜨게 만들었다.

"헉! 머, 멈춰!"

자라 보고 놀란 가슴 솥뚜껑 보고 놀란다고, 짓쳐들던 조포 일행은 가슴이 덜컥해 급히 신형을 멈췄다.

"쿡쿡쿡. 바보들!"

곽무한은 힘겹게 몸을 세우며 키들거렸다. 그리고 두 팔로 매옥을 안았다.

'바보들이라고? 무슨 소리지?'

절혼도 조포는 괴이한 웃음소리와 알아들을 수 없는 말투에 고개를 갸웃거렸다. 그러다가 아차! 하는 표정으로 안색을 굳혔다. 그러나 이미 늦어버렸다.

팟!

매옥을 안은 곽무한의 신형은 눈 깜짝할 사이에 절벽 아래로 사라지고 말았다.

"이런!"

조포 일행이 뒤늦게 우르르! 절벽 끄트머리로 달려갔지만, 이미 곽무한의 신형은 까마득한 절벽 아래로 떨어져 내리고 있었다.

"저런 빌어먹을 자식! 자살을 꾀하다니……."

조포는 아찔한 절벽 아래를 보며 분통을 터뜨리다가,

"이잇! 이거라도 먹어라!"

까마득한 곽무한의 신형을 향해 도를 힘껏 내던졌다.

첨… 벙…….

자신이 던진 도가 놈을 맞혔는지 어쨌는지는 알 수 없었지만, 아련한 물소리와 함께 포말이 끔찍할 정도로 높이 치솟았다.

"내려가서 시체라도 찾자!"

조포 상식으로는 이 높이에서 떨어지고도 무사할 인간은 없었다.

자기 자신만 해도 오금이 저려와 뛰어내릴 엄두가 나지 않았으니.

조포는 수하들과 함께 강기슭으로 내려갔다.

그러나 강변을 떠도는 시체는 너무 많았다.

"제기랄! 이 많은 시체들 속에서 그놈을 어찌 찾아?"

강변뿐만 아니라 강바닥에서까지 무수한 시체들이 발견되자, 조포 일행은 더 이상 수색해 볼 엄두가 나지 않았다.

"맙소사! 우린 그야말로 악귀와 싸웠었군!"

모두 입을 쩍 벌리며 돌아서다가 혹시 몰라 혈두타에게 확인을 해봤다.

"저 높이에서 떨어지고도 무사할 사람이 있나?"

"말도 안 되지요. 저 정도 높이라면, 천하에 없는 사람이라도 수면과 부딪치는 충격으로 내장이 터져 나갑니다."

무려 사십 장에 달하는 높이다. 게다가 입수에는 젬병인 혈두타다. 그러니 그의 상식으로도 도저히 있을 수 없는 일이었다.

"벌써 멀리 떠내려갔을 겁니다. 이곳 사천의 물결은 도무지 종잡을 수가 없으니……."

결국 그들은 주변을 몇 번 더 수색해 보다가 포기하고 말았다. 그러나 혹시 몰라 적호채를 한번 뒤져 보기로 결정하고는 다시 뱃머리를 돌렸다.

쐐애액!

추락하는 동안 시퍼런 강물이 무섭도록 빨리 다가왔다.

"날 꼭 잡아!"

곽무한이 매옥을 한 번 더 깊숙이 안으며 소리쳤지만, 몰아치는 바람이 목소리를 흩어버렸다.

이십 장, 십 장!

시퍼런 강물 옆의 뾰족한 암벽 더미가 급속히 눈을 찔러왔다.

곽무한은 머리끝이 쭈뼛 섰지만, 이를 악물며 몸을 회전했다.

패애애액!

수면과의 충격을 줄이기 위해 몸을 회전하는 동안, 과연 둘이서도

가능할까? 하는 불안이 계속 엄습해 왔다. 그러나 이미 던져 버린 주사위. 결과는 하늘만이 알 일이었다.

오 장, 삼 장!

온통 시퍼런 색이 망막을 가득 채워왔다.

이제 곧 입수.

생사의 경각이었다.

곽무한은 매옥이 자신을 꽉 부둥켜안고 있는 걸 확인하고는 두 손을 아래로 뻗었다. 바로 그 순간, 갑자기 섬뜩한 경기가 날아들었다.

쐐애액!

기음을 터뜨리며 날아오는 물체! 조포가 던진 칼이었다.

곽무한은 다시 한 번 이를 악물었다.

여기서 조금이라도 마음이 흔들리면 끝장이었다.

콰득!

발끝에 엄청난 통증이 전해왔다.

거대한 불 칼이 발바닥을 뚫고 들어와 뇌까지 휘젓는 것 같았다.

'끄윽!'

곽무한은 터져 나오려는 신음성을 억지로 참으며 두 손을 모았다.

촤악!

모은 손끝에 물살이 닿았다. 곽무한은 곧바로 진기를 끌어올려 매옥을 보호했다. 바로 그 순간, 차가운 물살이 손끝을 타고 오르며 머리와 어깨를 부숴 버릴 듯 강타해 왔다. 그 충격이 어찌나 컸던지, 곽무한은 강한 물소리와 끓어오르는 거품들을 보며 한순간 정신을 잃고 말았다.

촤아악!

숫구쳐 올랐던 포말이 다시 떨어지며 물보라를 만들었다.

부글부글!

곽무한과 매옥, 두 사람의 신형은 수많은 거품을 일으키며 급격히 물속으로 추락해 갔다. 무섭도록 빠른 속도였다.

추락하는 두 사람의 아래에는 거대한 바위가 웅크리고 있었다.

과연 이대로 바위에 부딪쳐 산산조각이 나고 말 것인가?

꽈드득!

쭉 뻗은 손끝이 강바닥의 바위에 부딪치려는 순간,

'끄악!'

곽무한은 엄청난 통증을 느끼며 퍼뜩 정신을 차렸다.

코앞에 들이닥치는 바위!

곽무한은 무의식적으로 몸을 틀었다.

콰지직!

어깨가 부서져 나갔다. 그러나 머리가 깨지는 것만은 막았다.

'크으윽!'

곽무한은 얼굴을 푸들푸들 떨며 진저리를 쳤다. 그러다가 이내 허리를 움직여 강물을 헤쳐 나가기 시작했다. 발바닥에 꽂힌 도가 정신을 아득하게 만들어왔지만 곽무한은 사력을 다해 움직였다.

뼛속 깊이 파고드는 엄청난 고통.

손발을 마비시켜 오는 차가운 한기.

곽무한은 오래가지 못했다.

'끄윽!'

결국 곽무한은 의식을 완전히 놓아버렸다.

출렁, 출렁!

강물은 꽉 부둥켜안은 두 사람을 한참 동안 끌고 가다가, 수초 무성한 물굽이 입구의 툭 튀어나온 바윗덩이 앞에서 두 사람의 신형을 세우고 말았다.

부르르… 뚝!

간헐적으로 떨리던 곽무한의 다리조차 움직임을 멈추고 나자, 차가운 강물은 신이 난 듯 연이어 두 사람을 덮쳤고, 나중에는 거센 바람까지 합세했다.

촤촤촤악!

시간이 흐르면서 두 사람의 몸에는 조금씩 살얼음이 맺혔다. 그러나 무심한 강물은 여전히 두 사람을 덮치고 있었다.

＊　　　　＊　　　　＊

동 터오는 새벽.

백제성의 물굽이가 보이는 강변.

"잡았다!"

사내의 조심스런 목소리가 들려왔다.

짙은 눈썹에 사각형 얼굴의 중년인, 담우치였다.

담우치는 물에 퉁퉁 부풀은 시체를 뒤집으며 고개를 돌렸다.

"몇 명째야?"

"마흔아홉 구쨉니다. 다행히 이 시체도 아니군요."

가늘게 찢어진 눈매의 사내가 시체의 얼굴을 살피며 대답했다.

담우치를 비롯한 대녕채의 수적들. 이들은 모두 곽무한을 기다리고 있던 참이었다. 그런데 신 새벽부터 시체들이 떠내려오기 시작하자 잔뜩 긴장한 표정으로 그것들을 낚아채고 있었다. 혹시나 곽무한의 시신인가 해서였다.

"음… 점점 시체들이 늘어나고 있어. 정말 대단한 사내야."

"그렇습니다. 무시무시할 정도군요. 제발 무사해야 할 텐데……."

담우치 일행은 물굽이 쪽을 바라보며 중얼거렸다.

물굽이. 그쪽에서는 또다시 시체들이 떠내려오고 있었다.

이젠 손이 바쁠 정도였다.

"위험하지만… 조금 더 올라가 보도록 하지. 모두들 생각이 어때?"

"으음… 좋습니다. 그는 혼자서 고군분투하고 있는데, 뒤에서 목만 움츠리고 있다면 그건 불알 찬 사내가 아니죠."

담우치 일행은 서로의 눈빛을 교환하고는 서서히 앞으로 전진했다.

물굽이 쪽으로 다가서자 시체는 눈에 띄게 늘어났다.

네다섯 구씩 뒤엉킨 시체들도 즐비했다.

그들 시체는 하나같이 목을 잃었거나 가슴이 갈라진 시체들이었다.

모두 그의 손에 당했다는 증거.

"엄청나! 도저히 믿기지 않을 정도야!"

담우치는 이제 놀라다 못해 소름이 돋았다.

"이 정도라면… 아직 살아 계실지도 모르겠는데요?"

누가 옆에서 한마디 거들었다.

"그래, 그럴 확률이 높아. 제발 살아만 있기를……."

담우치는 고개를 끄덕이며 내심 두 손을 모았다.

동료 녀석들도 마찬가지 심정인 모양이었다.

모두 기대에 찬 표정으로 한 발씩 앞으로 전진하고 있었다.

'살아만 있다면, 정말 그가 살아만 남는다면 장강의 새로운 역사를 만들 수 있어. 정말이야! 그와 함께 장강의 신화를 만들 수 있어!'

담우치는 두근대는 가슴을 짓누르며 점점 앞쪽으로 나아갔다.

벌써 앞서 간 녀석들은 물굽이를 돌려 하고 있었다.

담우치는 뒤질세라 걸음을 재촉했다.

물굽이를 형성하고 있는 거대한 암벽을 도니, 무성한 수초 밭과 함께 짙푸른 강물이 한눈에 들어왔다.

"헉!"

암벽을 돌자마자 모두 눈을 휘둥그레 떴다.

수초 밭 너머의 짙푸른 강물.

거기엔 온통 시체가 둥둥 떠다니고 있었고, 난파된 배들이 서로 뒤엉켜 난리도 아니었다. 그리고 그 너머로 겨우 몇십 명에 불과한 금사상채의 수적들과 손가락으로 꼽을 만한 숫자의 복면인들이 강 이곳저곳을 수색하고 있었다.

대녕채 일행들은 복면인들을 발견하자마자 다시 바위 뒤로 숨었다. 그러나 모두의 얼굴에는 벅찬 미소가 담겼다.

"살아… 살아 있는 모양입니다, 담 형님."

"그래, 놈들이 수색에 열을 올리는 걸 보니 그런 모양이야. 아아! 하늘이 도우셨음이야!"

대녕채의 수적들은 벅차오르는 기쁨에 서로의 손을 꼭 잡았다.

그러나 그들은 자신들이 몸을 숨긴 암벽, 바로 그 뒤쪽의 수초 밭에서 곽무한과 매옥이 시린 강물에 잠겨 얼어가고 있을 줄은 꿈에도 생각하지 못했다.

"놈들의 눈에 띄면 좋을 일 하나 없으니 채로 돌아갑시다. 가서 그를 기다립시다!"

"그러세!"

대녕채의 수적들은 서로 희망찬 미소를 나누며 발길을 되돌렸다.

바로 그때,

끼룩! 끼루룩!

머리 위에서 무슨 소리가 들려와 모두 허공으로 눈을 돌렸다.

"맙소사! 전설에 나온다는 그 새다!"

"그, 금관백학! 금관백학이 틀림없지요? 세상에, 이런 행운이?!"

그들은 까마득한 하늘 저 높이, 금빛 관을 쓴 거대한 백학을 발견하고는 앞 다퉈 고개를 조아렸다.

중원에서 가장 산수(山水)가 험하다는 사천, 그중에서도 천험의 절지라는 삼협 인근에서나 백 년에 겨우 한 번 볼까 말까 한다는 전설의 영물, 먼발치에서 보기만 해도 재복이 우수수 떨어진다는 금관백학을 보자 모두 복을 기원하며 고개를 숙이는 것이다.

끼루룩!

백학은 저 하늘 끝에서 기음을 터뜨리며 빙빙 선회하다가 어느 순간, 암벽 부근의 수초 밭으로 내리 꽂히듯 하강했다. 그리고 잠시 뒤, 모두의 귀에 환상 같은 목소리가 들려왔다.

"꺄아악! 이게 뭐야? 누가… 누가 내 털복숭이를… 우와앙!"

암벽 너머에서 뾰족이 터져 나온 목소리는 경악과 비분에 잠겼지만 은구슬 구르듯 영롱했다.

'마, 맙소사! 선녀! 하늘의 선녀께서도 하강하신 게야!'

이게 도무지 꿈인지 현실인지 알 수 없었지만, 대녕채의 수적들은 이제 고개조차 제대로 들지 못한 채 연신 이마만 찧어댔다.

노총각 신세를 면하게 해달라는 기원인지, 재복을 물 붓듯 퍼부어달라는 기원인지, 아무튼 수십 수백 가지 기원들이 웅얼웅얼, 대녕채 수적들의 입에서 맴돌았다.

끼루룩!

대녕채 수적들의 기원을 받아들였을까?

백학은 기음을 터뜨리며 다시 하늘 끝으로 사라졌다.

제27장
슬픈 안녕

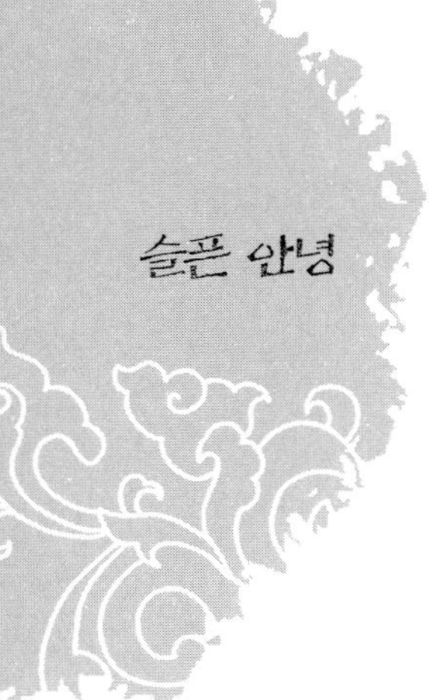

슬픈 안녕

설아는 수왕모의 관 앞에서 눈이 퉁퉁 부을 정도로 울다가 밤이 이슥할 즈음 모옥으로 갔다.

할아버지는 이마에 머리띠를 두르고 끙끙 앓고 있었다.

이제껏 홀로 모진 풍상을 맞으며 자신을 키워주신 할아버지. 그분이 파리한 몰골로 끙끙 앓는 모습을 보자 설아는 마음 한구석이 아파왔다.

'저더러… 저더러 어쩌라는 거예요? 흑흑.'

설아는 한동안 할아버지의 머리맡에서 눈물을 훔치다가 잠자리에 들었다.

쪼르릉. 쫑쫑!

늘 해가 중천에 뜰 때쯤이야 일어나는 잠꾸러기 설아다.

그런데 오늘따라 이상하게 잠이 일찍 깼다.

아침 해가 돋으면 정든 이곳을 떠나야 할 시간이어서 그런 모양이었다.

드르륵!

설아는 창문을 열었다.

아직 희뿌연 새벽.

가물거리는 새벽별을 보자 오만 가지 정회가 솟았다.

'떠나기 전에 마지막으로 그를 보러 가자!'

설아는 그의 눈동자 같은 새벽별을 보자 더 이상 참을 수 없었다.

조부가 아직 깨어나지 않은 걸 확인한 설아는 까치발로 모옥을 빠져나왔다.

크르릉.

밖으로 나오니 산왕이 목울음을 터뜨리며 따라나서려고 했다.

'쉿! 나 잠깐 나갔다 올 거야. 넌 발소리가 너무 커서 안 돼. 그러니 그냥 자고 있어!'

설아는 산왕에게 도끼눈을 해 보이고는 부리나케 모옥을 벗어났다.

절벽 끝 자락에 다다른 설아는 긴 휘파람으로 백아를 불렀다.

끼루룩!

늘 뭉그적거리기만 하던 백아였지만, 오늘은 설아의 심사를 헤아리기라도 한 양 부르자마자 날아왔다.

"가자, 백아!"

백아는 한 번의 날갯짓으로 수십 개의 절벽을 넘었다.

"이게… 이게……."

설아는 자갈밭이 내려다보이는 절벽 꼭대기에서 몸을 떨었다.

하늘로 솟아오르는 시커먼 불길과 연기, 그리고 즐비한 시체들. 그 시체들을 모으며 눈물을 흘리는 사람들…….

'무슨 일이 생겼어! 무서운 일이 생겼어!'

설아는 눈 아래 자욱한 핏물을 보며 몸을 떨다가 정신을 집중했다.

그러자 놀라운 일이 벌어졌다.

고오오…….

설아의 이마에서 강렬한 광채가 나온다 싶더니, 머리 위에 투명한 영체(靈體)가 만들어지기 시작했다. 마치 갓난아기 같은 모습이었다.

"사람의 몸에는 정신을 관장하는 기운인 혼(魂)이 있단다. 혼은 영(靈)을 주관하는 신(神)이 갈무리된 곳. 혼에는 신비한 능력이 있단다. 꿈을 꾸듯, 위로 아홉 하늘과 아래로 아홉 땅을 눈 깜짝할 사이에 다녀오기도 하고 아가들과도 마음껏 대화를 나눌 수 있단다. 네 염원을 실어 마음속의 빛을 강하게 돌리면 네 혼을 마음껏 부릴 수 있단다. 그러나 명심하렴. 십이성의 현현원영공을 쓰면 수명이 줄어든단다. 함부로 쓰지 말라고 하늘이 제약을 가하는 거란다. 그러니 꼭 써야만 할 때, 그때만 쓰려무나."

아가들과 대화하는 방법을 가르쳐 주던 수왕모 할머니가 엄중한 경고와 함께 전해준 현현원영공(法法元嬰功)이었다. 처음 배울 때 외에는 이제껏 한 번도 쓰지 않은 능력이었다. 지금, 설아는 수명이 줄어드는 한이 있더라도 꼭 써야만 할 때, 그때만 써야 한다는 현현원영공을 십이성까지 끌어올렸다. 그만큼 설아는 다급했고 불안했다.

'내 혼아, 가렴. 가서 그의 느낌, 그의 향기를 찾아보렴.'

환한 광채 속에 싸인 설아는 갓난아기 같은 영체에게 마음속으로 명을 내렸다.

샤라라라라랑!

영체는 신비로운 소리를 내며 날아갔다. 그와 동시에 설아의 이마에서 은백색의 가는 띠, 영체와 설아를 연결하는 영사(靈絲)가 나오더니 긴 선을 그리며 영체를 따랐다.

파파팟! 파파팟!

영체가 사라지자마자 설아의 눈꼬리가 파르르 떨렸다.

벌써 영체가 보내오는 신호, 영체가 보는 장면을 보고 있는 것이었다. 그러던 어느 순간, 설아는 환한 표정으로 눈을 떴다.

찾았다!

그의 기운을 찾은 것이다.

"아이아이아—"

설아의 입에서 맑고 청아한 울림이 나오자 백아가 날아와 발을 내밀었다.

"가자, 백아. 그를 보러 가자!"

설아는 폴짝 뛰어 학의 등에 올랐다.

끼루룩!

학의 날갯짓 따라 바람이 빠르게 뒤로 물러났다.

천지가 빙빙 돈다는 말이 바로 이런 느낌을 두고 하는 말일까?

"그가… 그가……."

설아는 정신이 하나도 없었다.

저 시퍼런 강물 속에 그가 있다.

다른 것은 아무것도 보이지 않았다.

오로지 온몸에 피칠을 한 채 쓰러져 있는 그의 모습만 눈에서 빙빙 돌았다.

너무 충격이어서 눈물도 나오지 않았다. 그저 악몽을 꾸고 있는 느낌이었다. 그 때문인지 백아는 한동안 허공만 선회했다.

"꺄아악! 이게 뭐야? 누가… 누가… 우와앙!"

시린 강물이 다시 한 번 그를 덮치고야 설아는 정신을 차렸다.

"어떡하지. 어떻게 해야 하지? 백아, 어쩌면 좋지? 그가, 그가 죽어가고 있어! 내가, 내가 어떡해야 하지?"

싸늘히 식어버린 그의 손. 새파랗게 변한 입술.

이때부터 설아는 봇물 터지듯 눈물이 펑펑 쏟아졌다.

끼루룩!

백아는 대답이 없었다.

그저 목울음을 터뜨리며 날개에 부리만 박고 있었다.

설아는 어찌할 바를 모르고 손만 덜덜 떨다가 우연히 곽무한의 발에 박힌 도를 봤다.

"우와앙! 아플 거야. 무척 아플 거야. 안 아프게 해줘야 해. 치료를 해야 해!"

그를 치료해야겠다는 데 생각이 미치자, 그때서야 비로소 주변이 눈에 들어오고 이성이 회복됐다. 그러나 차라리 정신을 차리지 않는 게 나을 뻔했다.

피투성이가 된 그의 팔에 여자 아이가 있었다.

떨어지면 큰일나기라도 하는 듯이 서로를 꽉 부둥켜안고 있었다.

'여자 아이… 나처럼 여자 아이……'

설아는 왈칵 눈물이 솟았다.

난생처음 느껴보는 이상한 기분이었다.

누군가가 거대한 창으로 심장을 쿡쿡 찌르는 기분이었다.

‘누구지? 이 여자 아이는 누구지?’

갑자기 뜨거운 불길이 뇌리를 덮치며 그와 그녀 사이를 떼어놓으라고 말하고 있었다.

설아는 자기도 모르게 두 사람을 떼어놓으려고 했다. 그러나 떨어지지 않았다. 분노와 슬픔이 한꺼번에 몰아쳤다.

휘우웅!

마침 이때 불어온 찬바람이 아니었다면 영원히 그 불길에 사로잡혔을지도 몰랐다.

‘그가… 그가 죽어가!’

찬바람에 정신을 차린 이성이 다급히 속삭였다.

설아는 가슴속에 타오르는 불길을 일단 껐다.

이 이상한 기분보다는 그의 목숨이 먼저였다.

설아는 허둥지둥 두 사람을 백아의 등에 태웠다.

“백아! 빨리 가자! 용왕 아저씨에게 가자!”

설아는 자기도 모르게 용궁을 떠올렸다.

끼루룩!

파아앗!

세 사람을 태운 금관백학, 백아는 빛처럼 빨랐다.

세 사람을 떠나보낸 강물은 여전히 바다를 향해 흐르고 있었다.

＊　　　　＊　　　　＊

퐁! 퐁!

종유석이 눈물을 흘렸다.

종유석이 흘린 눈물은 하나둘 모여 맑은 샘을 만들었다.

샘물에 반사된 빛이 다독이듯 종유석을 비췄다.

"훌쩍, 훌쩍!"

설아는 눈물을 흘렸다.

설아가 흘린 눈물은 곽무한의 뺨에 모였다가 몇 갈래로 나뉘어 바닥으로 굴러 떨어졌다. 설아의 손에서 파르르 떨고 있는 은침은 동굴 빛을 받아 곽무한의 얼굴을 은빛으로 수놓았다.

"흑흑. 몇 달 만에 왜 이렇게 된 거야? 바보같이 이게 뭐야? 몸 상태가 이게 뭐냔 말이야? 잉잉. 난 왜 어제 이걸 못 봤지? 훌쩍, 훌쩍."

설아가 원망 어린 눈빛으로 훌쩍이는 데에는 이유가 있었다.

혈음고!

그걸 발견한 때문이었다.

차갑게 식어버린 곽무한의 몸도, 기식이 엄엄한 호흡도, 생사경각을 다투는 위중한 상처도, 설아는 다 치료할 수 있었다. 조부에게 배운 천외옥환회혼지술이면 다 가능했다.

그러나 혈음고는 아니었다.

만약 음고와 양고가 한 몸에 있는 상황이라면 가능했다. 그러나 곽무한의 상태는 그게 아니었다.

곽무한의 몸에는 숙주인 음고가 들어가 있었다. 거기다가 음고가 있는 상태에서도 계속 양기를 돋운 흔적이 역력했다. 그래서 일반적인 치유법, 음고와 양고를 한군데 두어, 석류 뿌리와 승마(升麻) 달인 물을 먹여 배변시키는 치료법을 사용할 수 없었다. 이미 혈음고의 독이 골수에까지 미친 상황이었다.

"흑흑. 이를 어째. 무슨 방법을 쓰더라도 오 년 뒤면 발작해. 잉잉. 이

걸 치료하려면 용의 내단(內丹)이 있어야 하는데, 오 년 안에 그걸 무슨 수로 찾아? 용왕 아저씨도 아직 이십 년이 있어야 만들어지는데. 흑흑."

그랬다. 지금 상태에서 곽무한의 상처를 치유하려면 전설의 영약이라는 용의 내단을 구해야 했다. 그러나 말이 용의 내단이지, 그걸 어디서 찾는다는 말인가? 그러니 설아는 눈물만 쏟아졌다.

"으음……."

설아의 울음소리 때문일까?

매옥이 신음을 흘리며 정신을 차렸다.

"으음… 어맛! 아, 아가씬… 누구예요?"

매옥은 설아를 보고 깜짝 놀랐다.

자기들 앞에서 눈물을 뚝뚝 흘리는 진주 같은 눈동자의 소녀.

이야기책에서나 듣던 천상선녀 같았기 때문이다.

매옥은 벌써 자신이 죽은 게 아닐까 하여 자기 허벅지를 몰래 꼬집어봤다. 그러나 찡한 통증. 아직 자신이 죽은 건 아니었다.

"아가씨. 다, 당신은 사람인가요? 귀신인가요?"

매옥은 두려움이 일어 말을 더듬었다. 그와 더불어 곽무한의 몸을 힘주어 안았다. 만약 귀신이라면 자기와 무한 오라버니를 데려가기 위해서 온 저승사자라고 생각해 나름대로의 조치를 취한 것이었다.

"전 당연히 사람이에요. 그러는 당신은 누구예요?"

설아는 눈물을 훔치며 되물었다.

그러나 곽무한을 꼭 부둥켜안는 매옥의 행동 때문에 본의 아니게 눈꼬리가 샐쭉해졌다.

"전, 전 매옥이라고 해요. 당신이… 당신이 우릴 구해주셨나요?"

매옥은 사람이라는 대답에 안심이 되어 잠시 주변을 둘러보다가 조심스레 물었다.

'우리······.'

이상하게 가슴이 허했다. 그러나 설아는 곧 마음을 추슬렀다.

"매옥··· 매옥··· 좋은 이름이네요. 전 설아라고 해요."

설아는 자신의 이름을 밝히고는 다시 곽무한의 머리를 받쳐 들었다.

가슴속에서 스멀스멀 일어나는 알 수 없는 감정보다는 그의 상처 치료가 먼저였다.

그러나 매옥은 그러질 못했다.

설아가 곽무한을 돌보는 모습이 이상하게 기분 나빴다. 가슴속에서 불길이 확 치밀어 올랐다. 더구나 지금, 그녀는 무슨 생각을 하는지 은침을 들었다 놨다 하며 뺨만 붉히고 있다.

"잠시만요."

매옥은 불길한 느낌이 들어 설아에게서 곽무한을 뺏었다. 그리고 미덥지 않은 눈길, 딱딱한 목소리로 물었다.

"혹시··· 의술을 아세요?"

"네······."

'네' 라고? 더 기분이 나빠졌다.

"그럼··· 왜? 혹시 자신이 없으신가요? 그렇다면 저희 본채로 소식을 전해주시면 돼요. 의원을 부르면 오라버니를··· 오라버니를······."

매옥은 말을 이어 나가다가 얼굴빛을 흐렸다. 적호채는 이미 무너져 버렸다. 무너져 버린 수채에서 무슨 수로 의원을 부른단 말인가?

그러나 다행히 이 아가씨는 천진난만했다.

"오라버니··· 오라버니가 무슨 말이죠?"

설아의 물음에 매옥은 어리둥절해졌다. 그러나 그녀의 호기심 어린 눈빛을 보니 정말 궁금한 모양이었다.

“음… 자기보다 나이 많은 남자, 그중에서도 친한 사람에게 부르는 호칭이에요.”

“친한 사람… 오라버니……”

매옥의 대답에 설아는 가슴이 오려져 나가는 느낌이었다.

설아는 자기도 모르게 눈물 한 방울을 흘리고 말았다.

‘왜?’

매옥은 그녀에게 질문을 던지려다 말았다. 그녀의 표정이 너무 슬퍼 보였기 때문이다.

‘설마?’

설아의 표정을 유심히 살피던 매옥은 불현듯 가슴이 철렁했다.

소녀 특유의 직감이었다.

한없이 슬픈 표정으로 곽무한의 얼굴을 쳐다보는 그녀의 눈망울.

눈물 그렁한 그녀의 눈에 애틋한 감정이 어렸다.

‘알고 있는 거야. 이 아가씨는 오라버니를 알고 있어!’

매옥은 갑자기 자기 자신이 초라해지는 느낌이 들었다.

상처투성이인 평범한 자신에 비해, 환한 빛을 발하는 미모에 의술까지 아는 그녀.

“흑. 오라버니.”

매옥은 서러움이 왈칵 북받쳐 곽무한을 껴안고 눈물을 흘렸다. 그러다가 누가 자신을 쳐다보는 느낌이 들어 고개를 돌렸다. 서로의 시선이 마주친 순간, 설아라고 했던 소녀가 황급히 고개를 숙인다.

“왜 그렇게… 쳐다보세요?”

매옥은 눈물을 훔치고 정색한 표정으로 물었다. 그러자 그녀가 슬픈 목소리로 말했다.

"두 분이 서로 많이 친하다고 하셨죠? 그렇다면… 저 좀 도와줄래요?"

매옥은 가슴이 덜컥했다.

"혹시… 오라버니의 상태가 너무 안 좋은 건가요?"

그건 아니었다.

"옷을… 벗겨야 해요."

그녀가 뺨을 붉히며 조그맣게 말했다.

"옷을?"

매옥의 뺨도 급격히 붉어졌다.

한동안 목덜미를 붉히고 있던 매옥은 기식이 엄엄한 곽무한을 보고 용기를 냈다.

파르르 떨리는 손, 혼자서는 힘들었다.

결국 바들바들 떨리는 가냘픈 설아의 손까지 합류했다.

"아아!"

겨우 옷을 벗기는 데 성공한 두 소녀는 곽무한의 나신을 보고 서로 눈 둘 곳을 몰라 했다.

그러다가 설아가 먼저 정신을 차렸다.

지금 곽무한의 상처는 화급을 다투는 상처였다.

시간이 흐를수록 원기의 손상이 심하니, 부끄러움을 무릅쓰고라도 그를 쳐다봐야 했다.

'이잉. 이를 어째. 이 일을 어째!'

설아는 부끄러움과 안타까움이 범벅되어 내심 발을 동동 굴렀다.

눈길이 자꾸만 곽무한의 몸 중앙으로 향하니 미칠 것만 같았다.

“후읍!”

급기야 설아는 심호흡까지 해가며 마음을 다잡았다.

손에 곽무한의 맨살이 닿을 때마다 뺨이 화끈화끈해 왔지만 억지로 참으며 혈을 찾아 침을 놓았다. 그러다가 어느 순간, 설아는 두 눈을 질끈 감아버렸다.

머리끝에서 발끝까지 침으로 빽빽한 곽무한.

이제 남자의 상징 부근에 있는 혈 자리만 남은 것이다.

‘부끄러워 미치겠어. 흑흑.’

일견 흉측하고 일견 귀여워 보이는 남자의 상징.

“뭘 그렇게 보고만 있어요. 어서 해요!”

도무지 설아가 움직일 생각을 않자, 급기야 매옥이 빽 소리를 질렀다.

“내가 설명해 줄 테니 그대가 해요. 난 더 이상 못하겠어요.”

설아는 얼굴을 감싸 쥐며 뒤로 물러났다.

“좋아요. 제가 하죠.”

졸지에 은침을 받아 들게 된 매옥, 저 여자에게 맡기느니 자신이 하겠다는 다부진 결의로 다가섰다. 그러나,

“그냥 찌르면 안 돼요. 혈이 놀라요. 침을 빙빙 돌리면서 찌르면 돼요. 그렇게 한 치 세 푼을 찔러 들어가면 혈이 느껴질 거예요. 그때 멈추면 돼요.”

“그냥… 당신이 해요.”

매옥은 참담한 표정으로 물러나고 말았다.

결국 설아는 다시 불타올랐다. 물론 얼굴을 말함이다.

설아는 타오르는 홍시가 되어 다시 침을 들었다.

“이 상처들… 다 어디서 입은 거예요?”

두어 번의 시도가 도움이 됐던지, 설아는 매옥에게 말을 걸며 애써 부끄러움을 떨쳤다.

설아의 질문은 적절한 시점에 나왔다. 뒤통수에 부담스런 눈길을 던지던 매옥이 그 질문에 무너져 내렸다.

"흑! 나쁜 사람들에게 당했어요. 그놈들에게서 절 구하시려다……."

'그래. 내 털복숭이는 나쁜 사람이 아니었어. 오히려 나쁜 사람들을 혼내주는 사람이었어!'

상황 설명을 들은 설아는 자기 눈이 틀리지 않았음을 알게 되어 기뻤다. 그러나 그가 저 소녀와 친한 사이라는 걸 생각하니 슬펐다. 또한 이 치료가 끝나고 나면 멀리 이사를 가야 하니, 더 이상 곽무한을 볼 수 없다는 게 너무 슬펐다.

"오라버니… 당신 오라버니 이름이 뭐죠?"

설아는 싸한 가슴을 애써 달래며 지나가듯 물었다.

"오라버닌 곽(郭)씨 성에 무(無) 자 한(恨) 자를 쓰세요. 곽무한. 그게 오라버니의 이름이죠."

'곽무한… 곽무한… 그의 이름은 곽무한이었어…….'

설아는 곽무한의 이름을 수없이 되뇌며 마지막 침을 놓았다. 그리고 자리에서 일어서다가 곽무한의 목걸이를 보게 됐다.

'물고기 그림이네? 예쁜 목걸이야.'

설아는 매옥 몰래 곽무한의 목걸이를 만져 봤다.

따스하고 은은한 느낌이었다. 그와 비슷한 느낌이었다.

설아는 눈을 감고 그 느낌을 마음속 깊이 새겼다. 그리고는 이제 덜 위급한 매옥의 상처를 살피기 시작했다.

"아가씨는 몇 살이에요? 어디 살아요?"

매옥이 몇 가지 질문을 던져 왔지만 설아는 미소로 대답하고 말았다.

"됐어요. 이제 한숨 푹 주무세요. 제가 조금 있다가 깨워 드릴게요."

설아는 송글한 땀을 닦으며 일어섰다.

매옥이 잠에 빠져드는 걸 확인한 설아는 한동안 곽무한의 얼굴을 살폈다.

그는 아직도 혼몽한 상태. 지금이라도 정신을 차리고 자신을 봐주면 좋으련만 계속 비몽사몽이었다.

설아는 몇 번이고 그를 깨우려다 참았다. 지금은 오히려 푹 쉬는 게 나았다.

설아는 시선을 돌려 곽무한의 상처를 살폈다.

'상처가 너무 심해.'

추위에 얼어붙은 기력은 되살렸지만, 벌어지고 깨진 상처는 단시일에 나을 것 같지 않았다.

'할 수 없지. 할아버지께 혼이 나더라도 약을 가져다 주자. 그와… 친한 저 애에게 약을 전해주자.'

자신이 직접 그 곁에서 몇 날 며칠이라도 간호를 하고 싶었다.

그러나 자신은 곧 떠나야 할 몸. 자기가 아닌 그녀가 그를 간호한다고 생각하자 괜스레 마음이 아팠다. 그러나 곽무한의 얼굴을 다시 한 번 쳐다본 설아는 곧 그런 생각을 떨쳐 버렸다. 지금 자신이 받는 마음의 상처는 두 번째 문제였다. 그의 목숨이 더 걱정이었다.

'방법이 없을까? 내단을 찾을 때까지 그의 생명을 조금이라도 늘일 수 있는 좋은 방법이……'

설아는 곰곰이 생각에 잠겼다.

파라락! 파라락!

조부에게 배운 수많은 치료법이 뇌리를 스치고 지나갔다. 그러나 아무리 생각해도 없었다. 너무 늦어버렸다.

'바보… 조금만 일찍 알았더라도……'

설아는 속이 새까맣게 타 들어갔다. 그러다 보니 자기도 모르게 한숨을 내쉬며 동굴 이곳저곳을 거닐었다. 뒤늦게 정신을 차리니 어느새 검은 관 할아버지가 있던 곳까지 와버렸다.

'그는 여기서 춤을 췄었지. 참 바보 같았는데……'

그의 얼굴을 떠올리니 다시 눈물이 났다.

설아는 한참 동안 우두커니 서서 곽무한이 춤추던 곳을 바라봤다. 그러다가 문득, 바닥에 나뒹굴고 있는 낯선 양피지를 발견했다.

'뭐지?'

설아는 양피지를 집어 들었다.

벽라대제가 남긴 내공심법이었다.

수왕모에게 몇 가지 무공을 배웠으나 그게 무공임을 전혀 모르고 있던 설아. 벽라대제가 남긴 심법에 홀린 듯이 빠져들었다.

〈사람은 본시 하늘과 땅을 이루는 기운을 받아서 태어난 바, 십육 세에 이르러 하늘과 땅에 충만한 양(陽)의 효(爻)를 지녀 성인이 된다. 이 효만 순수하게 지키고 키워 나가면 태극이 드러나는 까닭을 알 수 있고, 삶과 죽음의 근본을 알 수 있고, 건과 곤, 음과 양의 이치를 알 수 있다. 본좌의 내공 심법인 뇌정신공(雷精神功)은 이러한 원리에서 만들어진 것으로, 건과 곤의 바탕을 법으로 삼고, 감과 이의 쓰임을 본받으며, 음과 양의 자루를 붙잡아 삶과 죽음의 관문을 건너가며…(중략)… 이렇게 하여 뇌정신공이 십이성의 경지에 이르게 되면, 생로병사와 하늘과 땅의 이치를 깨달아,

모든 것이 한 덩어리로 중(中)에 있게 된다.〉

설아는 비급을 읽다가 머리 속에서 뇌성벽력이 터지는 것을 느끼며
그만 얼어붙어 버렸다.
'이거야! 바로 이거야!'
설아는 한참 동안 몸을 떨었다.
곽무한의 생명을 연장하는 방법이 바로 이 비급에 있었다.

〈중(中)에 이른다 함은 음도 없고 양도 없는 참으로 순수한 지극선(至極
善)에 이르게 됨이니, 굳이 삼황오제(三皇五帝)의 예가 아니라도 고금의 선
인(仙人)들의 행적을 살펴보면 알 수 있으리. 지금까지 하늘로 올라간 분이
십만여 분이나 되고, 수련할 자리를 골라 뽑은 것이 팔천여 곳이나 된다.
기적을 행한 것으로는 자진(子晉)이 신령한 난(鸞)새를 탔던 것과 금고(琴
高)가 잉어를 타고 부리던 것 같은 것이 있고, 오래 산 것으로는 이탈(李脫)
이 스스로 팔백 살이라고 했던 것과 안기생(安期生)이 삼천 살이 되도록 살
았다고 전해지는 이야기가 있다. 어떤 이는 세상에 머물며 몸을 유지하고,
또 어떤 이는 세상을 싫어하여 몸을 껍질처럼 벗어버리기도 하였다. 그뿐
만 아니라 진리의 길을 이루고서도 숨어서 그저 자신의 일만 하였을 뿐, 세
간에 이름 남기는 것을 달갑게 여기지 않은 사람들은 또 얼마나 많았던지
헤아릴 수가 없다. 이러한 까닭으로 중을 수련하여 도에 이르고, 도에 이르
러 죽음에서 자유로워짐을 궁극의 목표로 하여…(하략)…….〉

벽라대제가 남긴 심법. 그것은 음도 아니고 양도 아닌, 그 모두를 포
함하면서 동시에 거기에서 벗어난 중(中)의 심법이었다. 무위자연의

술이며 도가의 술이었고, 천지자연과 녹아드는 초절정의 경지, 우화등선을 바라보는 절대의 비급이었다.

"아!"

설아는 탄성을 터뜨리며 양피지를 품속에 꼭 안았다.

'됐어! 이것만 익히면 돼. 그럼 내가 용왕 아저씨에게 영약을 먹여 내단을 좀 더 빨리 만들게 하면 돼! 살았어! 드디어 내 털복숭이가 살았어!'

설아는 속으로 만세를 부르며 양피지를 들고 곽무한에게 뛰어갔다.

그러나 곽무한은 여전히 비몽사몽이고, 대신 매옥이 깨어나 있었다.

"어디 갔다 오셨어요?"

금방 잠에서 깬 듯 매옥이 눈을 비비며 물어왔다.

설아는 흥분을 이기지 못해 매옥에게 먼저 말을 꺼냈다.

"이제 살았어요. 내 털복… 아니, 무한 오라버니… 그에게 살 길이 생겼어요!"

"살다뇨? 무슨 소리죠?"

밑도 끝도 없는 이야기라 매옥이 고개를 갸웃했다.

"그는 고독(蠱毒)에 중독되었어요. 아세요? 아주 위험한 거라구요."

설아는 신이 나 외쳤다. 그러나 돌아온 대답에 곧 굳어버렸다.

"알아요."

"알아요?"

"네. 오라버니는 혈음고라는 독에 중독되어 있지요."

"그 독은 무척 무서워요. 어서 해독을 하지 않으면……."

설아는 자신이 찾은 방법을 말해 주려고 했다. 그러나 매옥이 먼저 말을 끊었다. 그것도 목덜미를 확 붉히며.

"알고 있어요. 부채주께서 말씀해 주셨어요. 제가… 제가 오라버니를 치료할 거예요. 그 방법까지 알고 있어요. 신경 써주서서… 고마워요.”

매옥은 대답과 함께 고개를 푹 숙였다.

아직 앳된 소녀의 입으로 음양 교합을 말하려니 쑥스러워서였다.

그러나 자세한 내막을 모르는 설아에겐 엄청난 충격이었다.

“알고… 있어요? 이미… 알고 있다구요?”

바보가 된 기분이었다. 눈물이 왈칵 쏟아졌다.

이 소녀가 자기보다 먼저 곽무한의 상세를 알고 있었다는 것에, 거기다가 치유법까지 알고 있다는 사실에 절망감이 들었다.

무서운 오해였다.

설아가 너무 순진했기에, 너무 세상 물정을 모르기에 벌어진 일이었다.

매옥이 수줍어 말을 못하고 있는 방법은 설아가 이미 포기한 방법, 음고와 양고를 한군데 둬서 배변으로 뽑아내는 방법이었다. 그걸 위해 음양 교합이 필요했고, 그래서 수줍어 말을 못하고 있는 것이었다.

그러나 사정을 모르는 설아는 매옥이 용의 내단을 가지고 있거나, 내공심법을 알고 있다고 생각했다.

이제껏 설아가 접한 사람이라고는 자기 조부와 곽무한, 그리고 오늘 만난 매옥이 다였다. 그러니 설아 생각에는 매옥 역시 자기처럼 영약, 영과에 대해 잘 알고 있다고 생각했다. 그게 바로 오해의 시작이었다.

“그럼… 그럼… 이건… 필요가… 없겠네요.”

설아는 눈물을 주르륵 흘렸다.

매옥은 설아가 갑자기 눈물을 흘리자 기분이 묘했다.

‘그럼 이 아가씨도 그 방법을 알고 있단 말인가?

매옥은 부끄러워 더 이상 말을 할 수가 없었다. 그래서 고개를 푹 숙이고 있다가 설아가 떨어뜨린 양피지를 보게 됐다.

“이게 뭐예요?”

매옥이 물었다.

“방법… 그를 살릴 수 있는 방법… 흑흑.”

설아는 눈물 젖은 얼굴로 말했다.

매옥은 수치스럽기도 하고 화가 나기도 했다.

“아마도 그… 방법을 설명하는 글인 모양이네요. 그런데 그건 소용이 없어요. 제가 이미 방법을 알고 있기도 하지만, 무한 오라버니는 글을 몰라요. 아주 어릴 때 부모들을 여의는 바람에 글을 배울 기회가 없었대요.”

“부모를 잃고… 글을… 몰라요?”

설아는 또 한 번 눈물이 나왔다.

이번엔 곽무한의 처지가 너무 안타까워서였다.

“그런 눈으로 보실 필요 없어요. 부모 없고 글을 몰라도 살아가는 데 아무 불편 없어요. 또 무한 오라버니는 부모 있고 글을 아는 그 누구보다 멋있어요!”

매옥은 차가운 표정으로 고개를 홱 돌려 버렸다.

“그게 아닌데… 그런 말이 아니었는데…….”

설아는 눈물을 글썽였다. 그러나 매옥은 여전히 차가운 표정이었다.

설아는 떨리는 손으로 양피지를 집어넣었다. 그리고 한참 후에 힘없이 일어났다.

이제 더 이상 그를 위해 해줄 수 있는 게 없었다. 자기 아닌 사람이 자기보다 더 많은 걸 알고 있고 그와 더 가까워 보였다.

설아는 떠나기 전에 마지막으로 그의 얼굴을 쳐다봤다. 그러다 한 가지 사실을 떠올리며 애써 위안을 삼았다.

‘아직 그에게 줄 수 있는 게 하나가 있어.’

설아는 그것만이라도 남겨준 하늘에 감사했다.

"조금 있다가 약을 보낼게요. 그걸 무한 오라버니… 그의 상처에 발라주세요. 그리고 한 일 주야 정도는 정양을 해야 한다고 전해주세요."

설아는 매옥에게 곽무한의 상처에 바를 약을 보내겠다는 말을 남기고 눈물을 흘리며 떠났다.

끼루룩!

설아의 눈물에 백아도 슬펐던지, 구슬픈 소리를 내며 절벽 위를 날아올랐다.

*   *   *

달그락. 달그락.

채 노인은 귀를 간질이는 낯선 소리에 잠을 깼다.

'선반에서 나는 소리로구나. 선반에는 뭐가 있더라? 아차, 약!'

후다닥 일어나니 역시나 깜짝 놀란 눈빛의 설아.

"네 이 녀석! 아침부터 또 무슨……"

채 노인은 호통을 끝까지 이어갈 수 없었다.

"이번이… 마지막이에요."

퉁퉁 부은 설아의 눈. 그 눈에 어린 빛깔. 그리고 묻지도 않았는데 눈을 내리깔며 말하는 저 쓸쓸한 목소리.

그 나이 때면 으레 앓기 마련인 풋정의 가슴앓이였다.

채 노인은 난생처음 보는 손녀의 모습에 가슴이 저릿해져 왔다.

'후우… 벌써 저렇게 컸단 말인가?'

채 노인은 아무 소리 않고 밖으로 나갔다.

절벽에서 올려다본 구름은 잔뜩 찌푸린 회색이었다.

'해가 바뀌면… 이사를 가면 좀 나아지려나?'

탄식을 터뜨리는 채 노인의 표정은 찌푸린 구름을 닮아갔다.

설아는 몸에 좋다는 약은 몽땅 다 챙겼다. 그리고 붓을 들어 각종 약에 대한 설명을 꼼꼼히 적어 나갔다. 그러다가 어느 순간,

'아! 그는 글을 모르지.'

설아는 자기 이마를 콩 때리고는 사용 설명서를 다시 적었다. 아니, 다시 그렸다. 그가 이해하기 쉽도록 하나하나 그림으로 그렸다.

'잉! 너무 못 그렸어. 그가 비웃을 거야.'

설아는 곽무한이 쉽게 알아보도록, 또 조금이라도 예쁘게 보이도록 설명서를 수도 없이 고쳤다. 그러다 보니 손뿐만 아니라 얼굴에도 먹물이 튀어 엉망이었다. 그러나 설아는 다 그리고 난 설명서를 가슴에 한 번 꼭 안아보고는 행복한 웃음을 지었다.

'됐어. 이 정도면! 그가 쉽게 알아볼 거야. 무한 오라버니가……'

설아는 마지막으로 자기 이름을 써넣으려다 눈물을 글썽였다.

'그는 아직 내 이름도 모르잖아……'

괜한 서러움에 콧잔등이 시큰거렸다.

설아는 한참을 망설이다가 붓을 들었다.

사르륵, 사르륵.

하얀 종이 위에 탐스런 눈이 내렸다.

'하얀 눈송이. 설아예요. 잊지 마세요……. 흑!'

기어코 하얀 종이 위에 투명한 이슬이 굴렀다.

설아의 눈물을 머금은 하얀 종이는 보따리 맨 위에 곱게 접혔다.

“잠시만… 다녀올게요.”

설아는 하늘만 멀거니 바라보고 있는 조부에게 말없는 승낙을 받은 뒤 백아를 타고 용왕에게 날아갔다.

“이걸 용궁에 좀 갖다 주세요.”

승천을 목표로 일로매진 도를 닦는 용왕 아저씨도 이날만큼은 설아의 부탁을 거절하지 못했다.

‘궁시렁, 궁시렁. 직접 갖다 주지…….’

물론 투덜대는 것까지야 어쩔 수 없었다.

설아는 사라지는 용왕 아저씨를 망연히 바라보다가 털썩! 바닥에 주저앉았다.

‘이제… 그와는 정말 끝이구나…….’

설아의 가는 어깨가 흐느낌에 떨렸다.

깡충, 깡충!

설아의 흐느낌에 토끼들이 모여들었다.

“우왕! 아가들아. 난 이제 어떡해! 이젠 그와 만날 수 없어. 흑흑흑.”

설아는 토끼들을 껴안고 한참 동안 울었다. 눈이 퉁퉁 부을 때까지 울었다. 그리고… 다시 백아를 탔다.

휘우웅!

백아는 설아의 마음을 아는지, 이끼계곡을 한 바퀴 돌았다.

‘안녕. 내 사랑…….’

설아는 용궁을 향해 눈물 한 방울을 떨어뜨렸다.

그날.

이끼계곡의 절벽 끝. 작은 모옥에서 시커먼 연기가 솟아올랐다. 그리고 잠시 뒤, 두 사람을 태운 거대한 학이 북쪽을 향해 날아올랐다.

그 아래로 집채만한 백호가 학을 쫓으며 정신없이 달렸다. 그리고 그
날… 이끼계곡의 동물들은 하루 종일 울었다.

*   *   *

"까아아악!"
날카로운 비명 소리가 동굴을 흔들었다.
곽무한은 그 바람에 정신을 차렸다.
"헉! 저, 저게 뭐야?"
곽무한은 깜짝 놀라 도를 움켜쥐었다.
쩡!
엄청난 통증이 머리를 쪼아왔다. 그러나 곽무한은 도를 움켜쥐는 것
을 멈출 수 없었다.
취리릿! 취리릿!
저 끔찍한 크기의 구렁이! 저 무서운 눈빛, 저 날름거리는 혓바닥을
보고 두려움을 느끼지 않는다면 그건 사람이 아니리라.
매옥은 이미 거품을 물고 까무러쳐 있는 상황.
곽무한은 억지로 몸을 움직여 매옥의 앞을 막아섰다.
'취리릿. 뭐야? 저 기분 나쁜 눈빛은…….'
용왕 아저씨도 기분이 나빴다.
자신을 노려보는 곽무한의 눈빛이 예사롭지 않았기 때문이다.
'빌어먹을! 꼬마 아가씨의 부탁만 아니었다면 한입에 삼켰을 텐
데……. 아가씨의 얼굴을 봐서 이번 한 번만 봐준다.'
용왕 아저씨는 겨우 자제심을 발휘해 약 보따리를 놓고 사라졌다.

"이게 뭐지?"

곽무한은 전설에서나 나올 법한 거대한 검은 구렁이, 용왕이 내뱉고 간 보따리를 보며 고개를 갸웃했다.

분홍색 보자기를 펼치자 맨 위에 하얀 종이가 곱게 접혀 있다.

'웬 그림이래?'

종이를 펼치니 온갖 상처를 입은 괴이한 괴물이 그려져 있다. 그리고 괴물 밑에 덩그러니, 눈 펄펄 날리는 그림이 그려져 있다.

'요즘은 뱀도 낙서를 하나?'

곽무한은 종이를 휙 던져 버리고 보자기 위에 놓인 약병을 하나 집어 들었다.

"음? 이 향기는?"

익숙한 향기였다. 아련한 기억 속의 그 향기.

꿈속에서 자기 상처를 어루만져 주던 그 향기였다.

"그러고 보니?"

곽무한은 자신이 던져 버린 종이를 다시 집어 들었다.

괴물의 상처마다 화살표 쭉, 각 화살표 옆에는 각각의 약병.

자세히 보니 괴물은 자신이었고 약병은 자기가 입은 상처에 바르는 것인 모양이었다.

"도대체 누가?"

곽무한은 멍한 표정으로 그림과 약병을 번갈아 쳐다봤다.

'혹시 그녀가 아닐까?'

아련한 기억 속의 그녀.

'그럴 리가 없지.'

곽무한은 곧 고개를 내저었다.

환상처럼 꿈처럼 단 한 번 마주친 그녀가 어찌 자신의 상태를 알고 약을 보낸단 말인가?

'그럼 도대체 누구지?'

풀리지 않는 의문이었다. 그러나 아무리 머리를 굴려봐도 곽무한으로서는 도무지 알 수 없는 일. 결국 곽무한은 떠오르는 의문들을 일단 접어두고 가장 아픈 상처 부위부터 약을 발랐다. 그리고는 매옥에게 다가가 약을 발라주기 시작했다.

"으음……."

화끈한 약 기운 때문일까? 매옥이 정신을 차렸다.

"헉! 오라버니! 이무기, 이무기……."

매옥은 깨어나자마자 곽무한에게 안기며 덜덜 떨었다.

"괜찮아. 갔어. 우릴 쳐다보다가 그냥 가버렸어."

곽무한은 토닥토닥 매옥을 다독였다. 그리고는 주변을 둘러보며 물었다.

"매옥. 우리가 어떻게 여기에 와 있지? 여긴 나만 아는 곳인데?"

"어머? 오라버니도 아시는 장소예요?"

"응. 내 비밀 거처야. 그러고 보니 이상하군. 난 굉장히 심한 상처를 입었는데……."

곽무한은 정상적으로 흐르는 기를 느끼며 고개를 갸웃거렸다.

매옥은 사실대로 말할까 말까를 고민했다. 그러다가 곽무한과 정면으로 눈이 마주친 순간, 눈을 질끈 감으며 고개를 내젓고 말았다.

"모르… 겠어요. 깨어나 보니 여기였어요."

한없이 빨려 들어갈 것만 같은 곽무한의 눈빛. 이미 어렸을 때부터 그의 눈빛에 매료된 매옥은 그를 절대 남에게 빼앗기고 싶지 않았다.

"음… 그래? 도무지 알 수 없는 일이군… 누가 우릴 구했지?"

곽무한은 고개를 설레설레 흔들며 설아가 보낸 종이를 한동안 쳐다봤다.

"오라버니, 그게 뭐예요?"

곽무한에게 난생처음 거짓말을 했다는 가책으로 간을 졸이고 있던 매옥이 그 모습을 봤다.

"응? 이거? 치료법 같애."

"치료… 법이요?"

매옥의 눈이 크게 흔들렸다.

"응. 한번 볼래?"

"네."

매옥은 떨리는 눈길로 종이를 봤다. 과연 치료법이 그려져 있었다.

설아라던 그녀의 이름, 하얀 눈송이도 그려져 있었다.

"이걸 어떻게… 어디서……."

매옥의 표정이 눈에 띄게 흔들렸다.

그러나 곽무한에게서 대답을 듣는 순간, 굳었던 표정이 확 풀렸다.

"아까 그 뱀이 뱉고 간 거야."

"뱀이 뱉고 간 거라구요?"

"응. 그걸 뱉고 가버리던데?"

"그래요?"

매옥은 생각에 잠겼다.

"조금 있다가 약을 보낼게요……."

환한 미모의 소녀. 그녀가 남긴 말이 귀를 웅웅 울려왔다.

'죽은 거야. 그녀는 약을 가져오다가 이무기에게 물려 죽은 거야……'

한편으론 마음이 아프고 다른 한편으론 마음이 놓였다.

그녀는 죽었다.

처음으로 자신에게 자괴감을 느끼게 만든 그녀는 죽었다.

이제 이 남자는 내 거야!

매옥은 두근대는 가슴을 억누르며 종이를 자기 품에 넣었다.

"오라버니, 이건 제가 가지고 있을게요. 제가 이걸 보면서 오라버니의 상처를 돌봐 드릴게요."

"웅? 상처는 나 혼자서도……."

매옥은 머리가 빨랐다.

"본채에도 부상자가 많을 거 아녜요? 제가 이걸 보면서 그들의 상처를 돌볼 방법을 찾아볼게요."

"음? 그래?"

수채 이야기를 하자 곽무한의 표정이 굳어졌다.

곽무한의 관심은 어느새 치료법에서 벗어나 수채의 남은 사람들로 향했다.

"며칠 정양하셔야 해요. 지금 움직이시면 큰일나요!"

매옥은 수채 생각에 서둘러 일어서려는 곽무한을 말렸다. 일주일간 정양을 해야 한다는 설아의 말을 떠올린 것이었다.

"아마 놈들이 다시 본채로 돌아와 우릴 찾을 거예요. 지금 부딪치시면 사람들이 다쳐요. 그냥 이곳에서 몸부터 추스르는 게 나아요. 놈들은 본채에서 오라버니를 찾다가 없으면 죽은 줄 알고 그냥 돌아갈 거예요. 그러니 제발……."

생각해 보니 일리있는 말이었다.

복수를 하든 뒷일을 수습하든 먼저 몸이 성해야 했다. 그리고 곽무한 스스로야 못다 한 복수를 마저 하고 싶었지만, 싸움터가 자기들 수채면 곤란했다.

"오라버니, 남자의 복수는 십 년이 걸려도 늦지 않대요."

매옥의 마지막 말이 결국 곽무한을 주저앉혔다.

곽무한과 매옥은 사흘 동안 동굴에 머물렀다.

그리고 그 사흘의 시간은 곽무한에게 행운을 가져다 주었다.

사흘의 시간 동안, 되돌아온 웅풍산장과 금사상채는 적호채 인근을 샅샅이 뒤졌다. 그러나 아무리 수색해도 곽무한의 종적이 없자, 진짜로 물에 빠져 죽은 줄로 생각하고 완전히 철수해 버렸다. 물론 한 달뒤에 상납금 받으러 온다는 말과 함께 몇 명의 감시병들을 남기고.

곽무한은 사흘 동안 동굴에서 머물며 상처를 치료했다. 그리고 대충치료가 끝난 듯하자 며칠 더 치료해야 한다는 매옥의 애원에도 불구하고 몸을 일으켰다.

죽은 사람들.

자신에게 첫 정을 보내준 미루와 자기를 위해 죽은 사람들의 제사를 지내야 한다는 생각이 곽무한의 마음을 재촉한 것이었다.

진눈깨비 날리는 겨울 어느 날.

촤촤촤악!

매옥을 안은 곽무한의 신형이 거센 소용돌이를 일으키며 강물 위로 솟구쳤다.

제28장
채주 곽무한

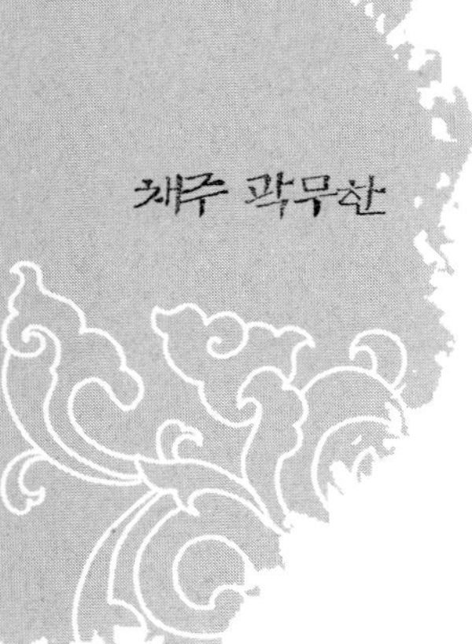

정오 무렵.

스스슷!

세도류의 살얼음 위로 두 사람의 신형이 내려섰다.

매옥과 그녀를 품에 안은 곽무한이었다.

곽무한은 잠시 신형을 멈춰 본채 쪽을 바라봤다.

며칠 전의 참화 탓인지, 수채에는 괴괴한 적막감만 감돌았다.

'으음……'

짧은 순간에 수많은 기억들이 지나갔다. 그래선지 곽무한의 뺨에 언뜻 한줄기 경련이 스쳤다.

휘우웅!

찬바람이 머리카락을 흩뜨리자 곽무한의 신형이 다시 움직였다.

스스슷!

얇디얇은 얼음 위를 미풍처럼 지나는 가벼운 발걸음.

분명 두 사람의 무게가 실렸을진대 살얼음에는 실금조차 가지 않았다.

그리고 잠시 후.

"끅!"

"커헉!"

바람처럼 움직이는 곽무한의 손짓에 따라 답답한 비명 소리가 터져 나왔다. 그들은 모두 금사상채에서 남겨둔 감시병들이었다.

어두컴컴한 본채 회의실.

곽무한이 안으로 들어서자, 힘없이 벽에 등을 기대고 앉아 있던 사람들은 모두 놀람 반, 반가움 반으로 자리에서 일어났다.

"과연 돌아오셨구려!"

가장 반가운 표정을 지은 사람은 담우치였다.

"돌아… 오다니?"

장직은 믿기지 않는다는 표정으로 눈을 휘둥그레 떴다.

사람들 대부분의 표정도 장직과 별반 다르지 않았다.

곽무한을 보고 모두들 불신의 표정을 짓는 이유가 있었다.

며칠 전, 담우치 등이 빈손으로 돌아오자 수적들 사이에서 언쟁이 벌어졌었다.

'허풍도 정도가 있지! 그들이 어떤 놈들인가? 우리를 몰살 지경으로 만든 놈들이 아닌가? 그런 그들을 혼자서 궤멸시켰다고?'

수적들 중 대부분은 담우치가 전한 곽무한의 활약을 믿지 않았다.

그러나 그건 금방 사실로 드러났다.

광기 어린 표정으로 되돌아와 수채 주변을 이 잡듯 수색하는 혈두타
와 복면인 일행 때문이었다. 얼핏 보기에도 그들의 몰골이 말이 아니
었으니 담우치 등의 말에 어느 정도 수긍이 간 것이다.

혈두타가 돌아가고 난 이후에도 언쟁이 벌어졌다.

그러나 이번 언쟁은 이전과는 조금 다른 각도에서 이뤄졌다.

'그는 반드시 돌아올 것이다.'

'말도 안 돼. 열쳤다고 다 망해 버린 수채로 돌아와? 나 같으면 다른
곳으로 달아나겠다. 그 정도 무공이면 어디 가서도 인정받을 수 있어!'

언쟁의 방향은 곽무한의 귀환 여부였다.

대부분은 '곽무한은 돌아오지 않는다'에 동의했다.

그런데 예상을 뒤엎고 그가 나타났다.

그래서 모두 놀란 표정들을 지은 것이다.

곽무한은 다른 사람들이 어떤 표정이든 신경 쓰지 않았다.

"강에 제물을 모아두었소. 제사를 지낼 것이오!"

곽무한은 모두에게 선언하듯 말하고는 등을 돌렸다.

"그대는 지금 어디로 가는 것이오?"

담우치가 돌아서는 곽무한에게 황급히 물었다.

"제물을 가지러 갑니다."

곽무한은 등을 돌린 채 대답했다.

"따라가 보자!"

사내들은 모두 앞 다퉈 일어났다.

곽무한이 이룬 기적. 그걸 보고 싶었던 것이다.

물론, 현장에 도착한 후 그들의 입이 쩍 벌어졌다는 것은 말하나 마
나이리라. 강바닥에 침몰되어 있는 저 수많은 배라니? 게다가 저 많은

시체라니? 눈으로 보고서도 도저히 믿을 수 없는 장면이었다. 결국 강물 속에 잠긴 제물들을 모두 건지고 난 후, 수적들은 일제히 곽무한에게 무릎을 꿇었다.

"채주로 모시겠습니다. 죽으라면 죽는 시늉까지 하겠습니다."

물론 수적들을 선동해 곽무한에게 채주 직위를 떠맡긴 것은 대녕채 출신의 담우치였다.

담우치는 살아생전 곽무한과 함께 장강의 기적을 만들고 싶었다.

그러나 몇몇 불만스런 표정을 짓는 사람도 있었다.

지렁이와 장직, 그리고 장직을 따르는 녀석들이었다.

그러나 그들도 곽무한의 신위에 질려, 그리고 설아가 보내준 영약들 때문에 일단은 고개를 숙이고 말았다.

"좋습니다. 모두가 원한다면 내가 그대들을 책임지겠습니다."

곽무한은 과자안과의 약속을 떠올려 채주 직위를 승낙했다.

사르륵. 사르륵.

잿빛 하늘에서 눈이 내렸다.

바람 따라 흩날리던 눈발은 빙판으로 변한 세도류 위에 차곡차곡 쌓여갔다.

하얗게 얼어가는 세도류 너머의 자갈밭.

타닥! 화르르!

검은 연기를 발하며 거칠게 일어나는 불길이 있었다.

잿빛 하늘을 태울 듯 발버둥 치는 불길, 그 불길 사이로 석상처럼 뿌리를 박고 서 있는 사내들의 모습이 보였다.

그 사내들 중 가장 앞에 서 있는 사람은 곽무한이었다.

곽무한은 타오르는 불길을 보며 굵은 눈물을 흘리고 있었다.

사내들도 마찬가지였다.

울고 있는 수십 쌍의 눈길. 그것들은 모두 불길에 휩싸인 제단을 향해 있었다.

화르르!

화염에 휩싸인 제단.

그 위에는 흉측하기 그지없는 목들이 놓여 있었는데, 그 목들은 모두 곽무한의 손에 당한 수적들이었다.

곽무한은 불길 너머에서 웃고 있는 미루를 봤다.

'미루… 네가 머무를 하늘에는 눈물이 없대. 눈물 없는 곳에서 네가 못다 누린 행복을 누려봐. 마음껏 웃고 마음껏 뛰어다녀, 미루.'

곽무한은 조용히 미루의 명복을 빌었다.

흐린 미소의 미루가 사라지고 나자 꽉 다문 입매에 송충이눈썹을 지닌 과자안의 영상이 떠올랐다.

"여기 있는 이들이 다 네 형제임을 잊지 말기를……."

'아저씨, 걱정 마세요. 남은 사람들은 제가 책임질게요.'

곽무한은 불길 너머의 영상을 보며 힘껏 주먹을 쥐어 보였다.

'지금은 비록 이놈들의 목뿐이지만, 곧 완전한 복수를 해드리겠습니다. 그때까지 원통해도 조금만 참아주세요.'

기세 좋게 타오르던 불길은 두 시진이 넘어가자 차츰 사그라졌다.

불길이 완전히 꺼지고 검은 연기만 날릴 즈음, 곽무한이 천천히 돌아섰다.

곽무한이 지나갈 동안 양쪽으로 벌려선 사내들. 자기네들끼리 서로 눈빛을 교환하더니 조용히 곽무한의 뒤를 따랐다.

저벅. 저벅.

하얀 눈 위에 굴강한 어깨들의 발자국이 찍혔다.

참화의 흔적이 아직도 남아 있는 본채 회의실.

통나무로 괸 부서진 탁자를 중심으로 사내들이 둘러앉았다.

휘우웅!

부서진 창문 사이로 시린 바람이 날아들었다.

그러나 누구 하나 몸을 움츠리지 않았다.

사내들은 열기를 담은 눈으로 한 사람을 쳐다봤다.

그들의 시선이 부담스러웠을까?

억겁 같은 침묵을 유지하던 곽무한이 천천히 입을 열었다.

"복수는 계속됩니다."

사내들은 낮고 단호한 곽무한의 목소리에 저마다 열기를 피웠다.

곽무한은 그들 하나하나를 모두 훑으며 말을 이어 나갔다.

"그러나 지금 당장은 아닙니다."

사내들은 일제히 실망하는 표정이었다.

그러나 곽무한은 단호했다.

"지금은 우리 스스로를 먼저 추슬러야 할 때. 그래서 본채를 옮길 생각입니다."

사내들의 표정이 일제히 출렁거렸다.

"우리를 받아줄 곳은… 없소."

누군가가 주저주저하며 말했다.

"그렇습니다. 우리를 받아줄 곳은 없죠. 그러나 우리가 갈 곳은 있습니다."

"갈 곳이 있다구요?"

모두 의혹 어린 표정으로 곽무한을 쳐다봤다.

"대녕채로 갑니다. 거기서 다시 시작합니다."

곽무한이 목소리에 힘을 실으며 말했다.

"대녕채? 너무 위험합니다."

담우치가 나섰다.

자신이 예전에 몸담았던 수채였으니 자신이 가장 잘 알았다.

대녕채는 이곳 적호채에 비해 안전하지 못했다.

다른 사람들도 담우치와 마찬가지 표정이었다.

곽무한은 모두의 반응을 짐작했다는 듯 다시 입을 열었다.

"물론 그렇습니다. 그러나 옮겨야만 합니다. 비록 이곳이 천험의 요새인 것은 사실이지만, 이곳을 지키기엔 우리 숫자가 너무 적습니다. 게다가 이곳에선 사람을 모으기가 너무 힘든 곳. 그래서 옮깁니다. 대녕채는 조그마하나 항구를 낀 곳이니 거기에서 사람들을 다시 모읍니다. 다시 채를 일으킨다는 말입니다."

곽무한의 얼굴에는 확고한 결심이 담겼다.

"다시 일으킨다? 다시……."

사내들의 눈에 서서히 희망이 담겼다.

"아직 우리에겐 남은 게 많습니다. 그게 우리의 기반이 될 것입니다."

곽무한은 그 말을 끝으로 자리에서 일어났다.

"그럼… 언제 옮깁니까?"

담우치가 물었다.

"내일!"

"내일 당장?"

사내들은 일제히 뜨악한 표정을 지었다. 그러나 나서서 불만을 터뜨리는 사람은 아무도 없었다.

"모두 들었지? 신임 채주의 명령이시네. 준비들하세나!"

담우치가 묵직하니 말하자 모두 고개를 끄덕이며 자리에서 일어났다.

'재건이라… 과연 말처럼 그렇게 쉬울까?'

마지막까지 남아 있던 사내, 옛 철면노호의 심복 지렁이는 회의적인 표정으로 고개를 저었다.

회의실 밖.

"제기랄. 우린 완전히 꿔다 놓은 보릿자루 신세로군."

회의에서 제외된 장직은 자기를 따르는 아이들을 보며 투덜거렸다.

"그러게 말입니다. 아무리 무한이 녀석이 공을 세웠다 하나 덥석 채주라는 직위를 갖다 바치다니……."

몇 놈이 고개를 주억거리며 함께 불만을 토로했다.

바로 그때, 장직의 등 뒤에서 쩽! 하는 목소리가 튀어나왔다.

"모두 헛소리들 마!"

목소리의 주인공은 지난번 참화 때 한쪽 눈을 잃어버린 무견이었다.

무견은 안대 낀 눈으로 장직과 아이들을 노려보며 말했다.

"무한이, 아니, 신임 채주께서 놈들과 싸울 때 너희들은 뭘 하고 있었지? 모두 꼬리를 말고 뒤에 숨어 있었지 아마? 그리고 뭐랬더라? 미친 짓이라고, 불가능한 짓이라고 했던가? 그러나 결과는 어땠어? 등신 새끼들. 사내새끼가 되어 가지고 뒤에서 수군거리지 마! 꼭 능력없는 놈들이 뒤에서 수군거려.”

무견은 곽무한이 돌아온 날을 똑똑히 기억하고 있었다. 특하나 잿더미로 변한 창고에서 동생 미루의 뼛가루를 꺼내와 양지바른 곳에 안장시키며 눈물 흘리던 그 모습을.

장직은 어이가 없었다.

항상 자기 밑에서 빌빌 기던 놈이 갑자기 눈을 똑바로 뜨고 자신을 노려보다니?

“이 자식이 못 먹을 걸 처먹었나? 너 죽고 싶어?”

장직은 소매에서 비수를 내비치며 무견에게 눈을 부라렸다.

평소 같으면 이쯤에서 꼬리를 말아야 정상이었다.

그러나 무견은 변했다.

하나뿐인 동생 미루가 죽고 나서부터, 그리고 자기 자신도 한쪽 눈을 잃게 됐다는 것을 자각하고 나서부터. 더 이상 잃을 게 없으니 더 이상 무서운 것도 없었다.

“후후. 나더러 죽고 싶냐고? 이봐, 장직. 너야말로 하극상으로 죽고 싶어? 지금 우리 채의 채주는 무한이야. 그걸 기억하시지.”

“이 자식이! 야, 뭣들 해? 이 자식 조져!”

참다못한 장직이 무견을 덮치려 할 때 회의실에서 사람들이 나왔다.

“뭣들 하는 거야?”

지렁이는 한눈에 사태를 파악했다.

곽무한이 마음에 안 들기로는 자기도 마찬가지다. 그러나 그렇다고 해도 회의가 벌어지는 방문 앞에서 싸움을 벌이다니? 이런 머저리 같은 놈을 이제껏 끼고 돌았다 생각하니 남들 보기가 부끄러워 한숨이다 나올 지경이었다.

"장직, 너 이 새끼. 네가 지금 제정신이야? 모두 어떻게 하면 이 난국을 헤쳐 나갈까 고민하고 있는 판국에 동료와 칼부림을 하려고 해? 에라이, 정신 나간 놈아!"

장직에게 있어 다른 놈들이야 자기를 노려보든 말든 알 바가 아니었다. 그러나 지렁이는 달랐다. 함께 철면노호의 총애를 받던 몸이었다. 그런 지렁이조차 자기편을 들어주지 않자 장직은 슬그머니 기가 죽었다.

'젠장. 그럼 이젠 정말로 무한이 녀석에게 고개를 숙여야 한단 말인가?'

장직은 한동안 자기 숙소에서 고민했다. 그러다가 답을 얻었다.

'일단은 고개를 숙여주마. 그게 언제까지가 될지 모르겠지만.'

그토록 무시무시하던 철면노호도 어이없이 죽어버렸다. 그러니 곽무한이라고 다르겠는가? 나중에 자기가 금사상채나 웅풍산장에 한마디를 건네기만 한다면 그날로 곽무한의 목숨은 죽은 거나 진배없다는 생각이 들었다.

'그렇게 되면 다음 채주는……'

코흘리개 시절에 수채로 끌려온 장직이었다. 그러니 장직에게 있어 최고의 꿈은 당연히 막강한 수채의 채주였다.

'날 따르는 녀석들도 있겠다, 태상채주께 배운 무공도 있겠다, 세월이 좀 더 지나고 무한이 녀석만 사라지고 나면 이곳에선 날 당할 자가 아무도 없어. 그러니 그날이 올 때까지만 숨죽이고 있자. 무한이 녀석처럼 독하게 무공을 익히자. 그리고 내 편도 좀 더 늘리고.'

생각을 정리한 장직은 번쩍! 소매를 떨쳤다.

피웃!

퍽!

맞은편 나무 기둥에 박힌 비도가 하얗게 빛났다.

다음날부터 곽무한과 마주칠 때마다 장직의 고개는 항상 구십 도로 꺾였다. 장직은 확실히 숙일 때 숙일 줄 아는 놈이었다.

회의실을 나온 곽무한은 늑대 굴에서 운기조식에 몰두했다.

웅풍산장의 고수들과 싸울 때 입은 내상이 아직 완전히 낫지 않았기 때문이다.

웅웅웅!

내면 저 깊은 곳에서 일어난 기운은 의념을 따라 순식간에 머리끝으로 치달리며 상처 입은 혈맥들을 부드럽게 어루만졌다. 덕분에 곽무한은 금방 무아지경에 빠졌다.

휘류룽!

이미 연기화신의 경지에 든지라 운기조식이 진행될수록 곽무한의 전신은 은은한 후광에 휩싸였다.

'아아!'

동굴 한쪽 구석에서 그 모습을 훔쳐보던 매옥은 어느 순간 눈을 동그랗게 뜨며 탄성을 삼켰다. 그리고는 몇 번이고 눈을 비비며 곽무한을 쳐다봤다.

'세상에! 저럴 수가?'

확실했다.

믿을 수 없게도 곽무한의 얼굴, 곰보딱지와 흉터로 뒤덮였던 얼굴이 서서히 변해가고 있었다. 이마에서 뿜어 나오는 빛이나 전신을 감싸는 후광 때문이 아니었다.

끼깅?

변해가는 곽무한의 얼굴에 놀란 건 청랑도 마찬가지였다.

녀석은 곽무한의 주변을 슬금슬금 맴돌며 몇 번이고 고개를 갸웃거렸다.

곽무한은 자신을 바라보는 매옥과 청랑의 눈길이 어떻게 변해가는지도 모른 채 아득한 심연, 의식 저 너머에 숨어 있는 무의식에 젖어들었다.

무의식이란, 사람이 삶을 살아가면서 겪게 되는 사랑과 이별, 기쁨과 슬픔, 고통과 즐거움 등, 여러 감정들이 모여 형성된 감성(感性)과 살면서 배우고 익히게 되는 지식과 지혜, 경험들의 소산인 이성(理性), 태어나면서부터 갖게 되는 본성(本性), 그리고 곽무한처럼 생과 사의 고비를 넘나들며 느끼게 되는 본능(本能)등이 서로 합쳐지고 융화되고 갈라지며 만들어진, 그러나 본인은 전혀 인지하지 못하는 또 다른 의식의 세계다.

혹자는 이를 일컬어 육감이라고도 하고 예감이라고도 한다.

그러나 무의식을 궁구하고 체계화하여 깨달음을 얻은 사람들은 하나같이 그 이상이라고 말한다. 불가에서 말하는 천인(天人)의 경지, 육신통의 비밀이 바로 이 무의식에 있는 것이다.

물론 지금의 곽무한은 그런 사실을 모른다.

단지 무아지경에 빠져 마음의 기운이 이끄는 대로 내면 깊은 곳에 숨어 있는 무의식의 세계를 엿보는 경지일 뿐이다. 그러나 마음의 수양이 넓어지고 깊어져 어느 순간 대오각성을 하게 된다면 천인합일의 경지도 결코 꿈만은 아니리라.

'음!'

한참 무아지경에 빠져 있던 곽무한의 검미가 살짝 찌푸러졌다.

혈음고 때문이었다.

혈음고가 깨어나면서부터 전신을 휘돌던 진기와 내면을 응시하던 마음, 더불어 아지랑이처럼 전신을 감싸고 있던 후광들이 일시에 깨어져 버렸다.

곽무한은 아쉬운 탄식을 터뜨리며 무아지경에서 깨어나 진기를 갈무리하기 시작했다.

'그러나 다행이군.'

곽무한은 안도의 한숨을 내쉬었다.

무슨 이유에선지 예전보다 혈음고의 움직임이 둔화됐다. 아니, 엄밀히 말하면 혈음고가 주는 고통이 약해졌다.

'이제 그놈이 기가 죽은 것일까? 아니면 내가 고통에 익숙해져서일까?'

그러나 그건 아니었다.

진기를 완전히 갈무리해 단전으로 내려 보내는 순간,

쩡!

머리 속에 끔찍한 통증이 왔다. 뒤이어 양물에서 찌르르한 진동이 느껴졌다.

'뭐지?'

곽무한은 잠시 곤혹스런 표정을 지었다. 그러나 다행인 건 예전처럼 계속 지속되는 통증이 아닌 일 회성에 그쳤다는 점이었다.

'음… 점점 낫고 있는 중일까?'

곽무한은 달라진 혈음고의 움직임에 내심 걱정되기도 하면서 안심이 되기도 했다.

"후우우!"

좌우간, 진기를 완전히 갈무리한 곽무한은 긴 숨을 토해내며 운기를 마쳤다. 바로 그 순간 곽무한의 미간에 스치듯 검푸른빛이 맺혔다. 그러나 워낙 찰나간의 일이라 매옥도 청랑도 그걸 보지 못했다.

곽무한이 깨어난 듯하자 매옥은 수줍은 표정으로 죽 그릇을 내밀며 물었다.

"몸은 좀 어떠세요?"

"음. 한결 가뿐해. 이제 거의 다 나은 것 같아. 넌 좀 어때?"

곽무한의 눈빛이 입가의 미소 따라 함께 웃는다.

"전… 전 외상뿐인걸요."

매옥은 수줍게 고개를 숙이며 모기 목소리로 대답했다.

"음. 그래? 그러나 외상이라고 너무 가볍게 보지 말고 꾸준히 약을 발라. 혹시 덧날지 모르니……."

"네……."

곽무한은 매옥에게서 시선을 돌려 꼬리를 흔들며 안기는 청랑의 머리를 쓰다듬었다.

"청랑. 넌 요즘 들어 어째 강아지가 되어가는 것 같다."

그러거나 말거나 청랑은 점점 강해져 보이는 주인의 모습에 기분이 좋았다.

크르릉.

청랑은 꿈에 부풀었다.

나중에 주인의 힘을 빌려 자기에게 가장 껄끄러운 상대인 백호만 몰아내고 나면 이곳 늑대 계곡뿐만 아니라 저 먼 이끼계곡까지 자기 발 아래 둘 수 있을 것 같았다. 그래서 청랑은 곽무한의 얼굴을 연신 혀로 핥으며 애교를 부렸다.

"녀석……."

곽무한은 청랑의 애교에 잠시 미소를 지어주고는 생각에 잠겼다.

'나는 아직 어리고 경험이 부족하다. 그런데도 스물일곱 명의 목숨을 책임지게 되었다. 과연 내가 그들을 잘 이끌 수 있을까?'

곽무한은 자신이 채주가 되었다는 사실이 부담스러웠다. 그리고 내일 있을 본채 이전도 고민됐다.

'놈들에게 종적을 들키면 안 돼. 그리고 최대한 빠르고 은밀하게 힘을 키워야 해. 그리고 난 후 내가 진 빚, 형제들의 목숨 빚을 갚아야 해. 곽무한, 잘해낼 자신이 있니?'

채주 직위를 승낙할 때부터 스스로 몇 번이고 자문해 봤다.

그럴 때마다 떠오른 결론은 언제나 한 가지.

'목숨이 붙어 있는 한 최선을 다한다!'

곽무한은 주먹을 불끈 쥐었다.

열기 어린 눈빛으로 바라보던 담우치가 생각났다. 그리고 기대 어린 표정으로 바라보던 사람들도 생각났다.

'본채 이전 이후부터 나는 야차가 되어야 한다. 곽무한, 두려워하지 마. 망설이지도 마. 내가 야차가 되는 그 순간이 바로 우리 모두가 사는 길이란 걸 믿어!'

곽무한은 수채의 내일을 생각하며 몇 번이고 마음을 다잡았다.

다음날 아침.

수채 사람들은 모두 이사 준비에 바빴다.

참혹하게 무너진 수채였건만 가져갈 게 뭐가 그리도 많은지 모두들 구슬땀을 흘리며 이리저리 분주히 오갔다.

그러나 그들에 비해 곽무한은 한가한 편이었다.

곽무한이 일어나서 제일 처음 한 일은 늑대 굴 앞 무성한 대숲에서 굵은 대나무 가지 하나를 잘라, 양지바른 언덕 위에 앉아서 그 대나무 가지를 다듬은 것이었다.

사각. 사각!

수채에서는 좀체 안 쓰던 혈뢰도까지 꺼내 공들여 다듬는 걸 보아하니, 아마도 백제성 인근에서 싸울 때 잃어버린 낚싯대를 새로 만들려는 모양이었다. 물론 낚싯대를 다듬으며 간간이 하늘을 쳐다보는 모습을 보아하니 과자안을 추억하기도 하는 것 같았다.

사람들이 바리바리 싼 짐을 소선으로 옮기기 시작할 때, 곽무한은 청랑과 함께 본채 맞은편의 절벽에 올랐다.

휘이잉!

절벽 위에는 뺨을 얼릴 듯한 찬바람이 불었다. 그러나 곽무한은 한동안 미동도 않은 채 절벽 아래를 내려다봤다.

언제가 될지 모르지만 다시 돌아오는 날까지 과거의 추억으로 남을 장소. 곽무한은 수채 이곳저곳을 눈에 담았다.

지금은 살얼음이 낀, 그러나 옛날엔 물질을 배우던 장소인 세도류와 한여름 뙤약볕 아래 헉헉대며 달리던 자갈밭, 힘겹게 오르내리던 바위산과 추위와 공포에 떨던 늑대 굴, 그리고 작고 볼품없는 침상이나마 황제 부럽잖은 잠자리를 제공해 주던 본채 숙소.

눈길이 미치는 곳마다 추억의 그림들이 떠올랐다.

‘지금은 도망치듯 떠나지만 언젠가는 당당한 모습으로 다시 돌아오마!’

분명 이곳에서 겪었던 것은 고통과 고난뿐이었건만, 막상 이곳을 떠난다고 생각하니 알 수 없는 정회가 솟구쳤다.

곽무한은 한참 동안 결의를 다지다가 시선을 돌렸다.

절벽 아래엔 어느새 출발 준비가 끝난 소선들이 보였다.

“가자, 청랑! 마지막으로 가볼 곳이 있다!”

곽무한이 걸음을 서둘러 도착한 곳은 두어 개의 산봉우리 너머에 있는 폭포였다.

콰콰콰콰!

폭포의 거센 물살은 차가운 겨울바람에도 여전했다.

그러나 곽무한의 관심은 폭포가 아니었다.

곽무한의 시선이 향한 곳은 폭포 맞은편에 있는 절벽.

‘그 여자 아이…….’

어제저녁 운기 중에 무의식을 들여다보다가 불현듯 떠오르는 영상이 있었다. 시간이 흐를수록, 깨달음이 지고해질수록 현묘해지는 연기 화신의 효용이 만들어낸 결과였다.

과거, 상처를 입을 때면 언제나 나타나던 아련한 향기. 그리고 잠룡연에 참가하기 전과 생사의 고비에서 깨어났던 용왕 굴에서의 향기가 일치했다는 데 생각이 미쳤다. 모두 은은하게 배어드는 과일 향기였다.

그리고 또 있었다.

용왕 굴을 발견하기 전, 소용돌이에 휘말릴 때 본 환상의 소녀와 참변의 그날, 이곳에서 마주쳤던 그녀의 눈빛. 그것도 서로 일치했다.

바로 그 순간, 곽무한의 무의식은 모든 실마리를 추론해서 하나의 결과를 만들어냈다. 그게 바로 설아의 영상이었다.

물론 곽무한은 현재 자기 자신의 능력, 육근이 발달하면서 점점 깊어져 가는 신비한 능력을 잘 모르기에 반신반의한 상태였다. 그래서 이곳을 떠나기 전에 혹시나 하는 심정으로 들러본 것이었다.

그러나 역시나였다.

기대했던 비파 소리도 없고 심혼을 뒤흔들던 눈빛도 없다.

하긴, 서로 약속한 것이 아닌 이상 설아가 나타날 리가 없다.

곽무한은 상상했던 기대가 깨어지자 가슴 한 켠이 와르르 무너지는 기분이었다.

'정말 꿈이었을까? 나만의 상상이었던 것일까?

곽무한은 한참을 우두커니 서서 절벽 꼭대기만 쳐다보다가 아쉬운 탄식을 흘리며 결국 돌아섰다.

"자, 출발이다!"

곽무한이 돌아오자 드디어 소선들이 움직이기 시작했다.

"적취협이여, 잘 있거라. 언젠가는 돌아오마!"

소선들이 세도류의 물살을 갈라가자 모두들 하나둘 눈시울을 붉히며 본채를 돌아봤다. 특히나 코흘리개부터 이곳에서 지낸 장직 또래들은 슬픔 때문인지 아쉬움 때문인지 모두 눈물을 흘렸다.

"정신 바짝 차려! 곧 계곡의 폭류로 접어든다!"

모두의 가슴에 들어찬 감상은 딱히 지렁이의 호통 소리가 아니었더라도 넘실거리는 물결에 묻혀 사라졌을 것이다.

적호채 역시 마찬가지였다. 지나간 세월을 잊으려는 듯 빠르고 힘차게 젓는 노질 속에 천험의 절지 적호채는 점점 시야에서 사라져 갔다.

＊　　　＊　　　＊

야심한 밤.

범종이 울리듯 우렁찬 호통 소리가 창문을 뒤흔들었다.

"뭣이라고? 린아가 사라졌다고?"

은백색 머리카락이 섞인 부리부리한 눈빛의 화복중년인이 벌떡 몸을 일으켰다.

"그, 그렇습니다. 그녀를 호위하고 있던 수하들이 모두 독살된 시체로 발견된 걸 보아하니 납치가 분명한 것 같습니다."

"크으음."

대꼬챙이 같은 사내의 보고에 화복중년인의 눈꼬리가 강하게 하늘로 치솟았다.

"예. 그, 그렇습니다. 사건이 발생하자마자 급히 아랫것들을 모두 풀었지만 종적이……."

"이런 변이 있나? 이런 망신이 있나아아!"

화복중년인은 뺨을 시뻘겋게 물들이며 고래고래 고함을 지르다가 어느 순간 고함을 뚝 멈추고는 수하를 돌아봤다.

"찾아라! 어떤 놈인지 반드시 찾아라! 이건 린아 문제를 떠나서 본좌의 자존심 문제다! 지금 당장 휘하의 모든 수채에 명을 내려라! 최단시간 내에 놈들을 찾아라!"

중년인의 눈에 시퍼런 불길이 일었다.

그 서슬에 대꼬챙이사내는 사색으로 변했다.

“헉! 모, 모든 수채입니까?”

“이놈! 귓구멍이 막혔느냐? 이건 본좌의 자존심 문제라 하지 않더냐!”

“어이쿠. 예, 예, 알겠습니다. 대지급(大至急) 명령으로 처리하겠습니다.”

재차 터진 호통 소리에 대꼬챙이사내는 다급히 문밖으로 나섰다. 그러나 그 순간,

“그리고!”

화복중년인의 굵직한 목소리가 사내의 뒤통수를 다시 잡아당겼다.

“화준이를 불러라!”

“도련님 말입니까? 도련님은 갑자기 왜……?”

대꼬챙이사내는 의아한 표정으로 되물었다.

“이놈이 오늘따라 자꾸…….”

“어이쿠! 갑니다, 가요. 벌써 가고 있습니다!”

중년인이 눈을 부라리자 사내는 혼비백산, 어느 틈에 담장 밖을 날고 있었다.

땡땡땡땡!

바다같이 거대한 호수, 동정호 한복판에 자리잡고 있는 막강수채, 오대세가에서조차 맞상대를 꺼려하는 동정수채에서 난데없는 비상종이 울렸다. 연이어 오색 불꽃을 퍼뜨리는 신호탄이 날아올랐고, 수백 마리의 전서구가 사방으로 날아갔다. 그리고 비밀 수로의 문이 활짝 열리더니,

좌좌좌악!

수백 척의 소선들이 쏟아져 나와 산지사방으로 나뉘어갔다.

동정호 주변 마을들은 금세 진득한 공포에 휩싸였다.

강호인들뿐만 아니라 물질로 먹고사는 수적들까지 벌벌 떤다는 날개 달린 상어 문장이 움직이기 시작한 것이다.

저벅. 저벅.

탄탄한 어깨에 반들거리는 어피를 걸친 사내가 같은 차림새의 강인해 보이는 사내들 수십 명에게 둘러싸여 동정용왕의 처소로 향했다.

"소채주!"

"음. 수고들 하네."

그가 지나가는 곳마다 호위 무사들의 허리가 구십 도로 꺾였다.

사내는 그게 당연하다는 듯 잔뜩 오만한 표정, 굵직한 목소리로 인사를 받았다. 그러나 동정용왕의 방문 앞에 다다른 그는 이전과는 판이하게 다른 나긋나긋한 목소리를 냈다.

"아버님, 소자 대령했습니다."

"들어와라!"

동정용왕은 우아한 포권을 해 보이며 들어서는 아들, 옥풍랑 은화준을 흐뭇한 눈길로 바라보다가 천천히 입을 열었다.

"내 너를 부른 까닭은 긴히 할 말이 있어서이다."

"하명만 하시지요, 아버님."

미끈한 얼굴, 그러나 약간은 처진 눈꼬리의 은화준은 부친의 말에 세이경청하겠다는 자세를 잡았다.

그 모습에 동정용왕은 또 한 번 기꺼운 눈길을 보내다가 낯빛을 굳히며 침중한 목소리로 말했다.

"음… 너를 부른 건 골치 아픈 문제가 하나 생겨서이다. 무슨 문제

인고 하니, 린아가… 험, 험. 별채에서 머물고 있던 린아가 난데없이 사라져 버렸다는구나."

"예? 린아가 사라져요?"

은화준은 깜짝 놀란 표정으로 부친을 바라봤다.

"그래. 그래서 너를 부른 것이다. 그 아이가 부모를 잃고 이곳에 머무는 것까진 좋았지만, 이젠 골칫거리가 되어버렸다."

"음… 그렇군요……."

"문제는 그 아이가 사라졌다는 사실이 아니라 남들이 쑤군댈 입방아가 문제다. 의제의 여식 하나 제대로 간수를 못해 뛰쳐나가게 만들었다는 구설수 말이다."

어째 대화의 방향이 이상하게 돌아갔다.

"하면……."

"네가 외유를 좀 해야겠다. 시비 하나를 붙여줄 테니 그 아이와 비슷한 차림새로 꾸며 소문나게 유람을 좀 다녀왔으면 한다."

부친의 제안에 은화준의 입은 함지박만하게 벌어졌다.

"그렇잖아도 소자, 심마에 빠진 모양인지 도무지 무공에 진척이 없어 고민이었습니다. 그럼 이 기회에 평소 꼭 가보고 싶었던 무인들의 성지를 들르며 흔들렸던 마음을 추스르겠습니다."

"그래. 그렇다면 더 더욱 다행이구나. 내가 아랫것들에게 외유 준비를 시키마. 그런데… 네 모친께는 어찌 말할지 잘 알지?"

"예. 강남 땅에 뛰어난 은거 고수가 있어 그분께 무공을 사사(師事) 받으러 간다고 말씀드리겠습니다."

"그래그래, 좋은 생각이다. 그렇게 전하고 바로 떠나려무나."

부자지간의 대화는 괴이하게 끝났다.

동정용왕은 들뜬 표정으로 떠나가는 아들의 뒷모습을 바라보다 홀로 고개를 끄덕였다.

"이제 미주알고주알 의리를 따지며 방방 뛸 마누라의 등쌀은 해결됐고, 문제는 잃어버린 자존심을 찾는 것인데… 대체 어떤 미친놈이 조용히 살고자 하는 용의 코털을 건드린단 말이냐?"

동정용왕은 자기 안방이나 다름없는 곳에 침입자가 발생했다는 것에 대해 은근히 부아가 치밀었다.

"게 누구 있느냐?"

"예."

"적발귀(赤髮鬼)를 불러라."

사라졌던 대꼬챙이사내가 다시 나타났다.

"부르셨습니까?"

"오냐. 앞장서거라."

"앞장 서다뇨?"

뜬금없는 말에 대꼬챙이사내가 의아한 표정을 지었다.

"어디긴 어디야, 린아의 처소지."

동정용왕은 적발귀를 앞세워 별채에 도착했다.

"대제시여, 해독환을……."

"음……."

동정용왕은 해독환을 받아 한입에 털어 넣고 별채 안으로 들어섰다.

"음……."

동정용왕은 방 안을 세세히 살피다가 잔뜩 미간을 좁혔다.

"보통 놈들이 아닙니다."

동정용왕의 표정을 살핀 적발귀가 목소리에 은은한 긴장을 담아 말했다.

"그렇군. 지독한 독에, 지독한 수법이라……."

시간이 흐를수록 동정용왕의 표정이 딱딱하게 굳어갔다.

그 이유는 방 안에 남겨진 흉수들의 흔적 때문이었다.

두부 자르듯 반듯하게 오려진 월창은 흉수들의 공력을 짐작할 수 있게 했으며, 이부자리 하나 흐트러짐없는 침상은 그들의 재빠른 손속을 말해 주고 있었다. 그리고 흐물흐물 녹아내린 바닥은 그들이 얼마나 지독한 독을 사용했는지 알 수 있었다.

"이봐, 적발귀. 강호 무림을 통틀어 이렇게 움직일 만한 곳이 몇 군데나 되나?"

"이 정도 무공에 이 정도 극독을 갖고 움직일 만한 곳은 몇 군데 없습니다. 게다가 저희 수채에 뛰어들 정도의 간담을 가진 문파라면 더더욱 드물지요."

"그렇지?"

동정용왕 은기륭(殷基隆)의 표정이 한껏 찌푸려졌다.

예로부터 용맹스러운 용이 강을 건넌다고 했다.

작금의 동정수채는 거대 정파 세력들도 함부로 대하지 않는 곳이었다. 그런 자기 수채를 제집 드나들 듯 뛰어들어 사람을 납치해 갈 정도의 세력이라면 아무리 생각해 봐도 세 손가락을 넘지 않았다.

"혹시……."

적발귀가 주저주저한 표정으로 입을 열려 할 때였다.

쾅당탕!

난데없이 문이 왈칵 열리더니 호리호리한 인영이 뛰어들었다.

"엇? 당신이 예까지 웬일이요?"

동정용왕은 갑자기 나타난 인영을 보고 얼굴을 붉혔다.

나타난 인영은 계란형 얼굴에 점점이 주근깨가 박힌 삼십대 후반의 여인이었다.

그녀는 사파의 거대 세력인 백마산장의 딸로서, 이십 년 전부터 동정용왕을 꽉 쥐고 사는 여인네였다. 강호인들은 그녀를 비도요화(飛刀妖花) 나지경(那支景)이라고 불렀다.

"도대체 무슨 일이에요? 무슨 일이기에 비상 타종 소리가 울리고 화준이가……."

비도요화 나지경은 방 안으로 들어서자마자 앙칼진 목소리로 입을 열다가 장내의 모습을 보고는 경악한 표정으로 변해 버렸다.

"리, 린아에게 무슨 일이?!"

"아니오. 아니오. 린아에겐 아무 일도 없소."

동정용왕은 허둥지둥 아내의 눈앞을 막아섰다.

"아무 일도 없다구요? 그럼 이게 도대체 무슨 일이에요? 창문이 왜 부서져 있고 침상은 또 왜……."

"침입자가 있었소. 그러나 당신도 이미 들었겠지만 린아는 화준이랑 외유 준비를 하느라 이 방에 없었소. 그러니 안심하시구려. 그런데 이곳까진 어쩐 일이시오?"

동정용왕은 간신히 아내를 달래며 물었다.

그제야 자신이 찾아온 용건을 기억해 낸 나씨 부인. 도끼눈을 뜨며 동정용왕을 노려봤다.

"도대체 이렇게 어수선한 시국에 애를 외유 보낸다니요? 도대체 당신은 무슨 생각으로……."

동정용왕은 아내가 잔소리를 늘어놓기 전에 먼저 선수를 쳤다.

"그래서 보낸 게요. 듣지 않으셨소? 은거 고수 이야기 말이오."

"듣긴 들었지만……."

"사내는 자고로 강해야 하오. 그래서 이번 조치를 취한 것이오. 더구나 당신이 걱정할까 봐 백경단(白鯨團)의 반을 딸려 보냈소. 그러니 걱정하지 마시오."

백경단이란 백 명으로 구성된 동정수채의 호위 무사들로, 조금 전 은화준과 함께 나타났던 그 흑의의 사내들을 말함이다.

"음… 그렇다면야……."

그제야 나씨 부인이 한풀 꺾였다.

늘 덩치에 걸맞지 않게 유약하기만 한 아들이었다. 더구나 육대 독자이다 보니 두 부부는 쥐면 꺼질까 불면 날아갈까 늘 은화준을 아꼈다. 그러나 그런 애정이 오히려 은화준을 더욱 철부지로 만들었다. 그래서 늘 걱정이었는데, 이번에 드디어 아들이 마음을 고쳐 먹은 모양이었다. 무슨 계기가 있었는지 좀 더 강한 무공을 배우고 싶단다.

그러나 흐뭇하면서도 내심 걱정되는 게 또 어미 된 심정인지라, 나씨 부인은 아들이 떠나자마자 남편이 도대체 무슨 생각으로 아들을 멀리 떠나보내려고 하나 따져 보려고 온 것이었다. 그러나 돌이켜 보니 이 무슨 이율배반적인 생각이란 말인가?

나씨 부인은 얼른 화제를 호혜린에게로 돌렸다.

"그런데 린아가 어째서 내게 인사도 없이 갔을까요?"

"원래 그런 애요. 당신이 아직 그 아이를 잘 몰라서 그래요."

"그럴 리가요."

"아니오. 내 의제의 참변도 있고 해서 그 아이를 유심히 봤다오. 그런데 그 아이의 행실이 보면 볼수록 가관이라… 미주알고주알……."

동정용왕은 얼렁뚱땅 호혜린의 험담을 늘어놓았다.

적발귀는 입에 침을 튀기며 있는 말 없는 말 다 보태 험담을 늘어놓는 동정용왕의 말을 들으며 속으로 웃음을 참느라 혼이 났다.

동정용왕이 누구던가?

이곳 호남과 호북 인근에서는 산천초목뿐만 아니라 물속에 노니는 물고기들까지 벌벌 떠는 신화적인 사람이 아니던가?

그런 그가 유독 아내에게는 쩔쩔매며 변명과 꼼수로 일관하니 웃음이 치민 것이다.

그러나 일견, 동정용왕의 입장이 이해되기도 했다.

수채의 채주들이 으레 그렇듯, 신혼 초야부터 슬금슬금 밤이슬을 밟으며 바람을 피우던 동정용왕. 어느 날 어느 시에 또 한 번 봄바람을 즐기고 돌아오다 나씨 부인에게 들켜 작신나게 두들겨 맞았다. 듣기로는 그녀가 친정에서 데려온 호위 무사, 그것도 사파에서조차 치를 떠는 무시무시한 백마산장의 고수가 동정용왕을 미행한 때문에 들통났다고 전해졌다.

물론, 그 이후로도 동정용왕의 바람기는 식지 않았다. 때문에 나씨 부인의 베갯머리엔 눈물 마를 날이 없었다.

그러나 하늘이 있으면 땅도 있는 법.

나씨 부인이 육대 독자인 은화준을 낳고부터는 형국이 완전히 달라졌다. 그때부터 동정용왕은 바람기를 싹 청산하고 오로지 부인에게만 충성 봉사를 시작한 것이다. 그게 오늘날까지 이어져, 이제 동정용왕은 나씨 부인 앞에만 서면 언제나 고개를 숙이는 남자. 언쟁이 있을 때마다 변명과 꼼수로 상황을 모면하기에 바쁜 신세가 되어버린 것이었다.

동정용왕이 호혜린의 험담을 늘어놓는 것도 바로 그 때문이었다.

동정용왕은 은화준을 막강수채 중 하나인 파양채의 딸과 결혼시키려 정략결혼을 추진 중이었다. 그러나 나씨 부인은 의리를 중시하는 기질이 있어 호혜린과 결혼시키고 싶어했다. 그래서 은화준을 외유 보내 버린 것이고, 호혜린에 대한 이런 저런 말도 안 되는 험담을 늘어놓고 있는 중이었다. 아내가 쌍심지를 켜고 달려드는 날이면 정략결혼이고 뭐고 다 날아갈 판이니…….

좌우간, 제 뱃속에서 낳은 자식이 아닌 다음에야 인물 됨됨이를 속속들이 알 수는 없는 법. 결국 나씨 부인은 긴가민가하는 표정으로 돌아섰다.

"어머, 이게 뭐죠?"

동정용왕이 막 안도의 한숨을 내쉬는 순간, 문밖으로 나서던 나씨 부인이 뾰족한 목소리를 냈다.

"뭐 말이오?"

동정용왕은 아내가 가리키는 곳으로 눈을 돌리다가 문틈에 박힌 은빛 물체를 발견했다.

"음?"

동정용왕은 천으로 손을 감싸고 조심조심 은빛을 뽑아냈다.

흔치 않아 보이는 가느다란 암기였다.

"이럴… 수가……."

은빛 암기를 유심히 살피던 동정용왕의 안색은 어느 순간 흙빛으로 변해 버렸다.

"뭐예요?"

나씨 부인이 조심스레 물었다.

"별것 아니오. 자, 자, 수채의 일은 나에게 맡기고 당신은 어서 들어

가서 쉬시구려.”

동정용왕은 떼밀다시피 하여 나씨 부인을 떠나보내고는 침중한 눈길로 다시 은빛 암기를 살폈다.

“대제시여… 설마, 설마…….”

어깨 너머로 은빛 암기를 살피던 적발귀의 눈빛도 잔뜩 가라앉았다.

두 사람의 긴장된 눈빛이 허공에서 얽히는 순간, 요란한 발자국 소리와 함께 수하 한 놈이 뛰어들었다.

“동정호를 지키시는 대제시여! 급보가 왔습니다.”

헐레벌떡 뛰어들어 온 수하 녀석이 전서구에 달린 쪽지를 건넸다.

과연 동정호는 대단했다.

전 수채에 비상을 건 지 두 시진 만에 첫 보고가 들어온 것이다.

그러나 전해진 소식은 낭보가 아니었다.

“윽!”

쪽지를 읽어가던 동정용왕은 눈을 부릅떴다.

설마설마 하던 추측이 사실로 드러난 때문이었다.

“맙소사! 당가… 사천당가라니! 그들이 왜?”

충격을 받기는 적발귀도 마찬가지였다.

사천당가!

일 보(一步)에 대지를 녹이고 일 수(一手)에 하늘을 무너뜨리는 전설과 공포의 이름.

적발귀는 한참 충격을 받아 멍하니 있다가 정신을 수습했다.

“그들이라면… 파견한 아이들에 대한 새로운 명령을 내려주셔야…….”

그랬다. 사천당가라면 이야기가 달랐다.

어중이떠중이들을 보내서는 피해만 초래할 뿐이었다.

적발귀는 동정수채 최고의 전투 집단인 흑경단(黑鯨團)을 떠올렸다.

"아서라. 말아라. 사천당가라면 자존심을 세우고 자시고 할 계제가 아니다. 본 채의 명운을 걸고 붙느냐 마느냐 고민해야 하는 문제야."

동정용왕은 어느새 차분히 가라앉은 표정이었다.

"그럼……?"

"일단 놈들의 정체를 파악했으니 됐어. 애들을 모두 철수시켜."

"대, 대제시여?"

"그들과 부딪쳐서 득이 될 건 아무것도 없어. 오히려 이번 일을 기화로 그들과 연(緣)을 맺어보도록 하자구."

"연, 연이라굽쇼?"

적발귀는 자기 귀를 의심하며 얼떨떨한 표정을 지었다. 그러나 동정용왕은 당연하다는 표정으로 고개를 끄덕였다.

"그래, 연. 우리에겐 멋진 신부감이 있지 않나?"

"화연 아가씨… 말씀입니까?"

"그래, 그 아이면 어디 내놔도 꿇릴 게 없지. 이번 일을 적당히 핑계 삼아 화연이를 당가에 보내보도록 하지. 혹시 아나? 그 녀석의 미모에 당가 가주의 손자 녀석이라도 덜컥 걸려들지?"

"아이고. 물론… 물론 아가씨라면 오히려 저희들이 손해이긴 합니다만… 그들이 어찌 나올지? 행여 아가씨께 해코지라도 하면 어쩌시려고……."

"해코지? 그들이 말인가? 푸하하하! 제발 그렇게 해보라지!"

"예?"

적발귀는 영문을 몰라 고개를 갸웃거렸다.

"자넨 몰라도 되네. 우하하하하하!"

한참 통쾌한 웃음을 터뜨리던 동정용왕은 특유의 버릇처럼 갑자기 웃음을 뚝! 그치며 정색한 표정으로 빠르게 명을 내렸다.

"쇠뿔도 단김에 빼랬다고, 발 빠른 애들 몇 명을 추려. 무이산(武夷山)으로 보내야겠다."

"무, 무이산 말입니까?"

"그래, 그 아이가 그곳에 있다네. 자세한 위치는 나중에 설명해 줄 테니 일단 아이들부터 뽑아!"

"예."

적발귀는 무슨 영문인지도 모른 채 밖으로 뛰어나갔다.

동정용왕은 침상에 걸터앉아 수하들을 기다리며 회심의 미소를 지었다.

'그분. 그분만 오시면 만사형통이지. 아참! 이럴 게 아니군. 서찰을 써야겠어. 딸아이가 깜짝 놀라 기어코 자기 사부를 모셔올 정도로 멋지게. 후후후.'

동정용왕은 과거, 폭풍우 휘몰아치던 날의 기억을 떠올렸다.

은화연이 한참 코흘리개이던 시절, 호방한 성격답게 폭풍우를 맞으며 술잔을 기울이던 자신의 취미. 그리고 한사코 옷자락을 잡으며 칭얼대는 바람에 함께 데려온 딸아이. 그리고 자신이 한눈파는 사이에 급류로 빨려 들어간 딸아이. 눈앞이 캄캄하고 하늘이 무너지던 그때, 천지를 가르는 환한 빛을 뿜으며 나타난 신비의 절대고수. 더구나 자신이 감히 눈조차 마주치지 못할 정도로 엄청난 미모를 지닌 여고수. 그리고 가슴을 진탕시키던 그녀의 목소리.

"이런 빌어먹을 자식! 아비란 자식이 딸아이도 나 몰라라 한 채 술이나 처먹고 있어? 너, 내가 죽여 버리지 않은 것만 해도 감사히 여겨! 이 아이는 네가 가슴을 치며 반성할 때까지 내가 데려간다.'

그 일을 계기로 그녀의 제자가 된 딸아이. 그리고 몇 번 더 마주칠 때마다 깜짝깜짝 놀랄 정도의 화끈한, 무지막지한 그녀의 성격.
'흐흐흐. 당가야, 당가야, 어디 그분의 성격을 한번 겪어보거라. 그리고 나면 정신이 번쩍 들걸? 그리고 또 그분에게 한번 당하고 나면 내 딸아이가 보배덩어리로 보일 게다. 그런 초절정고수의 제자이니. 흐흐흐.'
동정용왕은 순식간에 딸아이를 이용해 당가와 맺어지게 될 계획을 완성해 버렸다.
과연 그의 의도는 성공할 수 있을까?
좌우간, 그날 새벽.
날개 달린 상어 문장이 그려진 복장을 걸친 수십 명의 사내들이 은화연을 찾아 무이산으로 향했다.

제29장
수룡채, 그 초라한 시작

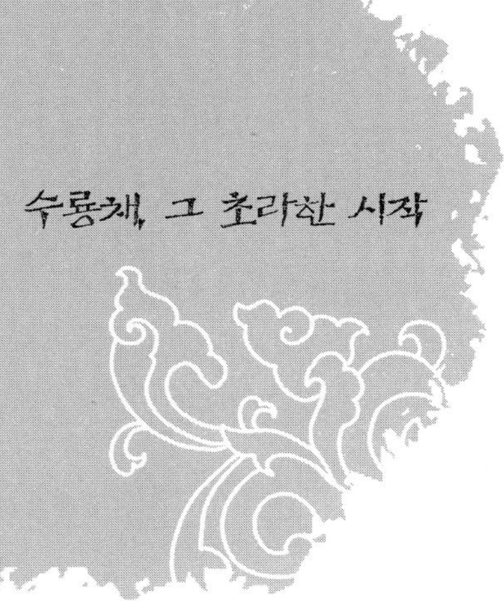

여덟 척의 소선.

그게 수채의 전 재산이었다.

그러나 소삼협의 거센 물살을 뚫고 나가는 사내들에게선 추호라도 좌절하거나 절망하는 모습이 보이지 않았다. 정도의 차이만 있을 뿐, 모두 내일의 희망에 부푼 모습들이었다.

여덟 척의 소선은 적취협을 빠져나와 이끼계곡의 파무협, 거센 물살의 은와탄을 지나 전설의 용문협에서 제사를 올린 후, 백제성 방향으로 계속 뱃머리를 향했다. 그러다가 장강에서 갈라지는 물길이 보이자 오른쪽으로 뱃머리를 틀었다. 여기서부터가 바로 무산과 대파산 자락을 따라 사천 동북부 지역을 흐르는 대녕하의 물길이었다.

촤아아!

물살은 소삼협에 비하면 잔잔한 편이었다. 그러나 대녕하의 물길 따

라 험준하게 뻗은 대파산의 위용은 가뜩이나 작은 소선을 더욱 왜소하
게 만들었다. 그런 사실이 못마땅했던지 사내들은 팔뚝에 울끈불끈한
힘줄을 돋웠다.

삐이걱, 삐이걱!

노질에 따라 산봉우리들이 빠르게 물러났다.

그렇게 한참을 가자 절벽 따라 아스라한 잔도가 펼쳐진다.

곽무한은 이미 한 번 와본 곳이어서 별다른 감흥 없이 혼자만의 생
각에 잠겨 있었다.

출렁이는 물결 따라 얼마나 왔을까?

"다 왔습니다."

굵직한 목소리에 정신을 차리니 몇 척의 배가 정박해 있는 조그만
선착장이 보이고, 그 옆으로 줄줄이 늘어선 가옥들이 보인다.

"모두 하선!"

지렁이의 호령에 따라 모두 배를 선착장에 묶고 짐들을 내렸다.

갑자기 나타난 우락부락한 사내들.

그 모습이 두려웠던지, 호기심으로 몰려들었던 사람들이 일제히 흩
어졌다.

"과연 몇 놈이나 남아 있을지 모르겠군요."

어깨에 커다란 보퉁이를 짊어진 담우치가 달아나는 사람들을 보며
말을 건네왔다.

"수채 건물만 남아 있으면 돼요."

잠시 선착장 주변을 살피던 곽무한은 무표정하게 대답해 주고는 앞
만 보고 걸었다. 자신과 눈이 마주치자마자 흉신악살을 대한 듯 급급
히 눈을 돌리는 사람들 때문이었다.

‘역시 세상은 우릴 반기지 않아.’

어릴 적에 겪었던 세상 인심이 다시 떠올랐다.

곽무한은 왠지 모를 자괴감이 들어 걸음을 빨리했다.

한시라도 빨리 ‘일반인들의 세상’ 을 벗어나고 싶었다.

그러나 휘하의 수적들, 특히 장직 일당은 모두 신이 났다.

“이 자식들. 눈깔 안 돌려!”

적호채에서 전전긍긍 숨어 지내다가 모처럼 기가 산 것이다.

그렇게 저렇게 걷다 보니 어느새 대녕채 입구에 도착했다.

“이런 젠장!”

입구를 들어서자마자 담우치가 먼저 욕을 내뱉었다.

적호채에 파견 갔다가 몇 달 만에 되돌아온 대녕채.

엉망도 이런 엉망이 없었다.

남아 있는 사람은 고사하고 기둥부터 서까래까지 온전한 게 없었다.

마치 떼도둑이라도 몰려와 한바탕 쓸고 간 것 같았다.

곽무한 역시 순간적으로 씁쓸한 기분이 들었다. 그러나 이내 안색을
회복했다.

“뭣들 그렇게 서 있어? 어차피 예상했던 일 아닌가? 들어가자구!”

곽무한이 먼저 걸음을 옮기자 모두 마지못한 표정으로 뒤를 따랐다.

그러나 안으로 들어갈수록 상황은 더 참혹했다.

쌀 한 톨은커녕 보리 한 줌조차 남아 있는 게 없었고, 사방은 거미줄
천지에다 각종 오물과 먼지로 뒤범벅이었다. 도대체 어디에서부터 손
을 대야 할지 모를 지경이었다.

그러나 곽무한은 허물어져 내린 대청을 보며 오히려 의욕에 불탔다.

‘그래. 차라리 이게 나아. 처음부터 하나하나 새로 만들어 나가는

거야.’

곽무한은 주먹을 불끈 쥐며 수하들에게 고함을 질렀다.

“뭣들 하나? 누군가가 꽃가루를 뿌리며 우리를 영접할 줄 알았나? 모두 짐들을 풀어!”

우렁찬 고함 소리로 수하들을 다그친 곽무한은 살아남은 이들 중 최고참인 지렁이와 담우치를 따로 불렀다.

“조를 나눠서 각자 구역을 맡아! 식사 후 곧바로 보수 공사에 들어간다!”

“식사 후 곧바로 입니까? 알겠습니다.”

담우치는 즉각 허리를 숙였다. 그러나 지렁이는 고개를 갸웃거렸다.

“조금 있으면 날이 저문다네. 차라리 오늘은 모두에게 편안한 휴식을…….”

아쉽게도 지렁이는 말을 맺지 못했다.

퍽!

쿠당탕!

“크억!”

지렁이는 번개같이 내지른 곽무한의 주먹에 맞아 땅바닥을 굴러야 했고 차가운 목소리를 들어야 했다.

“내 말이 곧 법이야. 토 달지 마!”

지렁이는 순간적으로 눈썹을 꿈틀거리다가 곧 안색을 풀고 자리에서 일어났다.

“알겠… 소.”

지렁이는 번쩍이는 곽무한의 눈빛을 보자 도저히 반말로 대답할 수 없어 반공대를 했다. 그리고는 곧바로 등을 돌려 수하들의 조를 나누기 시작했다.

"모두 움직이자구, 어서!"

사내들은 불을 뿜는 듯한 곽무한의 기세에 놀라 모두 허겁지겁 몸을 움직였다. 그리고 잠시 후,

"하나, 둘, 셋! 모두 당겨!"

"이봐. 그쪽이 아니라 이쪽부터라니깐!"

쿵쩍, 쿵쩍!

와르르르!

뚝딱, 뚝딱!

폐허 직전이던 대녕채에는 밤늦도록 도끼질 소리, 망치 소리로 요란했다.

채는 열흘 정도가 지나자 그럴듯한 모양새를 갖췄다.

건물과 담장을 포함해서 약 오백 평 정도인 본채의 배치 구도는 간단했다.

건물 자체가 과거 이곳의 부호였던 집안을 빼앗았던 곳이라 따로 손대고 말고 할 것 없이 그냥 남북으로 쭉 뻗은 일직선형 구조를 그대로 활용했다. 그래서 중앙을 전체 연무장으로 쓰고, 맨 안쪽에 채주인 곽무한의 처소와 회의실, 부채주 격인 담우치와 지렁이의 처소를 배치했다. 그리고 담장을 따라 출입구 쪽으로 나오면서 양편에 병기고와 창고, 수하들의 처소를 만들었고, 이중문 사이, 즉 본채로 들어서는 입구와 연무장으로 들어서는 입구 문 사이에는 마사(馬舍)를 두었다.

그리고 다행히도 이중문 사이, 정확히는 마사 반대편에 대녕하로 통하는 수로가 연결되어 있어, 그곳에 나무를 더 심고 수풀로 위장을 하

여 간이 선착장을 만들었다. 물질하러 나갈 때 소선들의 출동을 보다 쉽게 하기 위해서였다. 물론 나중에 중선급의 배가 생긴다면 그것들은 공간이 모자라니 어쩔 수 없이 마을 앞의 주 선착장에 두어야 하리라.

후원에는 개인 연공실을 만들었다. 그리고 만약의 사태에 대비해 대파산으로 향하는 통로도 만들었다.

그렇게 본채 건물 공사가 대충 마무리되자 곽무한은 수채의 이름을 바꾸기로 결심했다. 이미 망해 버린 수채의 이름을 언제까지고 이어갈 필요는 없었기 때문에. 그러나 혼자서 아무리 끙끙거려 봐도 적당한 이름이 생각나지 않자, 곽무한은 수하들에게 이름을 공모했다.

"채의 이름을 한번 지어들 보시오."

의외로 좋은 이름이 나왔다.

"수룡채(水龍寨) 어때요?"

내심 장강의 전설을 생각하고 있던 담우치의 의견이었다.

"수룡채? 와! 그것 좋은데?"

만장일치였다.

곽무한도 마음에 들었다. 그래서 수채 이름은 수룡채로 하기로 했다.

"이왕 할 바에야 확실히 합시다. 문장(紋章)도 만들지요. 황어로 하렵니다."

곽무한은 수채의 표식으로 황어를 택했다.

이왕 수채의 이름에 용이 들어가니, 어릴 적부터 들은 엄마의 말을 떠올려 황어로 문장을 삼은 것이다. 직인은 혈뢰도의 황금 손잡이 끝, 거기에 황어를 새겨 넣어 찍기로 했다.

"그러면 아예 채의 신물(信物)도 정하지요. 채주님이 지니신 그 황금빛 도로 하지요."

채의 신물까지 정했다. 그리고 마지막으로 조직 구성을 했다.

조직은 당분간 두 개 조로 나뉘어 운영키로 했다.

인원이 많지 않아 더 이상 나누기도 뭣한 까닭이었다.

"와아! 드디어 뭔가 시작하는 기분이야!"

수채 이름과 문장, 신물과 조직 구성까지 정해지자 모두들 환호성을 터뜨렸다. 곽무한 역시 마찬가지였다. 이제 정말로 재건을 위한 첫발을 디딘 기분이 들었다.

수채 이름과 조직 구성이 끝나고 세부 공사까지 마무리된 어느 날.

"으음……."

곽무한은 곤혹스런 표정으로 대청을 거닐었다.

무너진 수채에서 박박 긁다시피 가져온 자금이 드디어 바닥을 보이고 있었기 때문이다.

'그냥 도를 팔아버려?'

신물이야 바꾸면 되니, 답답한 심정에 도를 팔 생각까지 해봤다.

손잡이가 황금으로 되어 있으니 값이 엄청 나갈 것 같았다. 그러나 곽무한은 이내 고개를 내저었다.

'하다하다 안 되면 그때 팔자. 이 도는 채의 신물이니… 다른 방도를 생각해 보자.'

한참을 고민하던 곽무한은 하나의 생각이 떠올라 담우치를 따로 불렀다.

"같이 가볼 곳이 있소."

곽무한은 담우치와 함께 마을로 갔다.

대녕하는 알다시피 삼협의 물산이 모이는 무산과 이어지는 항구다.

그 덕분에 인근에서 가구 수도 제법 많은 축에 들었고, 자기 배를 가진 선주들도 많았다.

곽무한은 담우치에게 물어 마을에서 가장 영향력이 큰 선주를 찾았다.

마을 한복판의 거대한 장원.

곽무한은 하인들의 안내를 받아 흰 수염 노인네와 다탁을 마주했다.

"어서 오시오. 장(張)가라고 하오."

"수룡채에서 왔소이다."

수인사가 오고 갔다. 그리고 두 사람 사이에는 한동안 조용한 침묵이 흘렀다. 장씨 노인은 별로 할 말이 없어서, 곽무한은 무슨 말로 운을 떼야 할지 몰라서였다. 때문에 곽무한의 등 뒤에 시립하고 선 담우치만 안절부절 속을 끓이고 있었다.

'저 빌어먹을 노인네. 분명히 우리가 온 목적을 잘 알고 있을 텐데. 예전에 나와 얼굴 마주친 게 몇 번인데 이제 와서 딴청이야? 젠장.'

담우치는 속으로 투덜대며 곽무한 몰래 몇 번 장 노인에게 눈알을 부라렸다. 그러나 장 노인은 수염을 가다듬으며 짐짓 딴청이었다.

'어이구. 답답해. 나 같음 그냥 칼로 위협하고 말겠구만.'

담우치는 침묵만 지키고 있는 곽무한이 너무 답답해 보였다.

그냥 수적답게 칼로 위협하면 제꺽 돈을 토해놓을 텐데, 쉬운 방법을 두고 왜 고민하는지 이유를 알 수 없었다.

그러나 곽무한은 따로 생각이 있었다.

힘으로 뺏는 것은 갈취하는 것이나 다름이 없다는 생각이 들었다.

그러면 다음번에도 또 억지로 돈을 뺏어야 하고. 그런 악순환이 계속되면 결국에는 뺏는 건 자신들이지만, 왠지 칼 든 강도가 아니라 칼 든 거지 같다는 생각이 들었다. 그리고 힘으로 뺏는 것은 원성밖에 돌아올 게 없다는 데 생각이 미쳤다.

지금의 수룡채는 자기까지 포함해서 고작 스물여덟 명이 다였다.

만에 하나, 인심을 잃어 이들이 관군에 고변이라도 하는 날이면 그 날로 수룡채고 나발이고 단번에 풍비박산날 것이다. 그러니 힘으로 윽박지르는 것은 재건을 꿈꾸는 수룡채의 앞날에 바람직하지 않았다.

그리고 그보다 더 중요한 것은, 곽무한은 인심을 얻고 싶었다.

그냥 수적이 아닌 호걸이고 싶었다.

한참 눈싸움만 하던 두 사람.

목마른 사람이 샘을 판다고, 결국 곽무한이 먼저 입을 열었다.

"아시겠지만, 이제 이곳에는 두 개의 법이 생겼습니다. 낮의 법과 밤의 법이 바로 그것이지요."

장 노인의 수염이 순간적으로 살짝 떨렸다.

곽무한은 계속 말을 이었다.

"밤의 법은 저희가 다스리지요. 그러나 저는 막무가내 식으로 윽박지르는 것은 싫습니다. 정당한 보호자가 되고 싶습니다. 그대들에게 가장 힘든 게 뭡니까? 그걸 해결해 주고 보호세를 청하겠습니다."

노인은 눈썹을 꿈틀거렸다. 그리고 천천히 입을 열었다.

"가장 힘든 건 세금이오. 관리들에게 뜯기는 세금. 당신 같은 사람들에게 뜯기는 세금."

담우치는 뺨을 씰룩였다.

'저 빌어먹을 노인네가 감히 어느 안전이라고!'

당장에라도 발작하고 싶었지만 곽무한이 있는 자리다. 그러니 이마에 핏줄만 팍팍 그려댈 뿐 다른 방도가 없었다.

"세금이라… 세금……."

곽무한은 노인의 말을 한참 음미했다. 그리고 답을 찾아냈다.

곽무한은 다 식어버린 차를 한입에 후루룩 털어 넣으며 물었다.

"세금을 낮춰 드리겠습니다. 그러면 그 차액을 주시겠습니까?"

차액? 담우치로서는 도무지 알 수 없는 소리였다.

그러나 늙은 생강답게 장 노인은 알아들었다.

"그렇게만 된다면 당연히!"

"약속하셨습니다."

"그렇소. 약속했소."

두 사람 사이에 선문답이 오갔다.

"그럼 오 일 후에 들르겠습니다."

"기다리지요."

인사도 오갔다.

"도대체 무슨 말을 나누신 겁니까?"

담우치가 고개를 갸웃하며 물었다.

곽무한은 대답 대신 빙긋 미소만 지어 보이며 걸음을 재촉했다.

'세금을 낮추다니… 도대체 무슨 말이야? 돈을 적게 받겠다는 말인가? 서로 돈을 주고받지 않았으니 그건 아닌 것 같은데? 도대체 무슨 소리지?'

담우치는 잠시 두 사람의 대화를 되새겨 봤다. 그러나 아무리 머리를 굴려봐도 도저히 알 수가 없었다. 그래서 더 이상 생각하기를 포기하고 어느새 멀어져 버린 곽무한의 뒤를 얼른 따라갔다.

곽무한은 후원을 거닐며 고민했다.

과연 어떤 방법을 써야 뒤탈없이 관의 세금을 낮출 수 있을까 하는 게 고민된 것이다.

'그냥 밤에 현청으로 뛰어들어 가 지현(知縣:정칠품 관직) 나리를 협박해?'

별로 그럴싸한 방법 같진 않았다. 수적답게 관아를 뒤엎고 지현 나리를 죽인다손 치더라도 후임자가 오면 말짱 도루묵. 또다시 그 나물에 그 밥이다. 그러니 피를 보는 과격한 방법은 쓸 수가 없다.

"에라! 가서 생각하자!"

한참을 고민해 봐도 별 뾰족한 수가 나지 않자 곽무한은 밤이 이슥하기를 기다려 복면을 쓰고 현청으로 갔다.

부엉. 부엉.

처량한 소리로 우짖는 부엉이가 자신의 심사를 알아주는 것 같았다.

지현 나리의 관저.

순라꾼들이 지나가자 곽무한은 관저 지붕 위로 바람처럼 날아올랐다.

스스슷!

소리없이 월창을 오려내고 방 안으로 들어서니 배불뚝이 지현 나리는 벌써 한잠이 들었다.

곽무한은 천천히 지현 나리의 머리맡에 다가섰다.

'그냥 칼을 갖다 대서 깨워? 혹시나 심약한 놈이라 고함을 지르면 어쩌지?'

곽무한은 이 궁리 저 궁리하다가 지현 나리의 공포심을 자극하기로 결정했다. 결심이 섬과 동시에 곽무한은 밖으로 나갔다.

이히힝. 푸르릉.

멀리서 애처로운 비명 소리가 들리나 싶더니 곽무한이 돌아왔다.

'제기랄. 이런 짓까지 해야 하다니…….'

곽무한의 손에는 피가 뚝뚝 떨어지는 말 머리가 들려져 있었다.

곽무한은 마뜩찮은 표정으로 지현 나리를 노려보다가 도를 휘둘렀다. 그러자 신기한 일이 벌어졌다.

스스슷!

곽무한이 휘두른 도는 한참 단잠에 빠져 있는 지현 나리의 털끝 하나 건드리지 않고 그의 배불뚝이 몸매를 따라 침상만 샥! 도려냈다.

만약 자고 있던 침상이 도려지면?

쿵!

지현 나리는 바닥으로 떨어지는 충격에 부스스 잠에서 깨어났다.

"아우움. 뭐야?"

누구나 잠에서 깨어나면 시야가 좁아진다. 더구나 캄캄한 밤중, 침상 아래로 처박힌 지현 나리야 말해 뭣 하랴?

"헉! 마, 말 귀신, 말 귀신이다!"

지현 나리는 자기 코앞에 들이밀어진 물체, 피가 뚝뚝 흘러내리는 말 머리를 보고는 숨조차 제대로 쉬지 못했다.

"네가 지금 거두고 있는 선박세를 반으로 낮춰라. 사흘의 말미를 주마. 만약 사흘 안에 세금을 반으로 낮추지 않으면 지금 누운 자리가 바로 네 무덤이 될 것이다!"

곽무한은 으스스한 목소리로 경고했다.

그러나 쓸데없는 짓이었다.

"말 귀신. 말 귀신이 말을 한다아아아!"

지현 나리는 곽무한이 말하는 도중에 이미 거품을 물며 뒤로 까무러치고 말았다.

"이런 빌어먹을!"

확답도 제대로 받지 못했는데 벌써 기절해 버리고 말다니?

정말 빌어먹을 일이었다.

"제기랄. 이럴 줄 알았으면 말을 잡고 자시고 할 것도 없이 곧바로 칼을 들이대는 건데……."

후회는 아무리 빨라도 늦는 법.

벌써 들통이 났는지 밖이 시끄러웠다.

"비명 소리가 들렸다! 지현 나리의 처소다!"

"헉? 말이 죽어 있어! 자객이다. 자객을 잡아라!"

사방에서 불빛이 어른거리고 요란한 발자국 소리가 들려왔다.

곽무한은 한참 동안 아쉬운 표정으로 서 있다가 지현 나리가 기절해 있는 침상, 오려진 부위로 말 머리를 툭! 던져 버리고는 몸을 돌렸다.

다음날 아침.

수많은 의원들이 다녀가고 난 뒤 지현 나리는 겨우 의식을 차렸다.

"말이, 말이 말을 했어. 정말이야……."

그러나 한동안 헛소리를 해대며 몸을 떨었다.

"나리, 이 세상에 귀신이 어디 있습니까? 어이쿠!"

모시던 상관이 계속 헛소리를 해대자 밑에 있던 아전 녀석들이 제딴엔 위로라고 한마디씩 거들었다. 물론 끓는 불에 기름 붓기라, 오히려 묵사발나게 터졌다.

"나리, 그게 다 공무에 몰두하시느라 기가 약해져서 그렇습니다. 이 기회에 보양을 좀 하시고, 정 뭣하시면 굿판이라도……."

혓바닥 부드러운 아전의 말은 통했다.

지현 나리는 그 말을 듣자마자 진수성찬을 차리라 이르고, 용하다는 점쟁이는 모두 불러 성대한 굿판을 벌였다. 그리고 그게 효험이 있었던지, 다음날 지현 나리는 자리를 박차고 일어났다.

'이게 다 내 마음이 약한 탓이야. 최근 들어 세금이 너무 과하지 않나 마음을 쓰다 보니 일어난 일이라구. 이 기회에 마음을 다잡기 위해 세금을 확 올려 버리자!'

아직도 침상을 흥건히 적시던 핏물이 눈앞에 생생했지만, 지현 나리는 스스로 악몽을 꿨다고 생각하고는 독하게 마음을 먹었다. 그리고 선박세를 이전보다 더 올리겠다고 포고령을 내렸다.

"하! 이런 경우가 있나?"

곽무한은 기가 막혔다.

나름대로 부드럽게 풀려고 했던 방법이 오히려 상황을 악화시켜 버렸다.

"그렇다고 관아로 쳐들어갈 순 없고… 미치겠군."

곽무한은 다시 고민에 휩싸였다.

그러다가 우연히 좋은 방법을 하나 떠올렸다.

고민하며 도를 휘두르다 속도에 못 이겨 뒤늦게 떨어지는 나무를 보고 번쩍 떠오른 생각이었다.

다음날 아침.

곽무한은 수하들을 불러 모았다.

"놈의 일과를 알아내."

간단한 명령이었지만 이행하기엔 결코 쉽지 않은 명령이었다.

지금 관아에는 초비상이 걸려 있었기 때문이다.

그러나 수룡채 채주가 되고 난 이후에 처음으로 내리는 공식 명령이어선지 수하들은 용케 몇 가지 정보를 빼내왔다.

그날 저녁. 곽무한은 다시 관아로 잠입했다.

"나으리, 이제 퇴청하십니까?"

"오냐."

지현 나리는 구십 도로 허리를 꺾는 칠복이란 놈에게 의관을 넘겨주고는 땅이 꺼져라 한숨을 내쉬었다.

"휴우. 이런 빌어먹을 동네……."

지현 나리가 한숨을 쉬는 이유는 오늘 받은 한 통의 편지 때문이었다. 편지를 보낸 이는 함께 전시(殿試)에 붙은 동기 녀석으로, 지현 나리와 같은 하급 현의 지현이었다. 그런데 녀석이 이번에 상급 현으로 승진했다며 편지를 보내온 것이었다. 그러면서 마지막에 덧붙인 말이, 집안의 먼 친척 되시는 분이 중앙의 고관으로 계시는데, 자기처럼 승진할 생각이 있으면 소개를 해줄 테니 성의를 보이라고 했다.

성의란 다름 아닌 돈.

녀석은 친절하게도 원하는 액수를 적어 보냈는데 이만저만한 금액이 아니었다.

"제기랄. 이 좁은 동네에서 어떻게 그만큼 뽑아낸다? 그것도 석 달 이내에."

이곳은 하급 현답게 부자가 드문 동네였다. 그러니 돈을 걷기가 만만찮았다.

“방법은 쥐어짜 내는 수밖에 없습니다. 욕이 배 따고 들어옵니까? 그냥 앞뒤 가리지 마시고 막 거둬들이십시오.”

늘 입 안의 혀같이 좋은 말만 해주는 아전 녀석의 말이 생각났다.

‘그래, 어쩔 수 없어. 이 좋은 기회를 놓치면 땅을 치며 후회하게 될 거야. 내가 먼저 살고 봐야지, 무지렁이 백성들 따위야 생각할 필요가 뭐 있나?’

지현 나리는 그렇게 마음의 결정을 내리고 방문을 열었다.

그런데 바로 이때,

와르르!

갑자기 천장이 무너져 내렸다.

“헉! 이게 무슨 일이야?”

다행히 다치진 않았다.

놀란 가슴을 진정시키고 보니, 떨어져 내린 천장은 누군가가 칼로 오린 듯 촘촘하게 잘려져 있었다.

“자, 자객? 여봐라! 게 누구 없느냐?”

지현 나리는 며칠 전의 일이 생각나 가슴이 철렁했다.

“아무도 없는뎁쇼?”

수하들을 풀어봤지만 오리무중이다.

“음. 알았다. 날이 밝거든 대대적인 수색을 해봐야겠다.”

지현 나리는 불안한 마음에 수하들을 몽땅 불러 불침번을 세운 뒤 겨우 잠을 청했다.

다음날 아침.

지현 나리는 수하들의 호위를 받으며 관청으로 출근을 했다.

그런데 돌계단을 지나 대청으로 올라서는 순간,

와지끈!

이번엔 대청 바닥이 꺼져 버렸다.

뛰는 가슴을 겨우 진정시키고 보니 역시나 예리한 칼자국이 보인다.

"도대체 어떤 놈이?!"

지현 나리는 가슴이 덜컥해 아전들을 불렀다.

"나으리. 이게, 이게 어찌 된 일입니까?"

집무실에 들어온 아전 녀석들은 사색이 되어 연신 고개를 조아린다.

지현 나리는 허둥대는 수하들을 보자 더욱 화가 치밀었다.

"이놈들! 눈으로 보고도 모르느냐? 자객이다, 자객! 관청에 자객이 들다니, 이게 도대체 말이나 되는 소리냐!"

지현 나리는 있는 호통 없는 호통 마구 질러댔다. 바로 그 순간,

와르르!

또 천장이 무너져 내렸다.

"어이쿠! 사람 살려!"

지현 나리는 어찌나 놀랐던지 자기도 모르게 얼른 책상 밑으로 몸을 숨겼다.

"으아아! 자객이 들어왔다! 뭣들 하느냐? 모두 자객을 잡아라!"

지현 나리의 닦달이 아니더라도 이미 공포에 질린 아전들. 모두 이리 뛰고 저리 뛰며 수하들을 불러 사방을 수색케 했다.

그러나 관아 곳곳, 하다못해 쥐구멍까지 수색해 봤지만 자객의 모습은 그 어디에도 보이지 않았다.

"무서운 놈입니다. 밤에 미리 들어와 천장을 오려놓았군요. 그리고 나리께서 호통을 치실 때, 공기의 진동을 이용해 떨어져 내리게 한 것

같습니다.”

사방을 수색하다가 마지막으로 천장을 살펴본 포두(捕頭)가 긴장된 표정으로 말했다.

“으으으. 도대체 어떤 놈이?!”

지현 나리는 몸이 오싹해 왔다.

피 묻은 말 귀신이 다시 떠올랐고 말 귀신의 흉흉한 목소리도 다시 아른거렸다.

“어쩌지? 이 일을 어쩌면 좋지?”

지현 나리는 공포에 질려 이빨만 딱딱 떨었다.

바로 그때 형방(刑房)을 맡고 있는 아전 녀석이 나섰다.

“나리, 이 방법을 쓰시면 어떻겠습니까?”

형방 녀석의 말은 이랬다.

어차피 자객을 고용했다면 관아에 불만을 가진 자들의 소행.

그렇다면 며칠 전 사건으로 미루어 배를 가진 선주들일 확률이 높으니 마을의 유지들을 족치자고 했다. 매에는 장사가 없다고, 어느 놈이든 불게 되어 있다는 이야기였다. 그렇게 하면 좋은 점이, 이번 일을 사주한 자를 잡게 될 뿐만 아니라, 덤으로 겁에 질린 유지들의 돈까지 뜯을 수 있다는 이야기였다.

“오! 묘안이로다! 정말 묘안이로다!”

가뜩이나 이번 자객 건 말고도 승진 준비 자금이 고민되던 지현 나리, 그야말로 도랑 치고 가재 잡는 방법이라 안색이 금방 환해졌다.

“그럼 나리께선 일단 저희 집에 숨으시고…….”

그 이후로 이야기는 일사천리로 전개됐다.

그날 오후.

조그만 선착장을 낀 마을, 대창현에는 한바탕 난리가 났다.

육모 방망이를 든 포졸들이 마을 전체에 쫙 깔리는가 싶더니 선주들뿐만 아니라 돈있고 명망있는 유지(有志)들은 몽땅 관아로 끌려갔다.

졸지에 살인 교사 혐의로 끌려온 마을 유지들은 관아에 들어서자마자 모두 혼백이 달아났다.

"이 천하의 흉악한 놈들! 네 죄를 네가 알렷다!"

보이느니 시퍼런 칼 빛과 형구(刑具)들이요, 들리느니 엄포에 호통이다. 그러니 평생 손에 물 한 방울 묻혀보지 않는 노인네들이 이런 험악한 분위기를 어찌 견딜까?

"아이쿠! 나리. 날벼락도 이런 날벼락이 어디 있소? 억울하오! 억울하오! 제발 저희들을 굽어 살펴주오."

노인네들은 저마다 손을 떨며 돈주머니 열기에 바빴다.

지현 나리는 쏟아져 들어오는 은자를 보며 입이 함지박만해졌다. 그러다가 대충 은자를 걷었다고 생각되자 이젠 현실적인 걱정이 들어 머리가 지끈거려 왔다.

"그대들의 성의는 접수하겠다만, 결정적인 게 부족해. 도대체 어떤 놈이 본관의 목숨을 노린단 말이냐? 그 정보를 제공해 주기 전에는 그대들을 풀어줄 수가 없다."

"아이고, 아이고!"

지현 나리의 엄포에 관아 앞마당은 순식간에 곡소리로 뒤덮였다.

그도 그럴 것이, 가뜩이나 기력이 쇠잔해 오늘내일하는 노인네들에게 범인이 잡힐 때까지 옥살이를 하라는 말은 그냥 죽으란 말과 진배없었다.

그 엄포가 통했을까?

결국 한 노인이 일어났다.

꼬장꼬장해 보이는 얼굴에 온통 흰 수염을 단 노인, 대창현 선주들의 대부 격인 장 노인이었다.

"혹시 그가 아닐까 싶습니다만……."

장 노인은 주저주저한 목소리로 곽무한과 나눴던 이야기를 고했다.

"오오! 그놈이다!"

장 노인의 이야기를 듣자마자 지현 나리는 감이 딱! 왔다.

드디어 잡았구나 싶은 생각에 신이 난 지현 나리, 준엄한 목소리로 명을 내렸다.

"모두 무기를 들어라! 그리고 당장 가서 놈을 잡아와라!"

"존명!"

명이 떨어지자마자 창검을 든 수십 명의 포졸들이 움직였다.

한때 무림에서 놀았다는 곽 포두의 인솔 하에 포졸들은 빠른 걸음으로 수룡채로 향했다.

마을의 유지들이 모두 잡혀갔다는 소식은 수룡채에도 전해졌다.

"잠시 몸을 피하시는 게 어떻겠습니까?"

사실 싸우기로 마음만 먹으면 이런 작은 마을의 현청쯤이야 한 끼 해장거리도 안 된다. 그러나 수채의 안녕 때문에 관과의 부딪침을 피하고 있다는 걸 알게 된 담우치가 곽무한에게 권했다.

그러나 곽무한은 예상 밖으로 고개를 내저었다.

"아니, 차라리 잘됐어. 역시 사람은 평소 성격대로 하는 게 나아."

곽무한은 미소를 지으며 포졸들을 기다렸다.

그렇게 얼마나 기다렸을까?

해가 석양빛을 뿌릴 즈음,

쿵, 쿵, 쿵!

"너희들은 모두 포위됐다! 모두들 무릎을 꿇고 오라를 받아라!"

드디어 본채 입구에서 요란한 소리가 났다.

수룡채 수적들은 어찌할까 하는 표정으로 서로를 돌아봤다. 이때 연무장 한가운데에서 가부좌로 앉아 있던 곽무한이 입을 열었다.

"꽤나 시끄럽군. 문을 열어줘!"

곽무한의 눈짓에 따라 육중한 입구 문이 열렸다.

"와아아!"

문이 열리자마자 창검을 든 포졸들이 서로 앞을 다투며 연무장으로 몰려왔다. 그러나 본채로 들어선 포졸들은 주변을 둘러보다가 일제히 얼어붙고 말았다. 그 이유는, 이곳의 정경이 자기들이 예상한 것과는 전혀 차원이 달랐기 때문이다.

가장 먼저, 무시무시한 눈빛의 사내 하나가 연무장 중앙에 떠억 하니 앉아 자기들을 쳐다보고 있었고, 그를 중심으로 저마다 얼굴에 한칼씩 먹은 흉한들이 팔짱을 낀 채 자기들을 노려보고 있었다.

그러나 그것뿐이면 그나마 다행이다.

뭔가 알 수 없는 느낌, 끈적끈적한 공기가 이곳 연무장 주변에 가득 흐르고 있었기 때문이다.

'살기… 살기다!'

곽 포두는 그 느낌의 정체를 알아챘다.

'도대체 어디에서?'

곽 포두는 살기의 진원지를 찾으려 고개를 돌리다가 중앙의 사내를 보고는 흠칫! 굳어버렸다.

숨 막히는 살기, 그 느낌의 진원지는 바로 연무장 중앙에 가부좌를 틀고 앉아 있는 육 척 체구의 사내였다. 부리부리하게 뜨고 있는 그의 눈빛에서 흘러나오는 기파였던 것이다.

곽 포두는 이를 악물었다.

"오, 오라를… 오라를……."

놈의 기세가 어떻든 관리된 입장으로 공무를 집행해야 했다.

그러나 수치스럽게도 목소리가 떨려 나왔다.

남몰래 얼굴을 붉히는 순간, 사내의 눈빛이 휙! 날아왔다.

'으윽!'

곽 포두는 신음을 삼키며 얼른 고개를 돌려 버렸다.

사내와 눈이 마주치는 순간, 동공이 파열되는 것 같았기 때문이다.

그런데 바로 이때, 설상가상으로 도저히 얼굴을 들지 못하게 만드는 목소리들이 들려왔다.

"에계? 이게 뭐야? 고작 서른 명?"

"하, 참나. 이것들이 죽으려고 단체로 약을 먹었나?"

소리의 주인공은 저마다 팔짱을 끼고 있는 흉한들이었다.

그들은 모두 기가 막힌다는 표정으로 한마디씩 던지고 있었다.

곽 포두는 몰려드는 수치감에 쥐구멍이라도 찾고 싶었다.

포졸들 역시 마찬가지였다.

모두 사내들의 위세에 기가 질려 찍소리도 못한 채 창을 든 손만 벌벌 떨고 있었다.

'으으. 모두 보통 놈들이 아냐. 이 일을 어쩌나?'

곽 포두는 이 난국을 어찌할까 싶어 전전긍긍했다.

그런데 바로 이때,

"오라를 주시오. 출두하겠소."

구원의 목소리였다.

곽 포두는 자기 귀를 의심했다.

"아니, 채주? 정말 혼자 가시겠다는 겁니까?"

사내들 역시 마찬가지였다.

"걱정들 마, 금방 다녀올 테니."

곽무한은 마치 뒷산 유람 가듯 말하며 일어섰다.

"가지."

"예? 예. 가, 가시지요."

주객이 전도되어 버렸다.

곽 포두는 오라를 어떻게 맸는지 모를 정도로 당황하며 곽무한을 안내했다.

그 때문인지 결국 모양새가 이상해져 버렸다.

저벅. 저벅.

우르르!

자객 용의자인 곽무한은 굴강한 어깨를 흔들며 당당히 걷고 있는 반면, 포졸들은 모두 기죽은 표정으로 곽무한의 뒤만 졸래졸래 따라갔다.

어스름이 깔린 현청.

벌겋게 타오르는 횃불이 형틀을 중심으로 켜져 있고, 어른거리는 불빛이 둘러선 사람들의 그림자를 비쳤다.

"어흠. 어흠."

대청마루 위, 태사의에 비스듬히 몸을 기댄 지현 나리.

돼지 꼬리같이 말린 수염을 쓱쓱 쓰다듬으며 좌우를 둘러봤다.

눈 아래 돌계단 좌우에서 초롱초롱한 눈빛으로 자신을 우러러보고 있는 서리와 비장(裨將), 육방관속들. 그리고 곤장을 세운 채 뚫어져라 자기 입만 주시하고 있는 집장사령들, 그리고 한쪽 구석에 앉아 겁에 질려 있는 유지들.

'흐흐흐. 이게 바로 권력의 맛이리라.'

절로 어깨에 힘이 들어가고 턱이 위로 솟구친다.

잔뜩 거드름을 피우며 흐뭇한 표정으로 시선을 옮기던 지현 나리.

그러나 어딘가에 이르러서부터는 와락! 눈살을 찌푸렸다.

천신이 내려준 위엄도 몰라보는, 그래서 심기를 불편케 하는 놈들 때문이었다.

'저 흉악무도한 놈과 저 밥통 같은 놈들.'

흉악무도한 놈이란 목과 팔다리에 칼과 차꼬를 찬, 그래서 중죄인임이 틀림없어 보이는 사내를 일컬음이다.

행색으로 보나 처지로 보나 놈은 몸을 떨며 겁에 질려 있어야 정상임에도 목을 꼿꼿이 세우고 있다. 그래서 기분이 나빴다.

밥통 같은 놈들이란 한쪽 구석에 서 있는 포졸들이다.

어째 잡아온 놈들이 오히려 잡혀온 놈 같다. 피죽도 안 먹었는지 모두 파리한 안색에 몸을 배배 꼬며 기가 죽어 있다.

좌우간 조금 불쾌하고 이상한 기분이 들긴 했지만, 지현 나리는 근엄한 표정으로 한껏 좌우 볼 살을 늘렸다.

위엄은 보일 만큼 보였으니 이제는 권위를 행사해야 할 시간.

권위란 다름 아닌 고문과 함께하는 심문이다.

"네 이놈! 네 죄를 네가 알렷다!"

지현 나리는 흐뭇함과 오만함으로 죄인의 반응을 살폈다.

“…….”

그러나 기대했던 반응은 없었다.

놈은 여전히 목을 세우고 있었다. 거기에 한발 더 나아가 고개를 좌우로 돌리며 사방을 훑어보고 있다.

“흐응. 네놈이 배짱이 있다 이 말이렷다? 좋아, 좋아. 네놈이 쓴맛을 보고도 그리 뻣뻣할지 한번 지켜보마.”

지현 나리는 냉소를 지으며 집장사령에게 명을 내렸다.

“집장사령들은 듣거라! 지금 당장 제깟 놈의 처지가 어떤지, 정신이 번쩍 들도록 곤장으로 매우 치렷다!”

“예이!”

집장사령들은 힘찬 합창으로 곤장을 움켜쥐었다.

“이놈! 맛 좀 봐라!”

휙!

바람 가르는 소리와 함께 곤장이 날았다.

마을 유지들은 곧 피 범벅으로 변할 죄인의 모습을 상상하며 눈을 질끈 감았다.

퍽!

그러나 예상과 달리 비명 소리는 나지 않았다. 대신 뭔가 부러지는 소리가 들렸다.

“헉!”

사람들은 경악으로 눈을 부릅떴다.

“이것이, 이것이…….”

집장사령들은 당황한 표정으로 자신들의 손을 쳐다봤다.

손에는 반 토막이 되어버린 곤장만 쥐어져 있다.

쇠만큼 단단하다는 곤장이 곽무한의 볼기에 부딪치자마자 힘없는 수수깡처럼 부러져 나간 것이다.

"이런 머저리들! 형구(刑具) 관리를 어떻게 했기에?"

지현 나리의 호통에 집장사령들은 허겁지겁 곤장을 바꿨다.

픽!

곤장이 다시 날았지만 결과는 마찬가지였다.

"제길. 과연 뻣뻣할 만큼 뼈다귀가 단단하구나. 그러나 방법이 있지. 애들아! 놈이 몸에 자신이 있단다. 그러니 주리를 틀어 버려라!"

"예이!"

집장사령들은 힘찬 대답으로 부러진 곤장 대신 거무튀튀한 긴 막대를 집어 들었다.

"아아! 얼른 자백할 것이지……."

유지들은 안타까운 표정으로 고개를 돌렸다.

곤장이야 맞아도 며칠 정양하면 되지만 주리를 틀리면 하체를 못 쓰는 병신이 되어버린다. 왜냐하면 주리란, 긴 막대를 양 허벅지 사이에 끼어 힘껏 비틀어 버리는, 그래서 허벅지 뼈를 뒤틀리게 만드는 형벌이기 때문이다.

그러나,

우지끈!

예상은 또 빗나가고 말았다.

뭔 놈의 허벅지가 그리도 강한지, 곽무한의 허벅지가 뒤틀리긴커녕 오히려 허벅지 사이에 넣은 막대가 부러져 나갔다.

"으아아! 이런 빌어먹을 놈! 좋다! 그러면 네놈의 무릎을 부숴주마. 여봐라! 놈에게 압슬형을 가하라!"

지현 나리는 분기탱천해 버렸다.

압슬형이란 바닥에 사금파리를 깔고 죄인을 무릎 꿇린 후, 거대한 바윗덩이를 올려놓는 형벌이다. 그러니 이 형벌을 당하고 나면 누구라도 무릎이 박살나 앉은뱅이가 되고 만다. 때문에 대역 죄인이 아니면 함부로 쓰지 않는 무시무시한 형벌이었다.

그러나,

쿵, 쩍!

"크아아아! 뭐 저런 놈이 다 있어?"

이번에도 마찬가지였다. 곽무한의 몸은 쇳덩이 같았다.

아무리 바윗덩이를 올려도 눈 하나 꿈쩍 않았다.

지현 나리는 이제 귓구멍 콧구멍에서 연기가 치솟았다.

더구나 죄인의 눈에서 서서히 불길이 피어오르는 걸 보고는 그만 꼭지가 돌아버렸다.

"크아아! 안 되겠다. 인두, 인두를 대령하렷다! 인두로 저놈의 눈을 지져 버려!"

이것만은 곽무한도 당할 재간이 없었나 보다.

집장사령들이 인두를 갖다 대는 순간,

퍼퍼펑!

곽무한의 몸을 억압하고 있던 차꼬가 거짓말처럼 터져 나갔다.

그러나 그건 약과였다.

곽무한이 벌떡! 몸을 일으키는 순간, 관아엔 난리가 나버렸다.

쉬우웅!

곽무한의 무릎 위에 올려져 있던 바윗덩이들이 일제히 하늘로 솟구친 것이다.

“으아아! 피해라!”

“으아아! 사람 살려!”

난리도 이런 난리가 없었다.

아전들이고 포졸들이고 저마다 비명을 지르며 날아오는 바윗덩이를 피하기에 바빴다.

지현 나리라고 용빼는 재주가 있을 리 없다.

도무지 믿기지 않는 광경에 혼이 나간 지현 나리, 오금을 떨며 몸을 일으키다가 그만 뒤로 나자빠져 버렸다.

콰지직! 우지끈!

바윗덩이들이 현청 건물 이곳저곳을 부수는 외중에,

저벅, 저벅.

낮은 발자국 소리가 장내에 울려 퍼졌다.

차꼬를 풀고 일어난 곽무한이 지현 나리를 향해 걸음을 옮기기 시작한 것이다.

활활 타오르는 무서운 눈빛.

지현 나리는 겨우 몸을 일으키다가 곽무한의 눈빛을 보고는 가슴이 덜컥했다.

“으, 으아아. 저놈… 저놈을 막아!”

지현 나리는 엉거주춤 뒷발질로 물러나며 고함을 질렀다.

“이, 이놈. 걸음을 멈춰라!”

포졸들은 사지를 떨면서도 용케 곽무한의 앞을 막았다.

그러나 별 의미 없는 행동이었다.

부아앙!

“으아아악!”

한 포졸에게서 창을 빼앗은 곽무한이 창대를 휘두르자마자 포졸들은 비명을 지르며 나자빠지기에 바빴다. 워낙 무시무시한 기세라, 게다가 곽무한을 잡아올 때부터 이미 기가 질렸던지라 일부러 넘어진 놈이 태반이었다.

저벅. 저벅.

발자국 소리는 계단을 넘었다.

"으으으. 이, 이놈. 내가 누군 줄 알고……!"

지현 나리는 안간힘으로 호통을 쳤다.

그러나 이미 자신의 얼굴은 울상으로 변해 보기에도 안쓰러울 정도라는 것은 모르고 있었다.

곽무한은 말이 없었다. 행동으로 대신 말했다.

콰직!

창대가 마루를 뚫고 들어갔다. 시퍼런 창날이 위로 솟아 있었다.

스웃!

곽무한의 무쇠 같은 손이 움직였다.

달랑!

"켁. 켁. 아, 아이고, 대협. 사, 살려……."

멱살을 잡힌 지현 나리는 허공에서 버둥거렸다.

곽무한은 여전히 말이 없었다. 대신 손만 치켜들었다, 천장 끝까지.

"켁, 켁. 대, 대협. 제발……."

지현 나리는 눈 아래 번뜩이는 창날을 보고 그만 오줌을 지리고 말았다.

흉한이 드디어 입을 열었다. 그러나 가슴이 덜컥할 소리였다.

"여기서 내가 손을 놓으면 어떻게 될까?"

여기서 손을 놓아버리면 자신은 영락없는 꼬치 신세.

눈을 보니 진짜로 그렇게 할 놈이었다.

"제발. 제발……."

지현 나리는 사시나무 떨듯 몸을 떨며 눈물로 애원했다.

그러나 흉한의 입꼬리가 서서히 위로 말려 올라갔다. 그와 동시에 흉한의 손도 출렁이듯 움직였다.

맙소사! 애원에도 불구하고 흉한은 자신을 떨어뜨리려 하고 있었다.

"케엑. 켁켁. 반, 반으로 낮추겠습니다! 콜록, 콜록."

천만다행이었다. 지현 나리는 생사 경각의 순간, 흉한이 원하는 것이 뭔지를 깨달았다.

그러나 놈은 냉정했다. 여전히 부릅뜬 눈으로 고개를 내젓는다.

"그, 그럼 사분지 일로……."

여전했다.

"흑흑. 그럼 팔분지 일로……."

그제야 흉한의 입가에 미소가 어렸다.

'휴우우.'

지현 나리는 그제야 안도의 한숨을 내쉬었다.

그런데 바로 그 순간,

확!

머리끝이 쭈뼛했다. 흉한이 손을 놔버린 것이다.

"으아아아!"

지현 나리는 목이 터져라 비명을 질렀다.

그러나,

콰드득!

“꾸에에엑!”

엉덩이에 엄청난 통증이 느껴졌다.

그러나 예상처럼 창에 찔리는 느낌은 아니었다.

“아효효효.”

지현 나리는 엉덩이를 만지며 부리나케 눈을 돌렸다.

이놈의 흉한이 무슨 수를 썼는지, 창날은 이미 저쪽으로 날아가 있었다. 그나마 천만다행한 일이었지만 창대에 찔린 고통도 만만찮았다.

“끄으으.”

그러나 살았다 싶은 생각에 겨우겨우 숨죽인 비명 소리를 내는데, 흉한의 으스스한 목소리가 다시 들려왔다.

“오늘의 이 고통을 반드시 기억하라. 만약 섣불리 움직인다면.”

말을 끊음과 동시에 흉한의 손이 번쩍였다.

콰콰콱!

지현 나리는 눈을 부릅떴다.

어느 틈에 빼냈는지 흉한의 손에 창대가 쥐어져 있었는데, 그 창대에 스친 방문마다 두 쪽으로 쩍쩍 갈라져 버렸다.

‘마, 맙소사! 창대로 방문을?!’

나무로 나무를 벤, 도저히 믿기지 않는 일이었다.

지현 나리가 멍하니 입만 벌리고 있는 동안,

“오늘의 고통을 잊는 날, 그날이 그대의 제삿날이 될 것이다.”

흉한은 끊었던 말을 마저 잇고는 휙! 등을 돌렸다.

저벅. 저벅.

멍하니 얼어 있는 포졸들, 그 사이로 걸어가는 흉한의 뒷모습은 염라대왕보다도 더 무서워 보였다.

"꼬로록!"

지현 나리는 흉한이 사라진 후 그만 정신을 잃고 말았다.

"나, 나으리!"

"이런! 뭣들 하느냐? 어서 나으리를 모셔라!"

포졸들은 그제야 몸을 움직이며 부산을 떨었다.

『장강수로채』 4권에 계속…